中國古典文學基本叢書

# 杜詩詳注

第六册

〔唐〕杜甫 撰
〔清〕仇兆鰲 注

中華書局

# 杜詩詳注卷之十七

## 贈李八一作公秘書別三十韻

鶴注：當是大曆元年七月作。

往時中補右，扈蹕上元初㈠。反氣凌行在，妖星下去聲直廬㈡。六龍瞻漢殿一作闕㈢，萬騎去聲略一作集姚一作嬀墟㈣。玄朔迴一作還天步㈤，神都憶帝車㈥。一戎纔汗馬㈦，百姓免爲魚㈧。通籍蟠螭印㈨，差此茲切肩列鳳輿㈩。事殊迎代邸，喜異賞朱虛㈠㈠。首憶秘書扈從之事。

反氣四句，上皇西巡。玄朔四句，肅宗興復；通籍以下，秘書侍從也。錢箋：肅宗初，公拜左拾遺，此云中補右者，必李秘書於是時官右補闕也。中者，右補闕屬中書省。唐制：左右補闕拾遺，掌供奉諷諫、扈從乘輿。扈蹕上元初，謂扈駕於主上建元之初，非如《寄草堂》詩所云「經營上元始」也。當時駕次馬嵬，帝自陳倉而赴蜀，路經漢中，太子自彭原之朔方即位靈武。所謂「萬騎略姚墟」者，指上皇也；「玄朔迴天步」者，指肅宗也。通籍，李得出入行宮。差肩，謂隨朝士而趨輦後。肅宗以恢復入京，非由繼統嗣位，故與代邸迎立者有殊。夢弼曰：秘書宗室，故比朱虛。未能優擢，故云賞異。

①洙曰：扈，扈從也。蹕，鳴蹕也。天子出，鳴蹕以清道。

②庾信賦：遭東南之反氣。　行在、妖星，注皆見前。　陸機詩：厭直承明廬。

③六龍，天子之駕。《易》：時乘六龍以御天。嵇康詩：乘雲駕六龍。　梁宣帝詩：漢殿珊瑚支。

④蔡邕《獨斷》：大駕備千乘萬騎。　《帝王世紀》：瞽瞍之妻握登，生舜於姚墟，故得姓姚氏。《漢書注》：《世本》：嬀虛，在漢中郡西城縣。《世紀》：安原，謂之嬀虛，或謂之姚墟。

⑤趙景真書：植橘柚於玄朔。朔方玄武之位，故稱玄朔。　《詩》：天步艱難。

⑥鮑照詩：明輝鑠神都。　《史·天官書》：斗爲帝車，運於中央，臨制四方。

⑦《書》：一戎衣。　《公孫弘傳》：臣愚駑，無汗馬之勞。

⑧《左傳》：劉子曰：「微禹，吾其爲魚乎。」《光武紀》：赤眉在河東，但決水灌之，可使爲魚。

⑨《前漢·魏相傳》：通籍長信宮。《元帝紀》：宗室有屬籍者。　蔡邕《獨斷》：璽者，印也。印者，信也。天子璽以玉螭虎紐。《西京雜記》：燈高七尺五寸，作蟠螭。

⑩王僧孺書：抗首接膝，履足差肩。　鳳輿，見《洗兵行》。

⑪《漢書》：文帝自代邸來，即位，益封朱虛侯劉章二千户，黃金一千斤。

**寇盜方歸順①，乾坤欲宴如②。不才同補衮③，奉詔許牽裾④。鴛鷺叨雲閣⑤，騏驎**俗本作麒麟滯石渠一作玉除。趙云：石渠爲正㊅。文園多病後㊆，中散舊交疏㊇。飄泊哀相見，平生意有餘。風烟巫峽遠，臺榭楚宮虚一作除㊈。觸目非論平聲故㊉，新文尚起予⑪。此記前後聚散之迹。上六，往日同朝。下八，夔州重晤。補衮牽裾，諫官之職。叨雲閣，公授拾遺。滯石渠，李遷秘書。多病交疏，指棄官以後。飄泊二句，喜逢故人。風烟二句，客夔景物。非論故，道故者無人。尚起予，知音有秘書也。

㊀歸順，注別見。
㊁《漢書·諸侯王表》：四海宴如。
㊂《詩》：衮職有闕，仲山甫補之。
㊃袁紹書：奉詔之日。《魏志》：魏文帝欲徙冀州民十萬户實河南，辛毗引帝裾而諫。
㊄古詩：厠迹鴛鷺行。潘岳賦：高閣連雲。
㊅《三輔故事》：天禄閣、石渠閣，並在未央宫大殿北，以藏秘書。
㊆司馬相如爲文園令。
㊇嵇康爲中散大夫，作《絶交書》。
㊈《楚語》：先王之爲臺榭也。
㊉《世説》：觸目皆琳瑯珠玉。
⑪劉孺詩：言贈賦新文。《論語》：起予者商也。朱注：《韻會》予本無余音。《匡謬正俗》曰：《曲

禮》「予一人」，鄭康成注：余、予，古今字。因鄭此説，近代學者遂皆讀予爲余。此詩亦用平聲，葢從後人讀耳。

**清秋凋碧柳**㈠，**别浦落紅蕖**㈡。**消息多旗幟**㈢，**經過**平聲**歎里閭**㈣。**戰連脣齒國**㈤，**軍急羽毛書**㈥。**幕府籌頻問，山家藥正鋤**㈦。此秘書參幕府事。巫峽、楚宮，上記相見之地；柳凋、蕖落，此記相别之時。並興起亂離凋敝之象。朱注：戰連、軍急，謂崔旰與楊柏及張獻誠相攻。原注：山劍元帥相公，初屈幕府參籌畫，相公朝謁，今赴後期也。又云：秘書比卧青城山中。

㈠梁簡文帝詩：水照柳初碧，烟含桃半紅。

㈡謝莊詩：凌别浦兮值泉躍。簡文詩：紅蕖間青鎖，紫露濕丹楹。

㈢《漢·高紀》：益張旗幟於山上。

㈣古詩：思還故里閭。

㈤《左傳》：宫之奇曰：「輔車相依，脣亡齒寒者，其虞虢之謂乎。」

㈥《魏武帝奏事》：若有急，則插羽於檄，謂之羽檄。

㈦陳子昂詩：追宴入山家。

**台星入朝**音潮**謁**㈠，**使**去聲**節有吹噓**㈡。**西蜀**黄作屬**災長弭**㈢，**南翁憤始攄**㈣。**對敭**揚同**抗**吾官切。舊作坑，非。一竹抗**士卒**㈤，**乾**音干**没費倉儲**㈥。**勢藉兵須用**㈦，**功無禮忽諸**㈧。**御鞍金騕褭**㈨，**宫硯玉蟾蜍**㈩。**拜舞銀鉤合**一作落㈡，**恩波錦帕舒**㈢。此秘書入朝後事。朱

注：台星、使節，皆謂杜鴻漸。秘書蓋因鴻漸表薦入朝，其奏對君前，當以師老財匱爲言。蓋全蜀之勢，今方藉兵，不得不用，而諸將冒功無禮，如所謂抏士卒、費倉儲者，其可忽之而不問乎？是時崔旰雖歸朝，而楊子琳未釋甲，蜀中所在聚兵，軍儲耗蠹，故因秘書赴幕而及之。言外亦暗規鴻漸也。又云：秘書將承恩賜馬，有錦帕之舒，且入直侍書，見銀鈎之落也。次公指杜相公，於上下語勢不接。遠注：銀鈎，承宫硯。錦帕，承御鞍。拜舞之後，落筆如銀鈎。洙云：詔書也。

㈠台星，注見十六卷。

㈡《周禮·地官》：掌邦國之使節。

㈢《周禮》：彌災兵。彌，即弭也。後漢寇榮疏：以寧風旱，以弭災兵。

㈣舊注：南翁，南楚老人，如《項羽傳》所稱南公，古人公翁二字通用也。蔡邕《瞽師賦》：撫長笛以攄憤兮。

㈤《書·畢命》：對揚文武之光命。《陸機集》：對勮帝祉。朱注：《上林賦》：抏士卒之精，費府庫之財，而無德厚之恩。善曰：抏，損也，音翫。吴曾《漫録》：抏，挫也，吾官切。《平準書》：百姓抏弊以巧法。《索隱》曰：《三蒼》：抏音五官切，抏者，耗也。取此音以釋此詩，於義甚當。王褒《講德論》：驚邊抏士。恐亦是抏士。

㈥《張湯傳》：始爲小吏乾没。《正義》謂無潤及之，而取他人也。如淳曰：豫居物以待之，得利爲乾，失利爲没。《三國志·傅嘏傳》：豈敢寄命洪流，以徼乾没。裴松之注：有所徼射，不計乾燥之與沉没而爲之也。

㈦《周策》：藉兵乞食於西周。《趙充國傳》：遣使至匈奴藉兵。

㈧《左傳》：見無禮於君者，誅之如鷹鸇之逐鳥雀焉。《何氏語林》：王僧虔曰：「忘兄之胤，不宜忽諸。」

㈨《淮南子》：待騕褭飛兔而駕之，則世莫乘車。

⑩《西京雜記》：廣川王發晉靈公冢，得玉蟾蜍一枚，大如拳，光潤如新玉，取以盛水滴硯。

⑪《吴越春秋》：群臣拜舞天顔舒。　王僧虔《論書》：索靖名其字書曰銀鈎蠆尾。

⑫《西京雜記》：覆以錦帕。

**此行非不濟**㈠**，良友昔相於**㈡**。去棹**吴作帆，一作旆**依顔色**㈢**，沿流想疾徐**㈣**。沉綿疲井臼**㈤**，倚薄似樵漁。乞**許既切**米煩佳客**㈥**，鈔**楚交切**詩聽小胥**㈦**。杜陵斜晚照**㈧**，潏水帶寒淤**㈨**。莫話清溪髮**⑩**，蕭蕭白映梳。**此自叙而致送别之情。　秘書此行，非不足以濟時，特良友相闊，覺臨去依想耳。　沉綿四句，自述客夔近況。　杜陵四句，囑其相答故人。　莫話者，自慚衰老也。

此章，前二段各十四句，後二段各十二句，中間八句相間。

㈠《周語》：動無不濟。

㈡《易林》：患解憂除，良友相於。

㈢梁簡文詩：悽悽隱去棹。

㈣隋孔德紹詩：沿流渡檝易，逆浪取花難。　梁簡文詩：豈若兹川麗，清流疾且徐。

㈤顔延之《陶徵士誄》：井臼弗任，藜菽不給。

㈥沈約詩：佳客信龍鑣。

㈦小胥，見《周禮·春官》。

㈧梁蕭鈞詩：平川收晚照。

㈨洙注：潏水，公故居。盧注：杜牧《期遊樊川》詩：杜村連潏水。　鮑照詩：照照寒洲爽。《方言》：水中可居者曰洲，三輔謂之淤。

㈩《杜臆》：清溪髮，語奇。

黄生曰：時諸將連兵討崔旰，勝負未决，杜鴻漸以節度使讓旰，而使諸將各罷兵。公蓋深憤此事，故於詩中吐露之曰：「西蜀災長弭，南翁憤始攄。」雖爲稱頌之詞，其實災未必弭，憤未嘗攄也。曰：「對敭抚士卒，乾没費倉儲。」言蜀中軍實耗損，入告朝廷，善爲區處，使緩急有備，此大臣行邊善後之策也。如是，則西蜀災長弭矣。曰：「勢藉兵須用，功無禮忽諸。」此用季文子誅無禮於君之言。如旰殺主將而叛，此豈有禮於君者？今反就加節使，是功及無禮矣。夫旰罪當誅，勢必藉兵，今乃與諸將同拜朝命，功罪不明，於文子之言，無乃忽諸。必殺崔旰，憤始攄矣。公於《贈李》詩中，寓詞告杜，蓋深諷其處事之草草也。

# 中夜

顧注：詩有江山危樓，亦夔州西閣所作，當在大曆元年。司馬紹詩：中夜不能寐。

**中夜江山静㊀，危樓望北辰㊁。長爲萬里客，有愧百年身㊂。故國風雲氣㊃，高堂戰伐塵㊄。胡雛負恩澤㊅，嗟爾太平人㊆。**此客夔而傷亂離也。在四句分截。望北辰，思長安也。萬里一身，危樓所感。故國高堂，北望之意。風雲氣，變易無常。戰伐塵，屢經殘破。負恩澤，追恨禄山。蓋自天寶初，而禍綿不息，致不能爲太平之人也。

㊀何遜詩：暫有江山趣。

㊁陰鏗詩：接路上危樓。庾信詩：高榮據北辰。

㊂鮑照詩：争先萬里途，各事百年身。

㊃顔延之詩：故國多喬木，空城凝塞雲。《史記》：風雲，天之客氣者也。

㊄夢弼以高堂爲杜陵屋廬。今按：曹植詩：乃爲高會，宴此高堂。沈約詩：青鳥去復還，高堂雲不歇。劉孝綽詩：長門隔青夜，高堂夢容色。此皆概言華屋。或因前詩有「高堂天下無」之句，遂指爲夔州地名，誤矣。

㊅《晉·載記》：石勒，上黨武鄉羯人，年十四，隨邑人行販洛陽，倚嘯上東門。王衍見而異之，顧謂左右曰：「向者胡雛，吾觀其聲視有奇志。」《唐書》：張九齡見禄山入奏，氣驕蹇，曰：「亂幽州者，此胡雛也。」舊注誤以吐蕃爲胡雛。《前漢·郊祀志》：亦施恩澤。

㊆《書》：嗟爾萬方有衆。《路温舒傳》：囹圄空虚，天下太平。

## 垂白

鶴注：此亦夔州西閣作，故云江喧樓迥。詩成後，拈垂白二字爲題，非專詠垂白也。《漢書·杜周傳》：老姊垂白。注：白髮下垂也。

**垂白**一云白首**馮唐老**㊀，**清秋宋玉悲。江喧長少睡，樓迥獨移時**㊁。**多難**去聲**身何補，無家病不辭。甘從千日醉，未許《七哀》詩**㊂。此章乃老去悲秋之意，下六，申言其悲。少睡移時，憂在國家也。醉千日，付之不知。未七哀，傷心更多矣。《杜臆》：公年老爲郎，有似馮唐。當秋而悲，復如宋玉。少睡無聊，故起立移時。多難身何補，作憤語；無家病不辭，作苦語。趙注：公妻孥在蜀，而云無家，蓋以故鄉爲家也。

㊀《漢書》：馮唐以孝著，爲郎中署長，文帝輦過唐曰：「父老何自爲郎？」

㈡庾信詩：高花出迴樓。
㈢《魏都賦》：醇酎中山，沈湎千日。《搜神記》：狄希，中山人，能造千日酒，飲之，一醉千日。《七哀》詩，見十六卷。

# 中宵

鶴注：當是大曆元年在西閣作。　中夜，指長夜言，中宵，尚在黄昏以後。　陶潛詩：中宵竚遥念。

**西閣百尋餘㈠，中宵步綺疏㈡。飛星過**平聲**水白，落月動**去聲**沙**一作簷**虚。擇木知幽鳥，潛波想巨魚㈢。親朋滿天地㈣，兵甲少來書㈤。**

中宵獨步，領起通章。星月屬賦，中宵所見。魚鳥屬比，中宵所感。末傷孤身飄泊，不如物情之自適也。飛星過水而白，下半因上。落月動於沙虚，上半因下。一就迅疾中取象，一從恍惚中描神。　黄生注：五六，即「水深魚極樂，林茂鳥知歸」意，此係夜景，故以知想字面鈎畫之。言外則以物之得所，形人之失所，而人之失所，由親朋不相存濟也。

㈠閣在山上，故高至百尋。《西京賦》：巨獸百尋。
㈡《梁冀傳》：窗牖皆有綺疏。注：綺疏，鏤爲綺文也。陸機詩：振風薄綺疏。

㈢過字、動字，白字、虛字，知字、想字，皆句中眼。《天文志》：星自上而降曰流，自下而升曰飛。庾信詩：沙虛馬跡深。《左傳》：鳥能擇木，木豈能擇鳥。郭璞詩：潛波涣鱗起。王褒頌：沛乎若巨魚之縱大壑。

㈣《晉書・謝安傳》：親朋畢集。

㈤《韓國策》：繕治兵甲，以益其强。

## 不寐

此亦西閣所作。《詩》：寤言不寐，如有隱憂。

**瞿唐夜水黑，城内改更**平聲**籌**㈠。**翳翳月沉霧**㈡，**輝輝星近樓**㈢。**氣衰甘少寐，心弱恨容愁。多壘**陳作疊**恨滿山谷**㈣，**桃源何**一作無**處求。**首聯，不寐所聞。次聯，不寐所見。三聯，不寐之狀。末聯，不寐之由。月沉在轉更之後，星近又在月落之餘，黄氏作容，吴作和，陳作多，一作知愁。多壘故起愁心，通章寫景言情，逐層追緊。顧注：氣衰少寐，理勢自然，故曰甘。心弱容愁，時事使然，故曰恨。《杜臆》：心力本弱而愁緒太多，當他不過，是可恨也。滿山多壘，歎寄身無處矣。

㈠更籌，見前。

㈡《歸去來辭》：景翳翳以將入。

㈢虞騫詩：暉暉光稍没。

㈣《曲禮》：四郊多壘。　《蕭望之傳》：群盜並起，充滿山谷。　鶴注：此指崔旰之亂未平。

# 送十五弟侍御使去聲蜀

鶴注：當是大曆元年作，詩云「豺狼鬬」，蓋指崔旰輩相攻也。

喜弟文章進㈠，添余别興去聲牽。數杯巫峽酒，百丈内江船㈡。未息豺狼鬬，空催犬馬年㈢。歸朝音潮多便道㈣，搏擊望秋天㈤。上四送别，五六慨身世，七八望侍御。　顧注：公恨不能身討豺狼，囑弟歸朝而彈擊之。

㈠《北史》：盧愷作露布，帝讀大悦，曰：「愷文章大進。」

㈡《輿地廣記》：涪州内江，即黔江也。《益州記》：内江至關頭灘，灘長百步，懸崖倒水，舟楫莫通。朱注：《通鑑》：朱齡石伐蜀，衆軍從外水取成都，臧僖從中水取廣漢，老弱乘高艦，從内水向黄虎。史炤《釋文》：巴郡正對二水口，右則涪内水，左則蜀外水。　内水自渝上合州至綿州，外水自渝上戎瀘至蜀。楊慎謂外水即岷江，内水即涪江，中水即沱江。

㊂陶氏叙侃《臨終表》曰：猶冀犬馬之齒，尚可少延。

㊃《蕭望之傳》：便道之官。

㊄《舊唐書》：桓彦範舉楊嶠爲御史，不樂搏擊之任。師氏曰：御史搏擊奸回，如秋鷹之搏擊鳥獸。

## 江月

鶴注：此大曆元年夔州西閣作。《杜臆》：詠江中月影也。何遜詩：江月初三五。

**江月光於**一作如**水，高樓思**去聲**殺人**㊀。**天邊長作**《唐韻》則箇切，又臧祚切**客**㊁**，老去一霑巾**㊂。**玉露溥**一作團**清影**㊃**，銀河没半輪**㊄。**誰家挑錦字**㊅**？燭滅**一作滅燭**翠眉顰**一作嚬㊆。

此章，對月傷懷。上四，羈人之感，屬自叙。下四，離婦之情，推開説。江月漾光於水上，高樓一望，頓覺身寂影孤，真堪思殺。蓋天邊久客，至老不還，恐道死他鄉也。因想清影之下，玉露濃溥，半輪之傍，天河掩没，月色明皎如此，此時繡字空閨者，燭殘挑罷，得無對之而顰眉乎？當與樓上霑巾者，同一愁思也。

㊀曹植詩：明月照高樓，流光正徘徊。庾肩吾詩：樓上徘徊月，窗中愁思人。

㈡何遜詩：天邊看遠樹。
㈢曹植詩：歔欷涕霑巾。
㈣李嶠詩：色帶銀河滿，光含玉露開。《詩》：零露漙兮。注：漙，露多貌。曹植詩：明月澄清影。
㈤張正見詩：明月半輪空。
㈥《晉・列女傳》：竇滔妻蘇蕙，字若蘭，織錦爲《迴文璇璣圖》詩贈滔，宛轉循環讀之，詞甚悽惋，凡三百四十字。挑錦字，挑錦線以刺字，欲寄征夫也。
㈦張九齡詩：滅燭憐光滿。梁元帝詩：翠眉暫斂千重結。
黄生曰：結在章法，是推開一步，在比興正是透深一層。蓋即男女之情，以喻君臣之義，則前半所云「思殺人」、「一霑巾」者，皆有着落矣。公之攀屈宋而親風雅，實在於此，此豈玉臺、香奩輩所能效顰哉？

## 月圓

此亦西閣所作。謝靈運詩：放舟候月圓。

**孤月當樓滿㈠，寒江動夜扉㈡。委波金不定㈢，照席綺逾依㈣。未缺空山静㈤，高懸列宿**

稀㊅。**故園松桂**一作菊**發**㊆，**萬里共清輝**㊇。此章，月下思鄉。上六景，下二情。滿言月圓，動言月影。委波，申動扉。照席，申當樓。未缺高懸，申月圓之狀。末想故園秋景也。《杜臆》：江月倒影，水搖而閣上之扉爲動，大是畫意。月注波中，金光搖而不定；月臨席上，綺文依而愈妍。將金波、綺席拆開顛倒，趙汸謂詩家用古語之法。

㊀梁武帝詩：慅慅孤月帷。

㊁何遜詩：寒江復寂寥。庾肩吾詩：高樓開夜扉。

㊂《月賦》：委照而吴業昌。郊祀歌：月穆穆以金波。

㊃《六韜》：紂時以綺爲席。鄒陽《酒賦》：綃綺爲席。

㊄《釋名》：月缺也，滿則缺也。陶弘景詩：空山霜滿高烟平。

㊅《淮南子》：高懸大鏡。《月賦》：列宿掩縟，長河韜映。

㊆何遜詩：獨守故園秋。《杜臆》：松桂發，猶言松菊猶存。張正見詩：松桂此真風。

㊇傅玄詩：皎皎濯清輝。《月賦》：隔千里兮共明月。結聯本之。

胡應麟曰：杜有太巧類初唐者，如「委波金不定，照席綺逾依」。有太纖近晚唐者，如「雨深荒院菊，霜倒半池蓮」。

胡夏客曰：未缺句，不如摩詰「空山月色深」。高懸句，本孟德「月明星稀」來。今按：三四出勝於對，五六對勝於出。

# 夜

詩云「南菊再逢」，是合雲安夔州爲兩秋，故知屬大曆元年西閣作。又云「新月猶懸」，蓋元年九月初矣。

**露下**去聲**天高秋水**一作氣**清**㈠**，空山獨夜旅魂驚**㈡**。疏燈自照孤帆宿**㈢**，新月猶懸雙杵鳴**㈣**。南菊**一作國**再逢人卧病，北書不至**一作到**雁無情**㈤**。步簷**一作蟾**倚仗看**平聲**牛斗**㈥**，銀漢遥應**平聲**接鳳城**㈦**。**此秋夜思家而作也。上四言景，下四言情。天高水清，正可出峽，而山閣孤棲，忽覺旅魂驚起。帆宿水中，杵鳴山上，兩句分承。燈散幾處，故曰疏。杵皆對敲，故曰雙。自南而望北，故見銀漢遥接於鳳城。黄生注：詩以次句作骨，帆宿、杵鳴，獨夜見聞。疏燈、新月，二字另讀。懸，指月，本《易》「懸象著明」，非謂杵聲空懸也。

㈠江淹《别賦》：露下地而騰文。《楚辭》：悲哉秋之爲氣也，泬寥兮天高而氣清，寂寞兮收潦而水清。

㈡王粲《七哀》：獨夜不成寐。崔融詩：旅魂驚塞北，歸望斷河西。

㈢《長門賦》：懸明月以自照兮。朱超道詩：孤帆漸逼天。

㈣楊慎曰：《字林》：直春曰搗。古人搗衣，兩女子對立，執一杵，如舂米然。今易作卧杵，對坐搗之，取其便也。嘗見六朝人畫搗衣圖，其制如此。謝惠連詩：楹長杵聲哀。

㈤陸厥詩：雁返無南書。

㈥楊慎曰：《楚辭・大招》：曲屋步櫩。注：曲屋，周閣也。步櫩，長砌也。相如賦：步櫩周流，長途中宿。櫩，即古簷字。陸倕《鐘山寺》詩：步簷時中宿，飛階或上征。沈氏《滿願》詩：步簷隨新月，挑燈惜落花。杜蓋襲用之。顧注：古者，六尺曰步，今之廊檐，大率廣六尺。

㈦邵注：牛斗二星，在銀漢邊。《河圖括地象》：河精，上爲天漢，亦曰銀漢。戴暠詩：黑龍過飲渭，丹鳳俯臨城。趙曰：秦穆公女吹簫，鳳降其城，因號丹鳳城。其後，言京城曰鳳城。

黄生曰：此與「玉露凋傷」不相上下。一二五六，工力悉敵。三四寫景，雖遜彼之高壯；七八含情，此處却較深厚也。

此與雲安、夔州諸詩相合。露下天高，即「玉露凋傷楓樹林」也；獨夜魂驚，即「聽猿實下三聲淚」也；孤帆宿，即「孤舟一繫故園心」也；雙杵鳴，即「白帝城高急暮砧」也；菊再逢，即「叢菊兩開他日淚」也；雁無情，即「一聲何處送書雁」也；看牛斗，即「每依北斗望京華」也。詩中詞意，大概相同。竊意此詩在先，故《秋興》得以詳叙耳。

范德機曰：善詩者，就景中寫意。不善詩者，去意中尋景。如杜詩「無邊落木蕭蕭下，不盡長江滚滚來」，「疏燈自照孤帆宿，新月猶懸雙杵鳴」，「殊方日落玄猿哭，舊國霜前白雁來」，即景物之中，含蓄多少愁恨意，若説出，便短淺矣。然亦有就意中言景，而意思深遠者，如「苦遭白髮不相放，羞見黄花無數新」，亦自雋永有致。

## 草閣

朱氏編在大曆元年。《杜臆》：公在夔别構草閣，故云「草閣柴扉星散居」，而「沙上草閣」詩又可證。

**草閣臨無**王作蕪，**非地**㈠，**柴扉永不關**㈡。**魚龍迴夜水，星月動秋山**。**久**一作夕**露晴**一作清**初濕，高雲薄未還**。**泛舟慚小婦**㈢，**飄泊損紅顔**㈣。首聯提草閣，三四草閣夜景，下則對景而感飄泊也。閣臨水，故下無地。唯無地，故扉不關。迴夜水，秋蟄伏也。動秋山，光閃爍也。露久下而方濕，晴則易乾也。雲高舉而未還，薄則易散也。公以旅泊損顔，故對舟婦而懷慚。末句用倒裝法。

《杜臆》：雲薄未還，借景寓意。

㈠《頭陀寺碑》：飛閣逶迤，下臨無地。

㈡范彦龍詩：有客款柴扉。《歸去來辭》：門雖設而常關。

㈢古樂府《相逢行》：小婦無所爲。邵氏注：蜀中多是婦人刺船。

㊃沈約詩：共矜紅顏日，俱忘白髮年。

## 宿江邊閣

黄鶴編在大曆元年。《杜臆》：江邊閣，即草閣，故云「高齋次水門」，若西閣，其名不易矣。

**暝色延山徑㊀，高齋次水門㊁。薄雲巖際宿㊂，孤月浪中翻㊃。鸛鶴追飛靜**一作盡㊄**，豺狼得食喧㊅。不眠憂戰伐㊆，無力正乾坤。**延暝色，將宿之時。次水門，西閣之地。上二點題，中四分承山水。雲過山頭，停巖似宿。月浮水面，浪動若翻。此初夜之景。鸛鶴飛靜，水邊所見。豺狼喧食，山上所聞。此夜深之景。憂亂縈懷，故竟夕不寐。「薄雲巖際出，初月波中上」，何仲言詩，尚在實處摹景。此用前人成句，只換轉一二字間，便覺點睛欲飛。鶴注謂鸛鶴喻軍士，豺狼喻盜賊，起下戰伐，時蜀有崔旰之亂。此詩，八句皆對。

㊀謝靈運詩：林壑斂暝色。《孟子》：山徑之蹊間。

㊁《襄沔記》：城内有高齋，梁昭明造《文選》處。簡文爲晉安王時，引劉孝威等於此綜覈詩集，因號爲高齋。次，乃次舍之次。《易》：旅即次。《漢·循吏傳》：召信臣開通溝洫，起水門。梁簡文帝詩：寒潮浸水門。《杜臆》：《名勝志》載關耆孫《瞿塘關行記》，則高齋即在關上，耆孫與客

飲此，誦少陵薄雲孤月詩，歎此老具眼。夔江山粗惡，唯少陵所紀處獨異。

㊂庾信詩：雲宿鳳凰門。

㊃梁簡文帝詩：夕波照孤月。

㊄《左傳》：鄭偏願爲鸛，其御願爲鵝。《抱朴子》：穆王南征，一軍盡化，君子爲猿爲鶴，小人爲蟲爲沙。

㊅《秦國策》：譬如豺狼之逐群羊。《後漢·張綱傳》：豺狼當道。

㊆《楚辭》：夜不眠以至曙。《孔叢子》：處戰伐之世，務收英雄。

## 吹笛

鶴注：梁權道編在大曆元年。按詩云「胡騎中宵堪北走」，當指吐蕃而言。《通鑑》：永泰元年，吐蕃與回紇入寇，子儀免冑釋甲，投鎗而進，回紇酋長皆下馬羅拜，再成和約。吐蕃聞之，夜引兵遁去。即此事也。

吹笛秋山風月清㊀，誰家巧作斷腸聲㊁？風飄律呂相和切，月傍去聲。一作倚關山幾處明㊂？胡騎去聲中宵堪北走音奏㊃，武陵一曲想南征㊄。故園楊柳今搖一作摧落㊅，何得

**愁中却**舊作曲，王原叔得老杜詩藁，作却**盡生**。此聞笛而有感也。上四摹景，下四寫情。細疏之，三四分頂風月清、五六引證斷腸聲，末乃鄉關之思，從笛聲感觸者。顔廷榘曰：律呂之調，於風前聞之，覺相和之切。關山之曲，於月下奏之，似幾處皆明。此聲之巧而感之深也。五本借笳喻笛，故北走曰堪。六用笛中實事，故南征曰想。趙大綱曰：笛曲有《折楊柳》，故翻其意而結之。謂故園楊柳，至秋摇落，今何得復生而可折乎？蓋設爲怪歎之辭，以深致思鄉之感，此則公之斷腸者也。陸時雍曰：結出故國關情，千條萬緒，用巧而不見，乃爲大家。

㈠江總詩：秋城韻晚笛，危樹引清風。瀚曰：首句本此。向秀《思舊賦》：鄰人有善吹笛者。江淹詩：金鋑映秋山。《南史·褚彦回傳》：初秋涼夕，風月甚美。

㈡曹植詩：借問誰家子。顔箋：誰家，羡其善吹也。張正見詩：還聽嗚咽水，併切斷腸聲。

㈢唐注：風月分作一聯，從《龍池篇》得來。《漢·曆律志》：律呂和矣。《長笛賦》：律呂既和。切，謂其音悽切。樂府横吹曲有《關山月》，《解題》云：《關山月》，傷離别也。周王褒詩：關山夜月明。

㈣《晉·劉隗傳》：劉疇避亂塢壁，賈胡百數欲害之，疇援笳而吹之，爲《出塞》《入塞》之聲，以動其遊客之思，於是群胡垂泣而去。《世説》：劉琨爲并州刺史，胡騎圍之數重。琨夕乘月登樓清嘯，賊聞之悽然長歎，中夜奏胡笳，賊皆流涕，人有懷土之思，向晚又吹之，賊並棄圍奔走。周弘讓《長笛吐清氣》詩：胡騎争北歸，偏知别鄉苦。楊慎曰：字書：疾趨曰走，上聲。驅之走曰走，去聲。北走關山，疾走之走也，如《漢書》「北走邯鄲道」之走。胡騎北走，驅而走之也，如《漢書》「季布北走胡」之走。兩音不同。

㈤《古今注》：《武溪深》，乃馬援南征之所作也。援門生爰寄生，善吹笛作歌以和之，名曰《武溪深》。《武溪深》詞：嗟哉武溪一何深，飛鳥不敢度，走獸不敢臨，嗟哉武溪多毒淫。顏廷榘曰：武陵曲，即《武溪深》。　梁簡文帝詩：但歌聊一曲。

㈥故園，指杜陵。　《宋書》：晉太康末，京洛爲折楊柳之歌，有兵革辛苦之詞。《演繁露》：笛亦有《落梅》、《楊柳》二曲，今其詞亡不可考矣。《舊唐書·樂志》：梁樂府《胡吹歌》云：「上馬不捉鞭，反拗楊柳枝。下馬吹横笛，愁殺行客兒。」此歌詞元出北國之横笛。顏箋：笛有《關山月》、《武溪深》、《折楊柳》及《胡笳聲》，皆清商曲也。

郭濬曰：此詩句句悽遠，咏物絶調。

蔣一梅曰：絶大手筆，聲律極細，然有對意不對詞，對詞不對意者。

## 西閣雨望

此下五章，皆屬大曆元年。

樓雨霑雲幔，山寒一作高著直略切水城。逕添沙面出，湍減石稜生㈠。菊蕊淒疏放，松林駐遠情㊁。滂沱朱檻濕㊂，萬慮倚一作里傍簷楹㊃。首二，西閣雨涼。中四，皆閣中望景。三四言水，五六言山，末則對雨而寄慨也。汲徑添長，而出於沙面。湍水減殺，而石稜微露。此時秋水方落，細雨甚微，故不至漲沙而激湍也。湍減石稜生，即《冬深》詩「寒水各依痕」也。陸放翁詩「水退出新灘」，亦本於此。菊逢雨打，其疏放也淒然。雨罩松青，見遠情之遙駐。二句俱寫雨景。遠情指松，蓋蒼翠可愛處，宛然具有情致。駐，停駐也。

㊀《晉史》：劉惔稱桓温眼如紫石稜。

㊁丁督護詩：深心屬悲絃，遠情逐流吹。謝朓詩：洞房凝遠情。

㊂《詩》：月離於畢，俾滂沱矣。

㊃劉孝先詩：萬慮坐相攢。梁元帝詩：佳氣滿欄楹。

## 西閣三度期大昌嚴明府同宿不到

《唐書》：大昌縣屬夔州。

問子能來宿，今疑索先則切故要平聲㊀。匣琴虛夜夜，手板自朝朝㊁。金吼霜鐘徹㊂，花催蠟一作臘炬銷㊃。早鳧江檻底，雙影謾飄颻㊄。上四訝明府失期，下則望其到閣也。言我曾問子，已許來宿，今豈索我之故要而弗至耶？ 匣琴夜夜，欲待嚴至而彈。 手板朝朝，明府別有迎謁矣。兩句見三度意。 鐘起蠟殘，候客將曉。 鳧舄飄飄，冀其早至。 《杜臆》：嚴爲明府，故末用王喬事。

㈠《南齊・高逸傳》：褚伯玉居瀑布山三十餘年，隔絶人物，王僧達爲吴郡，苦禮致之，伯玉不得已，停郡信宿而退。 僧達答丘珍孫書曰：「褚先生從白雲遊矣，近故要其來此，冀慰日夜。」 《韻會》：故與固，古字通用。

㈡《晉・輿服志》：八座執笏，其餘卿士但執手板。 《海録》：今名刺也。 顧注：王子猷爲桓温參軍，以手板拄頰。 《晉書》：王坦之倒執手板流汗。 宋野史：歐陽公與僚屬讌遊，錢思公以寇萊公事諷之，永叔取手板起立。 然則守令對上官必以手板，嚴必羈身縣令，故有此語。 蔡琰《胡笳》：殺氣朝朝衝塞門，胡風夜夜吹邊月。 梁元帝詩：塵鏡朝朝掩，寒衾夜夜空。

㈢《山海經》：豐山有九鐘焉，是知霜鳴。 注：霜降則鐘鳴，故言知也。 宋之問詩：禁静鐘初徹。

㈣梁元帝詩：蠟燭凝花影。 簡文帝《燭》詩：緑炬懷翠，朱蠟含丹。

㈤沈佺期詩：雙影未嘗來。

## 西閣二首

巫山小摇落，碧色見一作是松林。 百鳥各相命㈠，孤雲無一作非自心㈡。 層一作曾軒俯江壁㊂，要路亦高深㊃。朱紱猶紗帽㊄，新詩近玉琴㊅。功名不早立，衰疾一作病謝知音。哀世非一作無王粲，終然一作朝學楚吟㊆。首章，久留西閣而歎也。上四閣前之景，中四閣居之況，下乃所感之情。《杜臆》：小摇落，秋盡日也，公有《九月三十日》詩可證。鳥各鳴群，而孤雲飄泊，言外有自悲意。衆木皆凋，故覺松林獨碧。憑軒俯視，故見徑路高深。猶紗帽，雖仕猶隱。近玉琴，聲清而悲也。不早立，前事已往。謝知音，後時無望矣。王粲適荆而賦《七哀》，公之哀世者不止此，故曰非王粲，即所謂「未許《七哀》詩」也。莊舄仕楚而作越聲，猶公在夔而動鄉思，故曰學楚吟，即所謂「吟同楚執珪」也。

㊀庾信詩：春山百鳥啼。夢弼曰：《周書・時訓》：鶪始鳴。《通封驗》云：鶪，伯勞也，鳴者相命。

㊁陶潛詩：孤雲獨無依。又《歸去來辭》：雲無心而出岫。

㊂繁欽《暑賦》：翕翕盛熱，蒸我層軒。

㊃古詩：先據要路津。謝朓詩：曠望極高深。

㊄朱注：《唐書》：隋貴臣多服烏紗帽，後漸廢，貴賤通服折上巾，在唐時以爲隱居之服。

㊅一説近玉琴，言日事於詩，惟與琴相伴耳，非聲中律吕之謂。江淹《畫扇賦》：玉琴兮珠徽。

㊆昭明太子詩：終然類管窺。《史記》：越人莊舄仕楚，爲執珪，有頃而病。楚王曰：「舄今富貴矣，亦思越不？」使人往聽之，猶越聲也。王粲《登樓賦》：莊舄顯而越吟。

## 其二

懶心似江水，日夜向滄洲㊀。不道去聲含香賤㊁，其如鑷白休㊂。經過平聲淍一作調碧柳，蕭瑟一作索倚朱樓㊃。畢娶何時竟㊄？消中得自由㊅。豪一作榮華看古往㊆，服食寄冥搜㊇。詩盡人間興去聲。一作意，兼須入海求㊈。次章，有不欲留閣之意。起句，托景言情，歎衰白休官，不如身赴滄洲也。今但憑樓對柳，亦何爲者？俟男婚已畢，消病可痊，行當長往耳。且看豪華易過，何如服食引年，入海求仙乎？仍結到欲往滄洲意。此各四句分截。公嘗云：「到今有餘恨，不得窮扶桑。」又云：「蓬萊如可到，衰白問群仙。」其語諄諄，似欲爲長生之學者，然實不得志於時，而託言遯世耳，猶孔子乘桴浮海之歎歟。

㊀《呂氏春秋》：水泉東流，日夜不休。《神異經》：東海滄浪之洲。

㊁《漢官儀》：尚書郎，握蘭含雞舌香奏事。

㊂鑷白，用齊高祖事，注見七卷。

㊃《楚辭》：蕭瑟兮草木摇落而變衰。馮衍賦：伏朱樓而四望。

㊄《後漢書》：向子平男女嫁娶畢，敕斷家事，弗復相關。

㊅消渴，有上中下三症，故曰消中。

㊆庾信詩：金穴盛豪華。

㊇古詩：服食求神仙。

⑨《史記》：燕人宋無忌、羡門子高之徒，稱有仙道形解銷化之術，齊威宣、燕昭王皆信之，使人入海，求蓬萊、方丈、瀛州。

# 西閣夜

**恍惚寒江**洪注從江，别作山者，犯重**暮**㊀，**逶迤白霧昏。山虚風落石**㊁，**樓静月侵門。擊柝可憐子**㊂，**無衣何處村**㊃。**時危關百慮**㊄，**盜賊爾猶存。**上四夜景，下四感時。首聯，初夜景色，就江上言。次聯，夜中聞見，就山上言。擊柝無衣，皆離亂所致，故有盜賊之慨。黄注：夕陽漸隱，故曰恍惚。白霧横拖，故曰逶迤。有一「虚」字，方見「落」字之妙。有一「静」字，方見「侵」字之妙。

《杜臆》：「爾猶存」，爾字新異，是深憾語，亦是唤醒語。

㊀《老子》：恍兮惚兮。

㊁梁元帝詩：山虚和鐃管。　賀若弼詩：更鼓卧聞風落石。

㊂《易》：重門擊柝。

㊃《詩》：無衣無褐。

㊄鮑照詩：時危見臣節。　《易》：一致而百慮。

# 月

梁氏編在大曆二年，今按詩云「殘夜水明樓」，當是元年西閣作。

四更平聲山吐月㊀，殘夜水明樓。塵匣元開鏡，風簾自上上聲鈎㊁。兔應平聲疑鶴髮，蟾亦戀貂裘㊂。斟酌姮音恒。一作嫦娥寡㊃，天寒奈一作耐九秋㊄。上四咏將盡之月，下則對月自憐也。　四更山吐月，乃二十四五之夜。月照水而光映於樓，故曰水明樓。月魄留痕，如匣邊露鏡，此承吐月。彎月掛簷，如鈎上風簾，此承明樓。月色臨頭，恐兔疑白髮。月影隨身，如蟾戀裘暖。從月色下，寫出衰老淒涼之況。姮娥獨處而耐秋，亦同於己之孤寂矣。　黄生注：對鏡則見髮，臨風則增寒，五六句亦用分承。寡婦孤臣，情況如一，故借以自比。

㊀庾信詩：四更天欲曙。　吴均詩：疏岑時吐月。

㊁鮑照《擬古》：明鏡塵匣中，寶琴生網絲。　庾信《鏡》詩：玉匣聊開鏡，輕灰暫拭塵。　枚乘《月賦》：隱圓巖而似鈎。　《西溪叢語》：沈雲卿《月》詩：「臺前疑掛鏡，簾外自懸鈎。」塵匣二句本此。　又詩：「既能明似鏡，何用曲如鈎。」

㊂《後漢·天文志》注載《靈憲》之言曰：月陰精之宗，積而成獸，象兔蛤。　劉孝綽詩：攢柯半玉

蟾，叢葉映金兔。《趙典傳》：大儀鶴髮。庾信《竹杖賦》：鶴髮雞皮。

㈣蘇武書：子留斟酌。斟酌，代爲思忖也。庾肩吾詩：姮娥隨月落。楊慎曰：月中嫦娥，説始於《淮南》及張衡《靈憲》，其實因常儀占月而誤也。古者，羲和占日，常儀占月，皆官名，見於《吕氏春秋》。《左傳》有常儀靡，即常儀氏之後，俗訛爲嫦娥，以儀娥音同耳。《周禮注》儀娥二字，古皆音俄。《易・小象》「失其義也」，叶「信如何也」。《詩》「樂且有儀」，叶「在彼中阿」。《太玄》「各遵其儀」，叶「不偏不頗」。漢碑蓼莪皆作蓼儀，則嫦娥爲常儀之誤無疑。

㈤阮籍詩：如何似九秋。梁元帝《纂要》：九秋，以九十日言之。

黄生曰：此詩寫景精切，布格整密，運意又極玲瓏，東坡但以「殘夜水明樓」五字，稱爲絶唱，其比興之深遠，從來未經人道也。又曰：疊用鏡鈎、蟾兔、姮娥，他人且入目生厭矣，一經公筆，顧反耐思，由其命意深而出語秀也。

## 宗武生日

梁氏編在夔州詩内，得之。黄鶴因首句「何時見」，遂疑寶應元年。公在梓州，宗武在成都，其實首句不如是解也。至德二載，公陷賊中，有詩云「驥子好男兒，前年學語時」，此時宗武約計五歲矣。其後，自乾元二年至蜀，及永泰元年去蜀，中歷八年，宗武約十四歲左右矣。此詩都邑，乃指成都，其云「自從都邑語，已伴老夫名」，則知作此詩，又在成都之後矣。

**小子何時見？高秋此日生㈠。自從都邑語㈡，已伴**一作律**老夫名。詩是吾家事㈢，人傳世上情。熟精《文選》理㈣，休覓彩衣輕㈤。**此以家學勗宗武。小子何時見其生乎？此日正其墮地時也，起作問答之詞。都邑語，成都之人誇語也。公祖審言善詩，世情因而傳述，故當精《文選》以紹家學，何必爲綵衣娛親乎？此乃面命之語，非遥寄宗武也。

㈠宋子侯詩：高秋八九月。

㈡《大戴禮》：百里而有都邑。

㈢《顔氏家訓》：吾家風教，素爲整密。

㈣《吕氏春秋》：精而熟之，鬼將告之。　梁昭明太子蕭統在東宫有書三萬卷，集古人文詞詩賦爲《文選》三十卷。

㈤《列女傳》：老萊子養二親，行年七十，着五色綵衣，戲於親側。

**凋瘵筵初秩㈠，攲斜坐不成㈡。流霞分**一作飛**片片**一作幾片**㈢，涓滴就徐傾㈣。**此叙生日情事。宗武侍庭，故有筵秩。凋瘵攲斜，自述老病。流霞涓滴，思得仙漿以起疾也。此章，上八句，下四句。

㈠《海賦》：爲凋爲瘵。《詩》：賓之初筵，左右秩秩。

㈡庾信《小園賦》：行攲斜兮得路。

㊂《抱朴子》：項曼都，自言到天上，遇紫府仙人，以流霞一杯，飲之輒不饑渴。　庾信詩：片片紅顏落。

㊃鮑照詩：銅溪晝森沉，亂竇夜涓滴。

## 第五弟豐獨在江左近三四載上聲寂無消息覓使去聲寄此二首

鶴注：詩云「十年朝夕淚」，自天寶十五載避亂與諸弟相别，至大曆元年，爲十年，當是其時作。

**亂後嗟吾在，羈棲見汝難。草黄騏驥病㊀，沙晚**一作曉，一作暖**鶺鴒寒。楚設關城險㊁，吳吞水府寬㊂。十年朝夕淚，衣袖不曾**音層**乾**音干。

此章，兄弟别離，而致相思之意。　草黄句，承亂後，自憐貧老。沙晚句，承羈棲，傷弟飄零。關城險，已不能往。水府寬，弟不可知。故久别悲哀而涕淚常流也。　顧注：詩云十年，而題曰三四載，蓋相别者十年，無消息者三四載耳。　夔峽最險，如設關城。三江震澤，水府甚寬。

㊀孔融論：馬之駿者，名曰騏驥。

㊁《枚乘傳》：深壁高壘，副以關城。《史記》：蜀伐楚，楚爲扞關以距之。《後漢·郡國志》：巴郡魚復縣，有扞關。

㊂《海賦》：爾其水府之内，極深之庭。

其二

聞汝依山寺，杭州定越州㊀。風塵淹別日，江漢失一作共，非清秋㊁。影著涉略切啼猿樹㊂，魂飄結蜃樓㊃。明年下去聲春水，東盡白雲求一作遊。次章，念弟遠離，而致欲訪之意。首聯，弟在江左。次聯，身在夔州。五六，客夔而想江左。七八，去夔而尋江左也。邵注：定越州，言不在杭州，定在越州。風塵，指兵戈。《杜臆》：失清秋，謂淹別之久，又蹉過一秋矣。趙汸注：盡字正應定字，惟傳聞莫定，故須盡歷雲水以求之。顧注：古人望白雲而思親，公於手足之誼亦然。

㊀《唐書》：杭州餘杭郡，越州會稽郡，俱屬江南西道。邵注：杭州，即今浙江省治。越州，今爲紹興府，在杭州東二百里。

㊁何遜詩：淒清江漢秋。

㊂盧照鄰《巫山高》詩：莫辨啼猿樹。

㊃《史·天官書》：海旁蜃氣象樓臺，廣野氣成宫闕。陳藏器《本草》：車螯，是大蛤，一名蜃，能吐氣爲樓臺，海中春夏間，依約島溆，常有此氣。

## 聽楊氏歌

鶴注從舊次編在大曆元年。詩云「江城帶素月」，知在夔州城中也。

佳人絶代歌㊀，獨立發皓齒㊁。滿堂慘不樂音洛㊂，響下去聲清虚一作浮雲裏。先叙楊氏歌聲。慘不樂，引人悽切也。響下清虚，猶云響遏行雲。

㊀李延年歌：北方有佳人，絶代而獨立。

㊁《楚詞》：朱脣皓齒。阮籍詩：時俗薄朱顔，誰爲發皓齒。

㊂《漢·刑法志》：滿堂飲酒，一人向隅而悲泣，則一堂爲之不樂。庾信《象戲賦》：仰冲氣於清虚。

江城帶素月㊀，况乃清夜起㊁。老夫悲暮年㊂，壯士淚如水㊃。玉杯久寂寞㊄，金管迷宫徵音止㊅。勿云聽者疲㊆，愚智心盡死㊇。次從聽者心上，摹寫歌聲獨絶。盧注：老壯智愚，即滿堂中人聽若疲而心欲死，所謂慘不樂也。素月清夜，聞聲更覺慘悽。玉杯停飲，金管失諧，言聽者恍惚神移矣。

㊀謝莊《月賦》：素月流天。

㊁曹植詩：中夜起長歎。

㊂魏武樂府：烈士暮年。

㊃《史記》：荆軻爲變徵之聲，士皆垂淚涕泣，又歌曰：「風蕭蕭兮易水寒，壯士一去兮不復還。」

㊄《韓非子》：箕子曰：「象箸玉杯，必不羹菽藿。」陸機《文賦》：扣寂寞以求音。

㊅沈約詩：金管玉柱響洞房。嵇康《琴賦》：角羽俱起，宫徵相證。

⑦江淹詩：淵魚猶伏浦，聽者未云疲。

⑧田子方曰：哀莫哀於心死，而人死次之。

古來傑出士一作事，豈特一作待一知己㈠？吾聞昔秦青㈡，傾側一作倒天下耳㈢。推開作結，以見世有知音也。前以佳人起，後以傑士收，感慨無限。盧注：虞仲翔云：「得一知己，可以不恨。」此蓋翻其語也。此章，起結各四句，中段八句實寫。

㈠《司馬遷傳》：士爲知己者死，女爲悦己者容。

㈡《列子》：薛譚學謳於秦青，未窮青之技，遂辭歸。青餞之郊衢，撫節悲歌，聲振林木，響遏行雲。

㈢李陵詩：側耳遠聽。

## 秋風二首

鶴注：當是大曆元年作。蓋以廣德、永泰間，吐蕃與党項羌、渾、奴剌入寇，故詩言「戰自青羌連白蠻」。

秋風淅淅吹巫山㈠，上牢下牢修水關㈡。吴檣楚柂牽百丈，暖向成一作神，非都寒未還㈢。要路何日罷長戟㈣？戰自青羌連白一作百，非蠻㈤。中巴不得一作曾消息好㈥，暝傳戍鼓長雲間㈦。此對秋風而傷世亂也。在下四句分截。修關在秋候，故託秋風以起興。吴檣楚舵，由水關而向成都，秋寒未還，阻於羌蠻之亂也。中巴信急而戍鼓聲聞，巫山非安處之地矣。

㈠謝惠連詩：淅淅振條風。

㈡舊注：上牢巫峽，下牢夷陵。《十道志》：三峽口地曰峽州。上牢下牢，楚蜀分畛。《月令》：涼風至，完隄防。

㈢成都乃上水，故用百丈以牽舟，若神都，則是下水矣。《唐志》：光宅元年，號東都曰神都。

㈣《鼂錯傳》：勁弩長戟，射疏及遠。

㈤《後出師表》：賨叟青羌，散騎武騎，一千餘人。《水經注》：青衣縣，故青衣羌國也，縣有蒙山，青衣水所發。考唐時，嘉州本梁青州，州有青衣水。《唐會要》：東謝蠻，在黔州之西數百里，北至白蠻。《唐書・南蠻傳》：弄棟蠻，白蠻種也。其部本居弄棟縣鄙地，後散居磨些江側。

㈥《方輿勝覽》：《華陽國志》云：劉璋爲益州牧，以墊江以上爲巴郡，江州至臨江爲永寧郡，朐忍至魚復爲固陵郡，巴遂分矣。巴州居其中，爲中巴。

㈦雲間，言鼓聲之高。

其二

秋風淅淅吹我衣㈠，東流之外西日微㈡。天清一作晴小城擣練急，石古細路行人稀㈢。不知明月爲去聲誰好？早晚孤帆他一作也夜歸。會將白髮倚庭樹㈣，故園池臺今是非。此對秋風而動歸思也。亦四句分截。　上章末句，已涉暝時，故此章皆説暮景。《杜臆》：水東流，日西墮，雖即景起咏，亦歎年華逝波，桑榆景迫。　擣練急，備征衣。行人稀，蜀道梗也。月夜孤帆，方以歸鄉爲樂；故園是非，又以殘毀爲憂。

㈠蔡琰詩：悲風春夏起，翩翩吹我衣。

㈡《吴都賦》：將轉西日而再中。

㈢張正見詩：烟崖憩古石。　謝朓詩：徘徊東陌上，月出行人稀。

㈣《杜臆》：老倚庭樹，若淵明之眄庭柯而撫孤松。

胡夏客曰：《秋風》第二首，似拗體律詩。

## 九日一作登高諸人集於林

此詩，梁權道編在大曆元年，與《九日》五首不同時。按五首云獨酌，此題云諸人集，知爲兩歲重九矣。　鶴曰：詩云「九日明朝是」，則此題應云「諸人約九日集於林」。今按：集乃公會，是他人相約，而公先作詩以告之，蓋因老年難於早出，故預道其意也。若公爲主人，不應以難早出緩客至之期。又，末語「漫看年少樂」句，亦非要客之詞。　《世説》：謝安顧謂諸人曰：「今日可謂彦會，時既不可留，此集固亦難常。」

九日明朝是，相要平聲舊俗非㊀。老翁難早出，賢客幸知歸。舊采黄花賸，新梳白髮微㊁。漫看平聲年少去聲樂音洛，忍淚已沾衣。上四，故鄉之思，是對集林言。下四，衰老之感，是對諸人言。九日之期，明朝猶是，而相邀之地，舊俗已非，蓋有懷於樊川故里也。歸，謂歸集林中。採花多，前有餘興。梳髮稀，今苦力衰矣。漫看二句，乃預言來日事。

㊀或云，九日登高起於費長房以此日避災，乃舊俗之非。或云，九日之會當不速而至，必待相邀方集，此舊俗之非。後兩説與題相反，今主王洙之説。

㊁新梳句，暗照孟嘉事。

## 秋興去聲八首

黄鶴、單復俱編在大曆元年。詩云「叢菊兩開」，蓋自永泰元年秋至雲安，大曆元年秋在夔州，是兩見菊開也。錢箋：潘岳有《秋興賦》，遂以名篇。吴論：秋興者，遇秋而遣興也，故八首寫秋字意少，興字意多。

玉露凋傷楓樹林㊀，巫山巫峽氣蕭森㊁。江間波浪兼天湧㊂，塞上風雲接地陰㊃。叢菊兩一作重開他日淚㊄，孤舟一繫音計故園心㊅。寒衣處處催刀尺㊆，白帝城高急暮砧㊇。首章，對秋而傷羈旅也。　上四因秋託興，下四觸景傷情。　錢箋：首章，秋興之發端也。江間塞上，狀其悲壯。叢菊孤舟，寫其悽緊。末二句結上生下，故即以夔府孤城次之。　王維楨曰：江間承峽，塞上承山，菊開山際，舟繫江中，四句錯綜相應。　顧注：波浪在地而曰兼天，風雲在天而曰接地，極言陰晦蕭森之狀。　錢箋：叢菊兩開，即公《客舍》詩「南菊再逢人病卧」。孤舟一繫，即公《九日》詩「繫舟身萬里」。　朱注：公至夔已經二秋，時艤舟以俟出峽，故再見菊開，仍隕他日之淚，而孤舟乍繫，輒動故園之心。　他日，言往時。故園，指樊川。　《杜臆》：叢菊孤舟，目所見。刀尺暮砧，耳所聞。　顧注：催刀尺，製新衣。急暮砧，搗舊衣。曰催曰急，見禦寒者有備，客子無衣，可勝悽絶。　錢箋：以節則杪秋，以地則高城，以時則薄暮，刀尺苦寒，急砧促別，末句標舉興會，略有五重，所謂嵯峨蕭瑟，真不可言。　范梈曰：作詩實字多則健，虛字多則弱，如此詩「叢菊」「孤舟」一聯，語亦何嘗不健。

㈠李密《感秋》詩：金風蕩佳節，玉露凋晚林。　沈約詩：暮節易凋傷。　阮籍詩：湛湛長江水，上有楓樹林。

㈡梁元帝詩：巫山巫峽長。《水經注》：江水歷峽，東逕新崩灘，其下十餘里有大巫山，非惟三峽所無，乃當抗峰岷峨，偕嶺衡疑，其間首尾一百六十里，謂之巫峽，蓋因山爲名也。　三峽七百里中，兩岸連山，略無闕處，自非亭午夜分，不見曦月。　張協詩：荒楚鬱蕭森。

㈢虞炎詩：三山波浪高。　《莊子》：道兼於天。

㈣陳澤州注：塞上，即指夔州，《夔府書懷》詩「絶塞烏蠻北」，《白帝城樓》詩「城高絶塞樓」可證。　蔡琰《胡笳》：塞上黄蒿兮，枝枯葉乾。　庾信詩：秋氣風雲高。　漢武帝《諭淮南王書》：際天接地。

㊄張協詩：輕露棲叢菊。

㊅陶潛辭：或命巾車，或棹孤舟。　虞炎詩：方掩故園扉。

㊆《子夜歌》：寒衣尚未了。　王臺卿詩：處處動春心。　《古詩爲焦仲卿妻》：左手持刀尺。

㊇庾信詩：秋砧調急節。

王嗣奭曰：《秋興》八章，以第一起興，而後章俱發隱衷，或起下、或承上、或互發、或遥應，總是一篇文字。又云：首章發興四句，便影時事，見喪亂凋殘景象。後四句，乃其悲秋心事。此一首便包括後七首。而故園心，乃畫龍點睛處。至四章故國思，讀者當另着眼，易家爲國，其意甚遠。後面四章，又包括於其中。如人主之荒淫，盛衰倚伏，景物之繁華，人情之佚豫，皆能召亂。平居思之，已非一日，今漂泊於此，止有頭白低垂而已。此中情事，不忍明言，不能盡言，人當自得於言外也。

黄生曰：杜公七律當以《秋興》爲裘領，乃公一生心神結聚之所作也。八首之中，難爲軒輊，長安一章，乃文章之過渡。

**其二**

**夔府孤城落日斜㊀，每依北**一作南**斗望京華㊁。聽猿實下**去聲**三聲淚㊂，奉使**去聲**虚隨八月槎**楊慎云：當作査㊃。**畫省香爐違伏枕㊄，山樓粉堞隱悲笳㊅。請看**平聲**石上藤蘿月㊆，**

**已映洲前蘆荻花**㈧。二章，言夔州暮景。依斗在初夜之時，看月在夜深之候，此上下層次也。亦在四句分截。京華不可見，徒聽猿聲而悵隨槎，曷勝悽楚，以故伏枕聞笳，卧不能寐，起視月色於洲前耳。陳澤州注：杜詩「白帝夔州各異城」，白帝在東，夔府在西。錢箋：依斗望京，此句爲八章之骨。重章疊文，不出於此，皎然所謂截斷衆流句也。每依，言無夕不然。《杜臆》：京華，即故園所在，望而不見，奚能不悲？聽猿墮淚，身歷始覺其真，故曰實下。孤舟長繫，有似乘槎不返，故曰虚隨。香爐直省，卧病遠違，堞對山樓，悲笳隱動，皆寫日落後情景。蘿間之月，忽映洲花，不覺良宵又度矣。聽猿、悲笳，俱言暮景。八月、蘆荻，點還秋景。

㈠《舊唐書》：貞觀十四年，夔州爲都督府，督歸、夔、忠、萬、涪、渝、南七州。王褒詩：秋色照孤城。梁元帝詩：西山落日斜。

㈡按：趙蔡兩注俱云，秦城上直北斗，長安在夔州之北，故瞻依北斗而望之。或引長安城北爲北斗形者，非是。陳澤州注：唐人多用北斗，如平臨北斗之類，公詩多用北斗，如「秦城北斗邊」之類。郭璞詩：京華游俠窟。

㈢伏挺詩：聽猿方忖岫，聞瀨始知川。《水經注》：每至晴初霜旦，林寒澗肅，常有高猿長嘯，屬引淒異，空谷傳響，哀轉久絶，故漁者歌曰：「巴東三峽巫峽長，猿鳴三聲淚沾裳。」蕭銓詩：別有三聲淚，沾裳竟不窮。徐增注：本是聽猿三聲實下淚，拘於聲律，故爲實下三聲淚。

㈣李陵書：丁年奉使，皓首而歸。《博物志》：近有人居海渚者，年年八月有浮槎去來不失期，人有奇志，乘槎而去，十餘月至一處，有城郭狀，宫中有織婦，見一丈夫牽牛渚次飲之，因問此是何處，答曰：「訪嚴君平則知之。」因還。至蜀，問君平，曰：「某年某月，有客星犯牽牛宿。」計其年月，正是此人到天河時也。又《荆楚歲時記》載漢武帝令張騫使大夏，尋河源，乘槎經月而至一處。下文所云，與《博物志》同。今按：嚴武爲節度使，公曾入幕參謀，故有奉使虚隨句。八月槎，用嚴君平在蜀事。奉使，參用張騫出使事。

㊄沈佺期詩：累年同畫省。《漢官儀》：尚書省中，皆以胡粉塗壁，紫青界之，畫古列士，重行書贊。尚書郎更直於建禮門内，臺給青縑白綾被，或錦被幃帳茵褥通中枕。女侍史二人，皆選端正，執香爐燒薰，從入臺中，護衣服。《詩》：輾轉伏枕。

㊅張璁曰：山樓，即所寓西閣也。孔德紹詩：雲葉掩山樓。邵注：城上女牆，飾以堊土，故曰粉堞。梁簡文帝詩：平江含粉堞。魏文帝《與吴質書》：悲笳微吟。顧注：胡人卷蘆葉而吹之，謂之笳簫，似觱篥而無孔。

㊆鮑博士聯句：彷佛藤蘿月，繽紛篁霧陰。

㊇樂府《烏夜啼》：巴陵三江口，蘆荻齊如麻。徐渭以藤蘿、蘆荻分夏秋，未合。

唐人七律，多在四句分截，杜詩於此法更嚴。張性《演義》拈夔府京華作主，以聽猿山樓應夔府，以奉使畫省應京華，逐層分頂。説似整齊，然宋知杜律章法，而瑣瑣配合，全非作者本意。後面長安、蓬萊、昆明、昆吾四章，舊注各從六句分段，俱未合格。今照四句截界，方見章法也。

## 其三

千家山郭静朝暉㊀，日日呂東萊選本作百處江樓坐翠微㊁。信宿漁人還汎汎㊂，清秋燕子故飛飛㊃。匡衡抗疏去聲功名薄㊄，劉向傳經心事違㊅。同學少去聲年多不賤㊆，五陵衣馬自輕肥㊇。三章，言夔州朝景。上四咏景，下四感懷。秋高氣清，故朝暉冷静。山繞樓前，故坐對翠微。漁人、燕子，即所見以况己之淹留。《杜臆》：舟泛燕飛，此人情物性之常，旅人視之，偏覺增愁，曰還、曰故，厭之也。邵注：公嘗論救房琯忤旨，幾被戮辱，此功名不若衡也。公嘗待制集賢院試，後送隸有司，此傳經不如向也。遠注：匡衡抗疏，劉向傳經，上四字一讀。功名薄，心事違，屬公自慨。顧注：同學少年，不過志在輕肥，見無關於輕重也。錢箋：三章，正申秋興名篇之意，古人所謂文之心也。末句五陵，起下長安。

㊀《拾遺記》：千家萬户之書。謝朓詩：還望青山郭。陸機詩：扶桑升朝暉。

㊁庾信詩：石岸似江樓。《爾雅疏》：山氣青縹色曰翠微，凡山遠望則翠，近之則翠漸微。舊本作日日，乃起下還泛泛、故飛飛，但嫌重字太多。呂東萊作百處江樓，與千家山郭相對，但句法似板。若作每日江樓，仍是對起，而兼能起下矣。

㊂《詩》：于汝信宿。注：再宿曰信。徐訪詩：漁人迷舊浦。《詩》：汎汎揚舟。

㊃殷仲文詩：獨有清秋日，能使高興盡。古詩：秋去春還雙燕子。《文昌雜録》：燕子至秋社乃去，仲春復來。謝靈運詩：飛飛燕弄聲。以故對還，是依舊之詞，非故意之謂。或引《子規》

詩「故作傍人低」，未合。

㊄《匡衡傳》：元帝初即位，有日食地震之變，上問以政治得失。衡數上疏，陳便宜，上悦其言，遷衡爲光禄大夫、太子少傅。《解嘲》：獨可抗疏，時道是非。陸機《長歌行》：但恨功名薄。

㊅《前漢·劉向傳》：成帝即位，詔向領校中五經秘書。河平中，子歆受詔，與父領校秘書。哀帝時，歆復領五經，卒父前業。劉歆《責太常書》：考學官傳經。周弘正詩：既傷年緒促，復嗟心事違。黄生注：衡向皆歷事兩朝，故借以自比。

㊆同學少年，謂小時同學之輩。《列女傳》：孟宗少遊學，與同學共處。鮑照詩：憶昔少年時。

㊇《西都賦》：北眺五陵。注云：長陵、安陵、陽陵、茂陵、平陵也。顧注：漢徙豪傑名家於諸陵，故五陵爲豪俠所聚。范雲詩：儐從皆珠玳，裘馬悉輕肥。曰自輕肥，見非己所關心。

朱鶴齡曰：前三章，俱主夔州。後五章，乃及長安事。

澤州陳冢宰廷敬曰：前三章，詳夔州而略長安。後五章，詳長安而略夔州。次第秩然。

## 其四

**聞道**去聲**長安似弈棋**㊀**，百年世事不勝**平聲**悲**㊁。一作堪**王侯第宅皆新主**㊂**，文武衣冠異昔時**㊃**。直北關山金鼓震**一作振**，征西車馬**一作騎**羽書馳**一作遲，非㊄。**魚龍寂寞秋江冷**㊅**，故國平居有所思**㊆。四章，回憶長安，歎其涔經喪亂也。上四傷朝局之變遷，下是憂邊境之侵逼。故國有思，又起下四章。《杜臆》：長安一破於禄山，再陷於吐蕃，如弈棋迭爲勝負，即此百年中而世事有不勝悲者。百年，謂開國至今。　邵注：王侯之家，委棄奔竄，第宅易爲新主矣。文武之官，僥倖濫進，衣冠非復舊時矣。　北憂回紇，西患吐蕃，事在廣德、永泰間。或指安史餘孽爲北寇者，非。　顧注：有所思，從寂寞來，故國平居之事，當秋江寂寞，而歷歷堪思也。秋江二字，點秋興意。　《杜臆》：思故國平居，并思其致亂之由。易故園心爲故國思者，見孤舟所繫之心，爲國非爲家也，其意加切矣。

㈠《左傳》：太叔文子曰：「今甯子視君，不如弈棋，其何以免乎？」

㈡金俊明曰：自高祖開國，至大曆之初，爲百年。《左傳》：辛有曰：「不及百年，其爲戎乎？」　李陵《答蘇武書》：世事謬矣。　《世説》：王戎悲不自勝。

㈢古詩：王侯多第宅。　錢箋：天寶中，京師堂寢已極宏麗，而第宅未甚逾制，然衛國公李靖廟已爲嬖人楊氏廐矣。及安史作逆之後，大臣宿將競崇棟宇，人謂之木妖。

㈣《後漢書》傳贊：上方欲用文武。　《郭泰傳》：衣冠諸儒。唐中宗授楊再思制：衣冠舊齒。衣冠，指縉紳望族。　錢箋：玄宗寵信蕃將，而肅宗信任中官，俾居朝右，是文武衣冠皆異於昔時矣。

㈤陳澤州注：廣德元年，吐蕃入寇，陷長安，二年，僕固懷恩引回紇、吐蕃入寇。又吐蕃寇醴泉奉天，党項羌寇同州，渾、奴剌寇盩厔。是時西北多事，故金鼓震而羽書馳。或謂吐蕃入長安時，徵天下兵莫至，故曰羽書遲，非也。　陳又云：公詩「愁看北直是長安」，指夔州之北，此云「直北關山金鼓震」，指長安之北。《封禪書》：因其直北，立五帝壇。　樂府有《度關山曲》。　《晉書·

劉琨傳》：金鼓振於河曲。崔亭伯詩：戎馬鳴兮金鼓震。《後漢書》：馮異拜征西大將軍。《韓非子》：車馬不疲弊於遠方。《楚漢春秋》：黥布反，羽書至。《前漢・息夫躬傳》：軍書交馳而輻湊，羽檄重跡而狎至。

㈥《水經注》：魚龍以秋日爲夜。龍秋分而降，蟄寢於淵，故以秋爲夜也。《楚辭》：野寂寞其無人。　吴均詩：風起秋江上。

㈦桑弘羊《請田輪臺奏》：皆故國地。　阮籍詩：念我平居時。　又：登高有所思。

錢謙益曰：肅宗收京後，委任中人，中外多故，公不以移官僻遠，愁置君國之憂，故有長安世事之感。「每依北斗望京華」，情見乎此。白帝城高，目瞻故國，兼天波浪，身近魚龍，曰「平居有所思」，殆欲以滄江遺老，奮袖屈指，覆定百年舉棋之局。非徒傷晼晚，如昔人願得入帝京而已。

澤州陳廷敬曰：故國平居有所思，猶云「歷歷開元事，分明在目前」。此章末句，結本章以起下數章。

黄生曰：下四章，皆故國事，特詳言之以舒其悲感耳。或謂寓譏明皇神仙游宴武功之事，是猶其人方痛哭流涕，而誣其嬉笑怒駡，豈情也哉？

**其五**

**蓬萊高**舊作宮，別作仙**闕對南山**㈠，**承露金莖霄漢間**㈡。**西望瑶池降王母**㈢，**東來紫氣滿函關**㈣。**雲移雉尾開宮扇，日繞龍鱗識聖顔**㈤。**一卧滄江驚歲晚**㈥，**幾回青瑣點**一作照，非**朝**

音潮班㈦。五章，思長安宫闕，歎朝宁之久違也。上四，記殿前之景。下四，遡入朝之事。宫在龍首岡，前對南山，西眺瑶池，東瞰函關，極言氣象之巍峨軒敞。而當時崇奉神仙之意，則見於言外。錢箋：儀衛森嚴之地，公以布衣召見，所謂「往時文彩動人主」也。末句朝班，方及拾遺移官之事。趙大綱曰：雉扇數開，望之如雲也。龍顔日映，就之如日也。陳澤州注：此詩前六句是明皇時事。一卧滄江，是代宗時事。青瑣朝班，是肅宗時事。前言天寶之盛，陡然截住，陡接末聯，他人爲此，中間當有幾許繁絮矣。卧滄江，病夔州。驚歲晚，感秋深。幾回青瑣，言立朝止幾度也。此章用對結，末兩章亦然。

㈠《唐會要》：大明宫，龍朔三年號曰蓬萊宫，北據高原，南望爽塏，每天晴日朗，南望終南山如指掌，京城坊市街陌如在檻内。《雍録》：自丹鳳門北，則有含元殿，又北則有宣政殿，又北則有紫宸殿，三殿南北相沓，皆在山上，至紫宸又北而爲蓬萊，則山勢盡矣。豐存禮云：宫闕，舊本作仙闕爲是，與下文宫扇不犯重。《杜臆》從之。今按：宫，當作高，蓋字近而訛耳。陸機《洛記》：高闕十二間。班婕妤賦：登薄軀於宫闕兮。

㈡班固《西都賦》：抗仙掌以承露，擢雙立之金莖。注：金莖，銅柱也。陳澤州注：漢武承露銅柱，在建章宫西。建章宫，在長安城外西北隅。唐東内在京城東北，不聞有承露盤事。此蓋言唐開、寶宫闕之盛。又以明皇好道，故以蓬萊承露、瑶池紫氣，連類言之，不必實有金莖。《劇談録》：含元殿，國初建造，仰觀玉座，如在霄漢。

㊂陳注：唐公主如金仙、玉真之類，多爲道士，築觀京師，西望瑤池，蓋言道觀之盛。《唐會要》：太清宮，薦享聖祖玄元皇帝，奏混成紫極之樂。 東來紫氣，蓋言太清之尊，與上宮闕一類。 或以瑤池王母，喻貴妃之册爲太真，紫氣函關，譏玄元之降於永昌，如此說，是追數先皇之失，非迴憶前朝之盛矣。 張衡《四愁詩》：側身西望涕霑裳。 《列子》：周穆王肆意遠遊，升崑崙之丘，遂賓於西王母，觴於瑤池之上。《漢武内傳》：七月七日，上齋居承華殿，忽青鳥從西來，集殿前。上問東方朔，朔曰：「此西王母欲來也。」

㊃《關尹内傳》：關令尹喜常登樓望，見東極有紫氣西邁，曰：「應有聖人經過京邑。」乃齋戒。其日果見老君乘青牛車來過。 錢箋：天寶元年，田同秀見老君降於永昌街，云有靈寶符在函谷關尹喜宅傍。上發使求得之。 瑤池，本對函關，以聲律不諧，故句中參用變通之法。

㊄陰鏗詩：雲移蓮勢出。 《儀衛志》：唐制有雉尾障扇。 崔豹《古今注》：雉尾扇，起於殷世。高宗時，有雊雉之祥，服章多用翟羽，緝雉羽以爲扇，以障翳風塵。 朱注云：《唐會要》：開元中蕭嵩奏，每月朔望，皇帝受朝於宣政殿，宸儀肅穆，升降俯仰，衆人不合得而見之。 請備羽扇，上將出，扇合，坐定，乃去扇。 唯宸儀不欲令人見，故必俟扇開日繞，始得望見聖顔。 雲移，狀障扇之兩開。 龍鱗，謂衮衣之龍章。 陳注：史稱明皇儀範偉麗，有非常之表。 《子虚賦》：照爛龍鱗。 《世説》：諸葛靚曰：「今日復覩聖顔。」

㊅一卧滄江，本謝安高卧東山。 任昉詩：滄江路窮此。 鮑照詩：沉吟芳歲晚。

㊆范雲詩：幾回明月夜，飛夢到江邊。　青瑣，宫中門名，注別見。　樓鑰曰：點，與玷同，古詩多用之。　束皙《補亡》詩：鮮侔晨葩，莫之點辱。　左思《二唐兄弟贊》：二唐潔己，乃點乃污。　陸厥《答内兄希叔》詩：既叨金馬署，復點銅龍門。　沈約《奏彈王源》：點世家聲，將被比屋。　子美正承諸賢用字例也。　焦竑云：王建詩：「殿前傳點各依班，召對西來入詔鑾。」蓋唐人屢用之，亦可證杜詩之不音玷矣。　沈約《奏彈孔稚珪文》：正臣稚珪，歷奉朝班。

盧德水疑上四用宫殿字太多，五六似早朝詩語。　今按：賦長安景事，自當以宫殿爲首，所謂「不覩皇居壯，安知天子尊」也。　公以布衣召見，感荷主知，故追憶入朝覲君之事，没齒不忘。　若必全首俱説秋景，則筆下有秋，意中無興矣。　此章下六句，俱用一虚字二實字於句尾，如「降王母」、「滿函關」、「開宫扇」、「識聖顔」、「驚歲晚」、「點朝班」，句法相似，未免犯上尾疊足之病矣。

### 其六

**瞿唐峽口曲江頭**㊀，**萬里風烟接素秋**㊁。**花萼夾城通御氣**㊂，**芙蓉小苑入邊愁**㊃。**珠簾繡柱圍黄鵠**一作鶴㊄，**錦纜牙檣起白鷗**㊅。**回首可憐歌舞地**㊆，**秦中自古帝王州**㊇。

六章，思長安曲江，歎當時之遊幸也。　上四，叙致亂之由。下四，傷盛時難再。　瞿峽曲江，地懸萬里，而風烟遥接，同一蕭森矣。　長安之亂，起自明皇，故追叙昔年遊幸始末。　《杜臆》：城通御氣，前則敦倫勤政。　苑入邊愁，後則耽樂召憂。　見一人之身，而理亂頓殊也。　因想邊愁未入之先，江上離宫，珠簾圍鵠，江間畫舫，錦纜驚鷗，曲江歌舞之場，迴首失之，豈不可憐！　然秦中自古建都之地，王氣猶存，安知今日之亂，不轉爲他日之治乎？　錢箋：萬里風烟，即所謂「塞上風雲接地陰」也。　顧注：宫殿密而黄鵠之舉若圍，舟楫多而白鷗之遊忽起，此皆實景。　舊云柱帷繡作黄鵠文者，非。　陳澤州注：曲江與樂遊園、杏園、慈恩寺等相近，地本秦漢遺跡，唐開元中，疏鑿更爲勝境，故有末二句。　帝王州，又起下漢武帝。

㊀《方輿勝覽》：瞿塘峽，在夔州東一里，舊名西陵峽，乃三峽之門。　陸機《辯亡論》：謹守峽江口。　《劇談録》：曲江池，唐開元中疏鑿爲勝境，花卉環周，烟水明媚，都人遊賞盛於中和上巳節。　劉餗《小説》：園本古曲江，文帝惡其名曲，改名芙蓉，爲其水盛而芙蓉富也。

㊁韋鼎詩：萬里風烟異。　劉琨詩：繁英落素秋。　注：秋西方白色，故曰素秋。

㊂《舊唐書》：南内曰興慶宫，宫西南隅有花萼相輝勤政務本之樓。　開元二十六年六月，遣范安及於長安，廣花萼樓，築夾城，至芙蓉苑。　《長安志》：開元二十年，築夾城，入芙蓉園，自大明宫夾羅城複道，經通化門，以達南内興慶宫，次經明春延喜門，至曲江芙蓉園，而外人不之知也。　張正見詩：御氣響鈞天。

㊃錢箋：禄山反報至，帝欲遷幸，登興慶宫花萼樓置酒，四顧悽愴，所謂「小苑入邊愁」也。　小苑，指宜春苑。　《一統志》：芙蓉苑，即秦宜春苑地。　《漢書・蕭望之傳》：署小苑東門候。　庾信詩：停車小苑外。　陳蘇子卿詩：故鄉夢中近，邊愁酒上寬。

㊄《西京雜記》：昭陽殿，織珠爲簾。　裴子野詩：流雲飄繡柱。　《西京雜記》：昭帝始元元年，黄

鶂下建章太液池中，帝作歌。

㊅庾信詩：錦纜迴砂磧。《哀江南賦》：鐵軸牙檣。古詩：象牙作帆檣。《埤蒼》：檣尾，鋭如牙也。　何遜詩：可憐雙白鷗，朝夕水上遊。

㊆王粲《七哀》詩：南登灞陵岸，回首望長安。　庾信詩：正自古來歌舞地。

㊇《史記·劉敬傳》：輕騎一日一夜可至秦中。　謝朓詩：江南佳麗地，金陵帝王州。《秦紀》：衛鞅説孝公曰：「秦據河山之固，東向以制諸侯，此帝王之業也。」

澤州陳廷敬曰：此承上章，先宫殿而後池苑也。下繼昆明二章，先内苑而及城外也。上下四章，皆前六句長安，後二句夔州。此章在中間，首句從瞿唐引端，下六則專言長安事，俱見章法變化。

## 其七

**昆明池水漢時功㊀，武帝旌旗在眼中㊁。織女機絲虚夜月**一作月夜**，石鯨鱗甲動秋風㊂。波漂菰米沉雲黑㊃，露冷蓮房墜粉紅㊄。關塞極天唯鳥道㊅，江湖滿地一漁翁㊆。**七章，思長安昆明池，而歎景物之遠離也。　織女二句，記池景之壯麗，承上眼中來。波漂二句，想池景之蒼涼，轉下關塞去。　於四句分截，方見曲折生動。　舊説將中四句作傷感其衰，《杜臆》作追遡其盛，此獨分出一盛一衰，何也？　曰：織女鯨魚，亘古不移，而菰米蓮房，逢秋零落，故以興己之漂流衰謝耳。穿昆明以習水戰，其跡起於武帝，此云旌旗在眼，是借漢言唐。　若遠談漢事，豈可云在眼中乎？　公《寄岳州賈司馬》詩：「無復雲臺仗，虚修水戰船。」則知明皇曾置船於此矣。　身阻鳥道，而迹比漁翁，以見還京無期，不復覩王居之盛也。　陳澤州注：關塞，即塞上風雲。江，即江間波浪。帶言湖者，地勢接近，將赴荆南也。公詩「天入滄浪一釣舟」，「獨把釣竿終遠去」，皆以漁翁自比。

㈠《漢書》：元狩三年，發謫吏，穿昆明池。臣瓚曰：《西南夷傳》：越嶲昆明國有滇池，方三百里，漢使求通身毒國，爲昆明所閉。欲伐之，故作昆明池，象之以習水戰，在長安西南，週迴四十里。《長安志》：昆明池，在長安縣西二十里。虞茂詩：昆明池水秋色明。

㈡《史記·平準書》：武帝大修昆明池，治樓船高十餘丈，旗幟加其上，甚壯。《西京雜記》：昆明池中，有戈船樓船各數百艘，樓船上建樓櫓，戈船上建戈矛，四角垂幡旄旌葆麾蓋，照灼涯涘。《家語》：旄旗繽紛。　徐陵詩：密意眼中來。

㈢曹毗《志怪》：昆明池作二石人，東西相望，象牽牛織女。　晉夏歌：晝夜理機絲。　虛夜、動秋，静與動對。　《西京雜記》：昆明池刻玉石爲鯨魚，每至雷雨常鳴吼，鬐尾皆動。　劉孝威詩：雷奔石鯨動，水闊牽牛遥。　蔡邕《漢律賦》：鱗甲育其萬物。

㈣陳琳檄：隨波漂流。　《本草圖經》：菰，即茭白，其臺中有黑者，謂之茭鬱，後結實，彫菰米也。庾肩吾詩：黑米生菰葑，青花出稻苗。　趙次公曰：沉雲黑，言菰米之多，一望黯黯如雲之黑也。　鮑照詩：沉雲日夕昏。　蔡邕《月令章句》：陰者，密雲也，沉者，雲之重也。　沉雲意本此。　王褒詩：塞近邊雲黑。

㈤陶潛詩：昔爲三春蕖，今作秋蓮房。　庾肩吾詩：秋樹翻紅葉，寒池墜黑蓮。　徐孝伯詩：詎識鉛粉紅。邵注：蓮初結子，花蒂褪落，故墜粉紅。

㈥庾肩吾詩：輦道同關塞。《孔叢子》：世人言高者，必以極天爲稱。《南中八志》：鳥道四百里，以其險絶，獸猶無蹊，特上有飛鳥之道耳。

㈦《列子》：身在江湖之中。隋《望江南曲》：遊子不歸生滿地。傅玄詩：渭濱漁釣翁，乃爲周所諮。

楊慎曰：隋任希古《昆明池應制》詩：「回眺牽牛渚，激賞鏤鯨川。」便見太平宴樂氣象。今一變云：「織女機絲虚夜月，石鯨鱗甲動秋風。」讀之，則荒烟野草之悲，見於言外矣。《西京雜記》：太液池中有彫菰，紫籜緑節，鳬雛雁子，唼喋其間。《三輔黄圖》云：宫人泛舟採蓮，爲巴人櫂歌。便見人物遊戲，宫沼富貴。今一變云：「波漂菰米沉雲黑，露冷蓮房墜粉紅。」讀之，則兵戈亂離之狀俱見矣。杜詩之妙，在能翻古語，千家注無有引此者，因悟杜詩之妙如此。

錢謙益曰：今人論唐七律，推老杜昆明池水爲冠，實不解此詩所以佳。昔人叙昆明之盛者，莫如孟堅、平子，一則曰：「集乎豫章之館，臨乎昆明之池，左牽牛而右織女，若雲漢之無涯。」一則曰：「豫章珍館，揭焉中峙，牽牛立其左，織女處其右，日月於是乎出入，象扶桑與濛汜。」此楊用修所誇盛世之文也。余謂：班張以漢人叙漢事，鋪陳名勝，故有雲漢日月之言，杜公以唐人叙漢事，摩挲陳迹，故有夜月、秋風之句。何謂彼頌繁華，而此傷喪亂乎？菰米蓮房，此補班張所未及，沉雲墜粉，描畫素秋景物，居然金碧粉本。池水本黑，故賦言黑水玄阯，菰米沉沉，象池水之玄黑，乃極言其繁殖也。用修言兵火殘破，菰米漂沉不收，不已倍乎。　又云：此緊承「秦中自古帝王州」而申言之，故時則曰漢時，帝則曰武帝。織女石鯨、蓮房菰米、金隄靈沼之遺迹，與戈船樓櫓並在眼中，因自傷其僻遠，而不得見也。於上章末句，剋指其來脈，則此中叙致纍疊環鎖，了然分明矣。　按：王嗣奭云：織女鯨魚，鋪張偉麗，壯千載之觀，菰米蓮房，物産豐饒，溥萬民之利，此本追遡盛事也。說同錢箋。　范季隨《陵陽先生室中語》曰：少陵七律詩，卒章有時而對，然語意皆收結之詞，令人學之，於詩尾作一景聯，一篇之意，無所歸宿，非詩法也。

## 其八

**昆吾御宿自逶迤**㈠，一本首句在渼陂之下。**紫閣峰陰入渼陂**㈡。**香稻**《草堂》本作紅豆，一作紅稻，一作紅飯**啄殘**一作餘**鸚鵡粒，碧梧棲老鳳凰枝**㈢。**佳人拾翠春相問**㈣，**仙侶同舟晚更移**㈤。**綵筆昔曾**音層。一作遊**干氣象**㈥，**白頭今**張氏作今，舊作吟**望苦低垂**㈦。　八章，思長安勝境，遡舊遊而嘆衰老也。　香稻二句，記秋時之景，連屬上文。　佳人二句，憶尋春之興，引起下意。　仍在四句分截。　《演義》：公自長安遊渼陂，必道經昆吾御宿，及至，則見紫閣峰陰，入於渼陂，所謂「半陂以南純浸山」者是也。　《唐解》：趙注以香稻一聯爲倒裝法，詩意本謂香稻則鸚鵡啄餘之粒，碧梧乃鳳凰棲老之枝，蓋舉鸚鳳以形容二物之美，非實事也。　若云「鸚鵡啄餘香稻粒，鳳凰棲老碧梧枝」，則實有鳳凰鸚鵡矣。　陳澤州注：香稻、碧梧，屬昆吾御宿。　拾翠、同舟，屬渼陂。　公《城西泛舟》詩「青蛾皓齒在樓船，橫笛短簫悲遠天」，所謂「佳人拾翠春相問」也。　又《與岑參兄弟遊渼陂行》「船舷暝戛雲際寺，水面月出藍田關」，所謂「仙侶同舟晚更移」也。　春相問，彼此問遺也。　晚更移，移棹忘歸也。張綖注：氣象，指山水之氣象。　干者，言綵筆所作，氣凌山水也，即指《渼陂行》及《城西泛舟》等篇言。朱注：此句當與《題鄭監湖亭》「賦詩分氣象」參看。　錢箋引「氣衝星象表，詞感帝王尊」，解作賦詩干主，非也。　張遠注：此詩末聯與上章末聯，皆屬對結體。　昔曾對今望，意本明白，舊作吟望，乃字訛耳。　陳注又云：此望字與望京華相應，既望而又低垂，并不能望矣。　筆干氣象，昔何其壯；頭白低垂，今何其憊。　詩至此，聲淚俱盡，故遂終焉。

㊀《杜臆》：此章所思，不專在渼陂。　考《名勝志》：御宿昆吾，傍南山而西，皆武帝所開上林苑，方三百里，其故基跨今盩厔、鄠、藍田、咸寧、長安五縣之境，而渼陂在鄠，昆吾御宿皆在上林苑中。　曰逶迤，則延袤廣矣。　《羽獵賦序》：武帝廣開上林，東南至宜春、鼎湖、御宿、昆吾。　金注：御宿，以武帝宿此得名。　《長安志》：昆吾亭，在藍田縣境。　御宿川，在萬年縣西南四十里。　《四皓歌》：漠漠高山，深谷逶迤。　逶迤，回遠貌。

㊁《通志》：紫閣峰，在圭峰東，旭日射之，爛然而紫，其形上聳，若樓閣然。　張禮《遊城南記》：圭峰紫閣，在終南山寺之西。　《一統志》：紫閣峰，在鄠縣東南三十里。

㊂陳注：公《與鄠縣源大少府宴渼陂》詩有「飯抄雲子白」句，說者謂雲子，碎雲母，以擬飯之白。《南都賦》：香稻鮮魚。　錢箋：沈括《筆談》及洪興祖《楚辭補注》並作「紅豆啄餘鸚鵡粒」，當以《草堂》本爲正。　《雲溪友議》：李龜年曾於湘中採訪使筵上，唱「紅豆生南國，春來發幾枝」。

徐彦伯詩：巢君碧梧樹。《山海經》：黄山有鳥，其狀如鴞，人舌能言，名曰鸚䳇。鄭玄《詩箋》：鳳凰之性，非梧桐不棲。《説苑》：黄帝即位，鳳集東囿，棲帝梧樹，終身不去。

㊃《楚辭》：唯佳人之獨懷。曹植《洛神賦》：或採明珠，或拾翠羽。費昶詩：芳郊拾翠人，迴袖捲芳春。夢弼注：相問，乃詩人「雜佩以問之」之意。《前漢・婁敬傳》：數問遺。顔注：問遺，謂餉饋之也。遺，去聲。

㊄周王褒詩：仙侣自招攜。《後漢書》：李膺與郭泰同舟而濟，衆賓望之，以爲神仙。

㊅《南史》：江淹嘗宿冶亭，夢郭璞謂曰：「吾有綵筆，在卿處多年，可以見還。」乃探懷中，得五色筆以授之。嗣後有詩絶無美句，時人謂之才盡。江淹《麗色賦》：非氣象之可譬。

㊆漢古詩：令我白頭。司馬相如《美人賦》：黼帳低垂。

吴渭潛齋曰：詩有六義，興居其一，凡陰陽寒暑、草木鳥獸、山川風景，得於適然之感而爲詩者，皆興也。風雅多起興，而楚騷多賦比。漢魏至唐，傑然如老杜《秋興》八首，深詣詩人閫奥，興之入律者宗焉。

張綖曰：《秋興》八首，皆雄渾豐麗，沉着痛快，其有感於長安者，但極摹其盛，而所感自寓於中。徐而味之，則凡懷鄉戀闕之情，慨往傷今之意，與夫外夷亂華，小人病國，風俗之非舊，盛衰之相尋，所謂不勝其悲者，固已不出乎意言之表矣。卓哉一家之言，敻然百世之上，此杜子所以爲詩人之宗仰也。

陳繼儒曰：雲霞滿空，回翔萬狀，天風吹海，怒濤飛湧，可喻老杜《秋興》諸篇。

郝敬曰：《秋興》八首，富麗之詞，沉渾之氣，力扛九鼎，勇奪三軍，真大方家如椽之筆。王元美謂其藻繡太過，肌膚太肥，造語牽率而情不接，結響奏合而意未調，如此諸篇，往往有之。由其材大而氣厚，格高而聲弘，如萬石之鐘，不能爲喁喁細響，河流萬里，那得不千里一曲？子美之於詩，兼綜條貫，非單絲獨竹，一戛一擊，可以論宫商者也。又曰：八首，聲韻雄暢，詞采高華，氣象冠冕，是真足虎視詞壇，獨步一世。

澤州陳冢宰廷敬曰：《秋興八首》，命意鍊句之妙，自不必言，即以章法論：分之如駭雞之犀，四面皆見；合之如常山之陣，首尾互應。前人皆云李如《史記》，杜如《漢書》，予獨謂不然，杜合子長、孟堅爲一手者也。

# 詠懷古跡五首

鶴注：此當是大曆元年夔州作。《杜臆》：五首各一古跡，首章前六句，先發己懷，亦五章之總冒。其古跡，則庾信宅也。宅在荆州，公未到荆，而將有江陵之行，流寓等於庾信，故詠懷而先及之。然五詩皆借古跡以見己懷，非專詠古跡也。又云：懷庾信、宋玉，以斯文爲己任也，懷先主、武侯，嘆君臣際會之難逢也，中間昭君一章，蓋入宫見妬，與入朝見妬者，千古有同感焉。

支離東北風塵際，漂泊西南天地間㈠。三峽樓臺淹日月㈡，五溪衣服共雲山㈢。羯胡事主終無賴㈣，詞客哀時且未還。庾信生平最蕭瑟，暮年詩賦動江關㈤。首章咏懷，以庾信自方也。　上四，漂泊景況。下四，漂泊感懷。　公避禄山之亂，故自東北而西南。淹日月，久留也。共雲山，雜處也。五六，賓主雙關，蓋禄山叛唐，猶侯景叛梁，公思故國，猶信《哀江南》。末應詞客哀時。後四章，皆依年代爲先後。首章拈庾信，從自叙帶言之耳。或因信曾居江陵宋玉故宅，遂通首指信。按子山自梁使周，被留不返，三峽五溪，踪跡未到，不當傅會。

㈠《莊子》：夫支離其形者，猶足以養其身，全其天年。注：支離，形體不全之貌。此詩作流離之意。　《蜀志・許靖傳》：漂泊風波，絶糧茹草。　顧注：東北純是風塵，西南尚留天地，下字皆不苟。　吴邁遠詩：西南窮天險，東北畢地關。

㈡鶴曰：《峽程記》：三峽，謂明月峽、巫山峽、廣澤峽，其有瞿唐、灔澦、燕子、屏風之類，皆不在三峽之數。此云三峽，蓋指巫山爲第三峽，非兼明月、廣澤而言。下章蜀主幸三峽，亦同此義。　《杜臆》：樓臺，指西閣言。　蕭懿詩：樓臺自相隱。

㈢《後漢・南蠻傳》：武陵五溪蠻，皆槃瓠之後。槃瓠，犬也，得高辛氏少女，生六男六女，織績衣皮，好五色衣服。《叙州圖經》：五溪諸蠻，遥接益州西郡，故先主伐吴，使馬良招五溪諸蠻，授以官爵。《水經注》：武陵有五溪，謂雄溪、樠溪、酉溪、沅溪、辰溪也，在今湖廣辰州界。　《左傳》：飲食衣服，不與華同。　蔡琰詩：雲山萬里兮歸路遐。

㈣《史記注》：江湖間，謂小兒多作狡猾爲無賴。

㈤《庾信傳》：信在周，雖位望通顯，常有鄉關之思，乃作《哀江南賦》以致其意，其辭曰：「信年始二毛，即逢喪亂，藐是亂離，至於没齒。燕歌遠别，悲不自勝；楚老相逢，泣將何及？」又云：「將軍一去，大樹飄零；壯士不還，寒風蕭瑟。提挈老幼，關河累年。」又《傷心賦》：「對玉關而羈旅，坐長河而暮年。」末二句，即用其賦語。庾信初在江南，江關正其地也。《後漢書》：岑彭破荆門，長驅入江關。

其二

**搖落深知宋玉**一作爲主**悲**㈠**，風流儒雅亦吾師**㈡**。悵望千秋一灑淚**㈢**，蕭條異代不同時**㈣**。**

**江山故宅空文藻**㈤**，雲雨荒臺豈夢思**㈥**？最是楚宫俱泯滅**㈦**，舟人指點到今疑**㈧**。**此懷宋玉宅也。亦四句分截。言古人不可復作，而文采終能傳世。望而灑淚，恨不同時也，二句乃流對。《杜臆》：玉之故宅已亡，而文傳後世。其所賦陽臺之事，本託夢思以諷君，至今楚宫久没，而舟人過此，尚有行雲行雨之疑。總因文藻所留，足以感動後人耳。風流儒雅，真足爲師矣。一説，宋宅雖亡，其文藻猶存，若楚宫泯滅，指點一無可憑矣。然則富貴而名湮没者，烏足與詞人争千古哉。此作言外感慨之詞，亦見姿致。黄生曰：前半懷宋玉，所以悼屈原，悼屈原者，所以自悼也。後半抑楚王，所以揚宋玉，揚宋玉者，亦所以自揚也。是之謂詠懷古跡也。此詩起二句失粘。

㈠宋玉《九辯》：悲哉秋之爲氣也，蕭瑟兮草木搖落而變衰。

㈡庾信《枯樹賦》：殷仲文風流儒雅，海内知名。邵注：風流，言其標格。儒雅，言其文學。宋玉以屈原爲師，杜公又以宋玉爲師，故曰亦吾師。《莊子》：吾師乎。

㈢謝朓詩：寒烟悵望心。曹植詩：灑淚滿禕抱。

㈣李陵書：悲風蕭條。蕭條，歎人亡也。太白《懷張子房》詩：歎息此人去，蕭條徐泗空。謝靈運詩：異代可同調。漢武帝讀相如《子虚賦》，曰：「朕獨不得與此人同時哉。」

㈤陶潛詩：江山豈不險。《楚辭》：爾何懷乎故宅。趙曰：歸州荆州皆有宋玉宅，此言歸州宅也。曹植論：躭思乎文藻之場圃。

㈥宋玉《高唐賦》：昔先王嘗遊高唐，夢見一婦人，王因幸之，去而辭曰：「妾在巫山之陽，高丘之岨，旦爲行雲，暮爲行雨，朝朝暮暮，陽臺之下。」謝朓詩：歸夢相思夕。豈夢思，言本無此夢。

㈦俱泯滅，與故宅俱亡矣。《世説》：王大將軍云：「最是臣少所知拔。」《寰宇記》：楚宫，在巫山縣西二百步陽臺古城内，即襄王所遊之地。陽雲臺，高一百二十丈，南枕長江。張正見詩：忽聽晨雞曙，非復楚宫歌。鍾會檄文：生民之命，幾於泯滅。

㈧《抱朴子》：莫不指點之。宋玉《釣賦》：歷載數百，到今不廢。按《漢書注》：宋玉作賦，蓋假設其事，諷諫淫惑也。張綖云：賦稱先王夢神女，蓋以懷王之亡國警襄王也。朱注云：豈夢思，明其爲子虚亡是之説。顧宸曰：宋玉述懷王夢神女，作《高唐賦》，又自述己夢，作《神女賦》，本託諷諫襄王耳。《國風》以

《關雎》爲思賢，《離騷》比湘妃於君王，玉之兩賦，正合此旨。李義山詩云「襄王枕上原無夢，莫枉陽臺一片雲」，是也。後人皆云襄王夢神女，非矣。《文選》刻本沿訛已久，王玉二字互混到底，今只改正數字，文義自明。使玉賦高唐之事，其夜玉寢，夢與神女遇，其狀甚麗，玉異之，明日以白王，王曰其夢若何？玉對云云。王曰狀如何也？玉曰茂矣美矣云云。王曰：「若此甚矣，試爲寡人賦之。」今按：必如修遠説，於王曰盛矣句，方有着落，其賦中王覽其狀，亦當改作玉覽其狀。又尾末所云顛倒失據，惆悵垂涕者，亦屬自述語，不似代王賦夢之詞。

## 其三

**群山萬壑赴荊門**㈠，**生長**子兩切**明妃**陳注：明字犯重，據《負薪行》作昭君村**尚有村**㈡。**一去紫臺連朔漠，獨留青塚向黄昏**㈢。**畫圖省**蘇梗切**識春風面**㈣，**環珮空歸夜月魂**㈤。**千載**上聲。一作歲**琵琶作胡語**㈥，**分明怨**一作愁**恨曲中論**平聲㈦。此懷昭君村也。上四記叙遺事，下乃傷弔之詞。生長名邦，而歿身塞外，比足該舉明妃始末。五六，承上作轉語，言生前未經識面，則歿後魂歸亦徒然耳，唯有琵琶寫意，千載留恨而已。朱瀚曰：起處，見鍾靈毓秀而出佳人，有幾許珍惜。結處，言託身絶域而作胡語，含許多悲憤。曲中訴論，正指昭君怨詩，不作後人詞曲。黄生曰：怨恨者，怨己之遠嫁，恨漢之無恩也。陶開虞曰：此詩風流摇曳，杜詩之極有韻致者。

㈠鮑照《舞鶴賦》：雪滿群山。《世説》：千巖競秀，萬壑争流。

㈡《漢書注》：文穎曰：昭君，本蜀郡秭歸人也。《漢書》：王嬙，字昭君。石崇《明君詞序》：明君，本昭君，觸晉文帝諱改焉。《一統志》：昭君村，在荆州府歸州東北四十里。

㊂薛道衡詩：一去無消息。《别賦》：明君去時，仰天太息，紫臺稍遠，關山無極。望君王兮何期，終蕪絶兮異域。李善注：紫臺，即紫宫也。邵注：漢宫名。朱瀚曰：此詩連字，即無極意。青塚句，即蕪絶意。謝惠連《雪賦》：朔漠飛沙。《爾雅》：朔，北方也。《説文》：漠，北方流沙也。《歸州圖經》：邊地多白草，昭君塚獨青，鄉人思之，爲立廟香溪。《一統志》：昭君墓，在古豐州西六十里。《琴操》：昭君有子曰世違，單于死，世違繼立。凡爲胡者，父死妻母，昭君問世違曰：「汝爲漢也，爲胡也？」世違曰：「欲爲胡耳。」昭君乃吞藥自殺。《淮南子》：日至虞淵，是謂黄昏。

㊃《莊子》：宋元君將畫圖。《西京雜記》：元帝後宫既多，使畫工圖形，按圖召幸之。宫人皆賂畫工，昭君自恃其貌，獨不與，乃惡圖之，遂不得見。後匈奴來朝，求美人爲閼氏，上以昭君行。及去，召見，貌爲後宫第一，帝悔之。窮按其事，畫工韓延壽棄市。瀚曰：省，乃省約之省，言但於畫圖中略識其面也。

㊄江總《和東宫故妃》詩：猶憶窺窗處，還如解佩時。若令歸就月，照見不須疑。瀚曰：環珮句，乃總括其語。《史記》：南子環珮，玉聲璆然。漢章帝詔：想望歸魂於沙漠之表。

㊅庾信《昭君詞》：胡風入骨冷，夜月照心明。方調琴上曲，變入胡笳聲。瀚曰：琵琶句，乃融化其語。《釋名》：琵琶，本邊人馬上所鼓也，推於前曰琵，引却曰琶。石崇《明君詞序》：昔公主嫁

烏孫，令琵琶馬上作樂，以慰其道路之思，其送明君亦必爾也，其造新曲，多哀怨之聲。《琴操》：昭君在外，恨帝始不見遇，乃作怨思之歌，後人名爲《昭君怨》。《昭君怨》詩云：秋木淒淒，其葉萎黄。有鳥處山，集於苞桑。養育毛羽，形容生光。既得升雲，上遊曲房。離宫絶曠，身體摧藏。志念抑沉，不得頡頏。雖得委食，心有徊徨。我獨伊何，來往變常。翩翩之燕，遠集西羌。高山峨峨，河水泱泱。父兮母兮，道里悠長。嗚呼哀哉，憂心惻傷。

㊆《史記·始皇紀》：貴賤分明。《前漢·郊祀志》：天下怨恨。庾信詩：終是曲中啼。

韓子蒼《昭君圖叙》：《漢書》：竟寧元年，呼韓邪來朝，言願壻漢氏，元帝以後宫良家子王昭君字嫱妃之，生一子株累，立，復妻之，生二女。至范氏書，始言入宫久不見御，積怨，因掖庭令請行單于。臨辭，大會，昭君豐容靚飾，顧影裴徊，竦動左右。帝驚悔，欲復留，而重失信外夷。然范不言呼韓邪願壻，而言四五宫女，又言字昭君，生二子，與前書皆不合。其言不願妻其子，而詔使從胡俗，此自烏孫公主，非昭君也。《西京雜記》又言：元帝使畫工圖宫人，皆賂畫工，而昭君獨不賂，乃惡圖之。既行，遂按誅毛延壽。《琴操》又言：本齊國王穰女，端正閑麗，未嘗窺看門户。穰以其有異，人求之，不與。年十七，進之，帝以地遠，不幸。欲賜單于美人，嫱對使者，越席請往。後不願妻其子，吞藥而卒。蓋其事雜出，無所考證。自信史尚不同，況傳記乎。要之，《琴操》最牴牾矣。按：昭君，南郡人，今秭歸縣有昭君村，人生女，必灼艾灸其面，慮以色選故也。

張綖曰：代宗嘗以僕固懷恩之女，號崇徽公主，下嫁回紇，歐陽公詠其手痕云：「故鄉飛鳥尚啁啾，何況悲笳出塞愁。青塚埋魂知不返，翠崖遺跡爲誰留？玉顔自古爲身累，肉食何人與國謀？行路至今空嘆息，巖花野草自春秋。」朱文公謂玉顔肉食一聯，以詩言之，第一等詩，以議論言之，第一等議論。文公蓋亦感傷時事，故有契於歐公之作耳。

錢塘瞿佑《詩話》：詩人咏昭君者多矣，大篇短章，率叙其離别怨恨而已。唯白樂天云：「漢使却回憑寄語，黄金何日贖蛾眉。君王若問妾顔色，莫道不如宫裏時。」此不言怨恨，而惓惓舊主之思，過人遠甚。

### 其四

**蜀**當作漢**主窺**顧少冶改作征**吴幸三峽，崩年亦在永安宫**㈠。**翠華想像空**一作寒**山裏**㈡，**玉殿虚無野寺中**㈢。**古廟杉松巢水鶴**㈣，**歲時伏臘走村翁**㈤。**武侯祠屋長**一作常**鄰近，一體君臣祭祀同**㈥。

此懷先主廟也。上四，記永安遺迹。下四，叙廟中景事。幸峽崩年，遡廟祀之由。君臣同祭，見餘澤未泯。盧注：曰幸、曰崩、曰翠華、曰玉殿，尊昭烈爲正統，若《春秋》之筆。首稱蜀主，因舊號耳。後篇又稱漢祚，其帝蜀可見矣。今按：若論書法，當云「漢主征吴幸三峽」，尤見正大。顧注：巢水鶴，見廟之久。走村翁，見祭之勤。又曰：《出師表》：「宫中府中，俱爲一體。」言平日抱一體之誠，千秋享一體之報。朱瀚曰：先主崩於白帝城，其立廟宜也。武侯祠自在沔陽，而此處亦爲立祠，實以君臣一體之故，陪享正合典禮，見後主不允臣民之請爲闕失矣。

㈠錢箋：《水經注》：石門灘北岸有山，山上合下開，洞達東西，緣江步路所由。先主爲陸遜所敗，走逕此門，追者甚急，乃燒鎧斷道。孫桓爲遜前驅，斬上夔道，截其要逕。先主踰山越險，僅乃得免，忿恚而歎曰：「吾昔至京，桓尚小兒，而今迫孤乃至於此。」遂發憤而薨。《華陽國志》：先主戰敗，委舟舫，由步道還魚復，改魚復爲永安。明年正月，召丞相亮於成都。四月，殂於永安宫。《寰宇記》：先主改魚復爲永安，仍於州之西七里別置永安宫。梁簡文帝《蜀道篇》：建平督郵道，魚復永安宫。

㈡《楚辭》：思故舊以想像兮。

㈢原注：殿今爲卧龍寺，廟在宫東。　謝莊《送神歌》：璇庭寂，玉殿虚。　《上林賦》：乘虚無，與神俱。

㈣《西京雜記》：高松植巘。　應瑒《靈河賦》：長杉峻槓。　《抱朴子》：千歲之鶴，隨時而鳴，能登於木，其未千歲者，終不能集於樹上。《春秋繁露》：白鶴知夜半。注：鶴，水鳥也，夜半，水位感其生氣，則益喜而鳴。

㈤楊惲《報孫會宗書》：田家作苦，歲時伏臘，烹羊炮羔，斗酒自勞。

㈥内宫外殿，君廟臣祠，有次第。　王褒《四子講德論》：君爲元首，臣爲股肱，明其一體，相待而成。

## 其五

**諸葛大名垂宇宙㈠，宗臣遺像肅清高㈡。三分割據紆籌策㈢，萬古雲霄一羽毛㈣。伯仲之**

間見伊呂，指揮若定失蕭曹㈤。運一作福移漢祚終難復一作難恢復㈥，志決身殲軍務勞。此懷武侯也。　上四，稱其大名之不朽。下四，惜其大功之不成。　三分割據，見時勢難爲。萬古雲霄，見才品傑出。　俞浙曰：孔明人品，足上方伊呂，使得盡其指揮，以底定吴魏，則蕭曹何足比論乎？無如漢祚將移，志雖決於恢復，而身則殲於軍務，此天也，而非人也。五六，承萬古雲霄。七八，承三分割據。　澤州陳冢宰注：武侯在軍，嘗綸巾羽扇。遺像清高，其氣象猶可想見。　按：俞氏云：一羽毛，如鸞鳳高翔，獨步雲霄，無與爲匹也。焦竑則云：昔人以三分割據爲孔明功業，不知此乃其所輕爲，正如雲霄間一羽毛耳。此説非是。　當年漢軍雜耕渭濱，魏人畏蜀如虎，孔明一死，而漢事遂不可爲，此真天運之無可如何者。志決身殲，即《出師表》所謂「鞠躬盡瘁，死而後已」者。軍務勞，即《蜀志》所云「巨細咸決」及「南征北伐」之類。　紆，屈也。一，獨也。殲，盡也。

㈠《一統志》：武侯廟，在夔州府治八陣臺下。　《史記·越世家》：范蠡以爲大名之下，難以久居。　《莊子》：外不觀乎宇宙。《文子》：四方上下謂之宇，往古來今謂之宙。

㈡《漢書》贊：蕭何、曹參，位冠群后，聲爲一代之宗臣。注：言爲後世之所尊仰。《蜀志·武侯傳》注：張儼曰：一國之宗臣，伯主之賢佐。　夏侯湛《東方朔畫贊序》：徘徊路寢，見先生之遺像。　《高士傳》：鄭樸修道静默，世服其清高。

㈢諸葛亮《出師表》：今天下三分，益州罷弊。　陸機《辯亡論》：割據山川，跨制荆吴。是言偏霸一方。　又班固《漢·高帝贊》：割據河山，保此懷民。亦可言興王事業矣。　《老子》：善計不用籌策。《史記》：高帝曰：「運籌策帷幄中。」

㊃陸倕詩：萬古信爲儔。《晉書·陶侃傳》：志凌雲霄，神機獨斷。蔣氏曰：雲霄羽毛，正與清高相應。梁簡文帝《與劉孝儀令》：威鳳一毛。《廣絶交論》：競羽毛之輕。

㊄魏文帝《典論》：傅毅之于班固，伯仲之間耳。彭羕《獄中與諸葛亮書》：足下乃當世伊呂。《陳平傳》：誠能去兩短，集兩長，天下指揮即定矣。《丙吉傳贊》：高祖開基，蕭曹爲冠。錢箋：張輔《葛樂優劣論》：孔明包文武之德，殆將與伊呂爭儔，豈徒樂毅爲伍？後魏崔浩著論：亮不能爲蕭曹亞匹。謂陳壽貶亮，非爲失實。公以伊呂相提而論，乃伸張輔之説，而抑崔浩之黨陳壽也。

㊅宋文帝詩：運移矜物化。蔡琰《胡笳曲》：我生之後漢祚衰。

金郝居中《題五丈原武侯廟》詩：「籌筆無功事可哀，長星飛墮蜀山摧。三分豈是平生志，十倍寧論蓋世才。壞壁丹青仍白羽，斷碑文字只蒼苔。夜深老木風聲惡，猶想褒斜萬馬來。」按：三分萬古，以虛對實，郝氏將十倍對三分，全用實事，乃倣公意而參酌者。

劉克莊曰：卧龍没已千載，而有志世道者，皆以三代之佐許之。此詩儕之伊呂伯仲間，而以蕭曹爲不足道，此論皆自子美發之。考亭、南軒，近代大儒，不能廢也。

張綖曰：見伊呂而失蕭曹，稱之無乃過乎？曰：此少陵有見之言也。蕭曹佐漢開基，不能致主王道，建萬世之長策，使帝王以來之制度，蕩然而不復見，至今有遺憾焉。孔明高卧隆中，三顧而起，固耕莘釣渭之遺風也。文中子稱其無死，禮樂其有興乎？然則指揮若定，誠非蕭曹所能班矣，夫豈過哉。

黄生曰：此詩先表其才之挺出，後惜其志之不成，武侯平生出處，直以五十六字論定。前後諸人，區區以成敗持評者，皆可廢矣。

盧世㴶曰：杜詩《諸將》五首、《詠懷古跡》五首，此乃七言律命脈根柢。子美既竭心思，以一身之全力，爲廟算運籌，爲古人寫照，一腔血悃，萬遍水磨，不唯不可輕議，抑且不可輕讀，養氣滌腸，方能領略。人知有《秋興》八首，不知尚有此十首，則杜詩之所以爲杜詩，行之不著，習矣不察者，其埋没亦不少矣。

## 寄韓諫議注

鶴注依梁氏編在大曆元年之秋，姑仍之。《杜臆》：詩言岳陽、洞庭、瀟湘、南極，韓蓋楚人，岳陽其家也。

**今我不樂**音洛**思岳陽**㈠，**身欲奮飛病在牀**㈡。**美人娟娟隔秋水**㈢，**濯足洞庭望八荒**㈣。**鴻飛冥冥日月白**㈤，**青楓葉赤天雨**去聲。一作飛**霜**㈥。首叙懷思韓君之意。《楚辭》以美人比君子，此指韓諫議也。岳陽、洞庭，韓居之地。鴻飛冥冥，韓已遯世。青楓赤葉，時屬深秋矣。

㈠《詩》：今我不樂。　師氏曰：《地理志》：岳州巴陵郡，在岳之陽，故曰岳陽，有君山、洞庭湖、湘江之勝。

㈡《詩》：不能奮飛。　又：或偃息在牀。

㈢又，彼美人兮，西方之人兮。鮑照詩：娟娟似蛾眉。　《莊子》：秋水時至。

㈣左思詩：振衣千仞岡，濯足萬里流。此濯足，用《滄浪歌》。　《揚雄傳》：陟西岳以望八荒。

㈤《法言》：鴻飛冥冥，弋人何篡焉。

㈥謝靈運詩：曉霜楓葉丹。　鮑照詩：北風驅雁天雨霜。

**玉京群帝集北斗**㈠，**或騎騏驎翳鳳凰**㈡。**芙蓉旌旗**一作旄**烟霧落**一作樂㈢，**影動倒景摇瀟湘**㈣。**星宮之君醉瓊漿**㈤，**羽人稀少不在旁**㈥。唐汝詢曰：此借仙官以喻朝貴也。　北斗象君，群帝指王公。　麟鳳旌旗，言騎從儀衛之盛。　影動瀟湘，謂聲勢傾動乎南楚。　星君，比近侍之霑恩者。羽人，比遠臣之去國者。

㈠《靈樞奎景内經》：下離塵境，上界玉京。元君注：玉京者，無爲之天也。東西南北，各有八天，凡三十二天，蓋三十二帝之都。玉京之下，乃崑崙北都。　江淹詩：群帝共上下。　趙注：群帝，如五方之帝，三十二天之帝，雖皆稱帝，而於大帝爲卑，猶諸王三公之於天子也。　《晉・天文志》：北斗七星，在太微北，人君之象，號令之主。

㈡《集仙録》：群仙畢集，位高者乘鸞，次乘麒麟，次乘龍。　鸞鶴每翅各大丈餘。　《杜臆》：翳，語助詞。舊解翳爲蔽，引《甘泉賦》「登鳳凰兮翳芝」，恐非。

㊂北齊蕭慤詩：芙蓉露下落。此處落字所本，謂旌旗如落於烟霧之中，若作烟霧樂，謂樂音微細，如奏於烟霧中也。《列子》：黄帝張樂於洞庭之野。

㊃相如《大人賦》：貫列缺之倒景。注引《凌陽子明經》：列缺气去地二千四百里，倒景气去地四千里，其景皆倒在下。《漢·郊祀志》：登遐倒景。注：在日月之上，反從下照，故其景倒。

㊄《楚辭》：華酌既陳，有瓊漿些。《真誥》：羽童捧瓊漿。

㊅《楚辭》：仍羽人於丹丘。羽人，飛仙也。羽人稀少，韓已去位。此句起下。

**似聞昨者**一作夜**赤松子**㊀**，恐是漢代韓張良**㊁**。昔隨劉氏定長安，帷幄未改神慘傷。國家成敗吾豈敢**㊂**？色難腥腐餐楓**一作風**香**㊃**。**此申明諫議去官之故。以張良方韓，是嘗平定西京者。帷幄未改，言老謀仍在。成敗豈敢，言不忘憂國。色難腥腐，蓋厭濁世而思潔身矣。

㊀《張良傳》：願去人間事，從赤松子遊耳。《列仙傳》：赤松子，神農時雨師，能入火自燒。

㊁《漢書》：張良，字子房，其先韓人也。陸機《高祖功臣傳》：太子少傅、留文成侯、韓張良。《高祖紀》：運籌帷幄之中，決勝千里之外，吾不如子房功。

㊂《出師表》：至於成敗利鈍，非臣之明所能逆覩也。

㊃《前漢·鄧通傳》：太子齰癰而色難之。《神仙傳》：壺公數試費長房，繼令啖溷，臭惡非常，房色難之。鮑照《升天行》：何時與爾曹，啄腐共吞腥。注：啄腐吞腥，謂酒肉之人。《爾雅注》：楓，

似白楊，葉圓而岐，有脂而香，今之楓香是也。《山海經注》：宋山楓木，即今楓香樹。《南史》：任昉營佛齋，調楓香二石。張遠注：楓香，道家以之和藥，故云餐。《鶴林玉露》引佛書，凡諸所齅，風與香等。朱注引范成大詩「懸知佛骨有青冥，風香久已滌羶腥」。其説皆迂曲。鄭侯升曰：杜詩又有「獨歎風香林，春時好顔色」，亦豈用佛書耶？

**周南留滯古**一作世**所**一作莫**惜**㈠**，南極老人應壽昌**㈡**。美人胡爲隔秋水，焉**於虔切**得置之貢玉堂**㈢**？** 末想其老成宿望，再出而濟世匡君也。《杜臆》：南極老人，非祝其多壽。此星治平則見，進此人於玉堂，是即老人星見矣，蓋意在治平也。此章，前三段各六句，末段四句收。

㈠《史記》：太史公留滯周南。

㈡《晉書》：老人一星在弧南，一曰南極，常以秋分之旦見於丙，秋分之夕没於丁，見則治平，主壽昌。

㈢焉得置之，上四字略讀。《前漢·翼奉傳》：久污玉堂之署。顔師古曰：玉殿在未央宫。《揚雄傳》：上玉堂。

朱鶴齡曰：韓諫議，不可考，其人大似李鄴侯，必肅宗收京時嘗與密謀，後屏居衡湘，修神仙羽化之道。公思之而作。似聞以下，美其功在帷幄，翛然遠引。周南以下，惜其留滯秋水，而不得大用也。盧元昌曰：韓官居諫議，必直言忤時，退老衡岳，公傷諫臣不用，勸其出而致君，不欲終老於江湖，徒託神仙以自全也。首尾美人，中間羽人及赤松子、韓張良、南極老人，總一諫議影子。

吴江潘耒曰：少陵平生交友，無一不見於詩，即張曲江、王思禮，未曾款洽者，亦形諸歌詠，若李鄴侯，則從無一字交涉，蓋杜於五月拜官，李即於十月乞歸，未嘗相往還也。此詩題云「寄韓諫議」，則所云美人，當即指韓，錢箋移之鄴侯，有何確據？杜既推李如此，他詩何不一齒及，而獨寓意於寄韓一篇？且何所忌諱，而庾辭隱語，并題中不一見姓氏耶？若云詩中語非鄴侯不足當，則韓既諫官而與杜善，安知非扈從收京，曾參密議者耶？錢氏歸其説於程孟陽，亦自知其不的也。

黄生曰：錢氏謂此詩欲韓諫議貢李泌於玉堂，其説近鑿。韓時在岳陽，其官之有無不可知，何得以薦賢望之？觀泌語肅宗云「殺臣者，乃五不可」，則其君臣之間，正非諫議小臣所能與也。予意韓張良，當即指韓諫議，亦在靈武從駕，故曰「昔隨劉氏定長安」，既而肅崩代立，故曰「帷幄未改神慘傷」，其人必見時事不佳，故棄官遠遊，公特微其辭曰「國家成敗吾豈敢，色難腥腐餐楓香」也。前段「玉京群帝」云云，指當時在朝之臣，遠方流落者望之猶登仙也，公蓋與韓有舊，故作此寄之，而因以自寓，所以結處深致慨惜，言此人自宜在玉堂之上耳，焉得置而不用耶？朱注雖不徑指爲李泌，顧云其人必肅宗時嘗與密謀，後屏居衡山，修神仙之道，公思之而作，則亦總爲「玉京群帝」等語所惑也。予初疑公以子房比韓，或張之先與韓同出。因檢《史記索隱》注云：王符、皇甫謐皆言子房本韓之公族，因秦索之急，故變姓名。益知本句不曰漢代張子房，而曰漢代韓張良，公之所指本明白，人自不解耳。

# 解悶十二首

鶴注：詩云「一辭故國十經秋」，當是大曆元年夔州作。《杜臆》：公當悶時，隨意所至，吟爲短章，以自消遣耳。

**草閣柴扉星散居**㈠，**浪翻江黑雨飛初**。**山禽引子哺紅果**，**溪女**趙定作女，一作友**得錢留白魚**㈡。前二首，即事興感，此從夔州風景叙起。上二句，山水對言。山禽引子，山間之景；溪女留魚，江邊之事。《杜臆》：草閣，公所居。山禽句，見與物俱適。溪女句，見人我兩忘。

㈠庾信詩：客園星散居。

㈡公《雲安》詩「負鹽出井此溪女」，又《負薪行》「男當門户女出入」，則溪女賣魚可知。

## 其二

**商胡離別下**去聲**揚州**㈠，**憶上**上聲**西**一作蘭**陵故驛樓**㈡。**爲**去聲**問淮南米貴賤**㈢，**老夫乘興**去聲**欲東遊**一作流㈣。此欲去夔而遊吴也。朱注：時有胡商下揚州，來别，因道其事。西陵驛樓，公少遊吴越時所登。

㈠《洛陽伽藍記》：商胡販客，日奔塞下。隋煬帝詩：言旋舊鎮下揚州。

㊁錢箋：《水經注》：浙江又北逕固陵城北，今之西陵也。有西陵湖，亦謂之西城湖。《會稽志》：西陵城，在蕭山縣西十二里，謝惠連有《西陵阻風獻康樂》詩，吴越改曰西興。東坡詩「爲傳鐘鼓到西興」是也。又，白樂天《答元微之泊西陵驛見寄》詩：「烟波盡處一點白，應是西陵古驛臺。」則西陵舊有驛耳。

㊂《晉書》：王述，年三十未知名，人謂之痴。導以門第辟之，既見，唯問江東米價，述張目不答。

㊃《越絶書》：秦皇帝東遊，之會稽。《會稽志》：晉宋人指會稽、剡中皆曰東，如《謝安傳》「海道還東」是也。

### 其三

**一辭故國十經秋，每見秋瓜憶故丘**一作侯，非㊀。**今日南**一作東**湖采薇蕨**㊁，**何人爲**去聲**覓鄭瓜**一作袁，非**州**㊂？以下五章，皆感懷詩人，此則懷鄭審也。故丘有瓜洲，即鄭秘監所居，今已謫居南湖，無復有訪覓者矣，蓋傷其寥落也。黄生曰：此詩兩故字、兩秋字、兩瓜字，連環鈎搭，亦絶句弄筆之法，大家時一爲之耳。原注：鄭秘監審。

㊀《水經注》：長安第二門，本名霸城門，又名青門，門外舊出佳瓜，其南有下杜城。《西京雜記》：杜子夏《葬文》：「何必故丘，然後即化。」

㊁南湖，鄭監所在，公《夔州詠懷》詩云：南湖日扣舷。

㊂張禮《遊城南記》：濟滈水，陟神禾原，西望香積寺下原，過瓜洲村。注：瓜洲村，在申店滈水之

陰。《許渾集》有《和淮南相公重遊瓜洲别業》詩，淮南相公，杜佑也。朱注：瓜州村與鄭莊相近。鄭莊，虔郊居也，審爲虔之姪，其居必在瓜州村，故有末語，與「秋瓜憶故丘」緊相應。或以大曆中，鄭審嘗任袁州刺史，改作袁州，則生趣索然矣。

其四

**沈范早知何水部㊀，曹劉不待薛郎中㊁。獨當省署開文苑，兼泛滄浪學釣翁。**此懷薛璩也。何薛同爲水部，但何有知音而薛無同調，故爲惜之。當省署，昔爲部郎。泛滄浪，今客荆楚。陳師道曰：「省署開文苑，滄浪學釣翁，即薛璩詩也。」《杜臆》：此處稱薛孟之詩，知公《别崔潩》云「荆州遇薛孟，爲報欲論詩」，非漫語也。　原注：水部郎中薛據。

㊀《梁書·何遜傳》：范雲見其對策，大相稱賞，因結忘年交好，一文一咏，雲輒嗟賞。沈約亦愛其文，嘗謂遜曰：「吾每讀卿詩，一日三復，猶不能已。」

㊁鍾嶸《詩品》：「曹劉殆文章之聖，陸謝爲體貳之才。」曹植、劉楨，爲建安才人之冠，能推獎名士。此云不待者，猶言恨古人不及見耳。《唐會要》：天寶六年風雅古調科，薛據及第。韓文公《薛公達墓誌》：據爲尚書水部郎中，贈給事中。

其五

**李陵蘇武是吾師㊀，孟子論**平聲**文更不疑。**一本第二句作首句。**一飯未曾**音層**留俗客，數篇今見古人詩。**此懷孟雲卿也。蘇李吾師，此述其論詩。今見古人，此稱其作詩。便知雲卿詩格，獨能力追西漢。　原注：校書郎孟雲卿。

㊀僧皎然曰：五言始於蘇李二子，天與其性，發言自高，未有作用，如《十九首》，則詞義炳婉而成章矣。

洪容齋《隨筆》曰：《文選》編李陵、蘇武詩凡七篇，人多疑「俯觀江漢流」之語，以爲蘇武在長安所作，何爲乃及江漢？　東坡云：皆後人所擬也。　予觀李詩云：「獨有盈觴酒，與子結綢繆。」盈字，係惠帝諱，漢法觸諱者有罪，不應陵敢用之。益知東坡之言爲可信矣。　蔡寬夫曰：五言起於蘇李，今所見，唯《文選》中七篇耳，世或疑武詩「俯觀江漢流，仰視浮雲翔」，以爲不當有江漢之言，遂疑其僞。　此但注者淺陋，直指爲使匈奴時作，故人多惑之，其實無據也，安知武未嘗至江漢耶？　馮惟訥曰：古詩云：「盈盈一水間。」又，高帝諱邦，而韋孟詩云「實絶我邦」。　古人臨文或不諱也。

## 其六

**復**扶又切**憶襄陽孟浩然，清詩句句盡堪傳**㊀。**即今耆舊無新語**㊁，**漫釣槎**當作查**頭縮頸**一作項**鯿**㊂。　此懷孟浩然也。　上二憶其詩句，下二歎其人亡。　新句無聞，而徒然把釣，則耆舊爲之一空矣。　槎頭縮頸鯿，即用浩然句。　孟詩：「鳥泊隨陽雁，魚藏縮項鯿。」又：「試垂竹竿釣，果得槎頭鯿。」　此獨記名，以別於雲卿也。

㊀傅咸詩：人之好我，贈我清詩。《文心雕龍》：五言流調，清麗爲宗。

㊁漢陸賈作《新語》。

㊂趙曰：習鑿齒《襄陽耆舊傳》云：峴山下漢水中出鯿魚，味極肥而美，襄陽人採捕，遂以槎斷水，因謂之槎頭縮項鯿。楊慎曰：《説文》：查，浮木也，今作槎，非。槎，音詫，邪斫也，《國語》「山不槎櫱」是也，今多混用，莫知其非，略證數條於此。王子年《拾遺記》：堯時巨查浮西海上，十二年一周天，名貫月查，一曰掛星查。道藏歌詩：扶桑不爲查。《水經注》：臨海江邊有查浦。字並作查。唐王勃詩：澀路擁崩查。又《送行序》云：夜查之客，猶對仙家；坐菊之賓，尚臨清賞。駱賓王有《浮查》詩，皆用正字，不從俗體。杜工部詩「查上覓張騫」，又「滄海有靈查」，惟七言絶「空釣槎頭縮頸鯿」，七言律「奉使虛隨八月槎」，古體近體，不應用字互異。蓋七言絶與律，乃俗夫競玩，遂肆筆妄改，古體則俗目未擊，幸存舊文耳。

## 其七

**陶冶性靈存**一作在**底物**㊀，**新詩改罷自長吟。孰知二謝將能事，頗學**一作覺**陰何苦用心**㊁。

此自叙詩學。　詩篇可養性靈，故既改復吟，且取法諸家，則句求盡善，而日費推敲矣。　韓子蒼曰：東坡嘗語參僚曰：老杜言「新詩改罷自長吟」，乃知此老用心最苦，後人不復見其剞劂，但稱其渾厚耳。　《杜臆》：公嘗稱李白詩似陰鏗，後人妄云公有不滿太白之意，試讀此詩，豈其然乎？

㊀鍾嶸《詩評》：阮嗣宗咏懷之作，可以陶性靈，發幽思。又顔之推《家訓》：陶冶性情，從容諷諭，入其滋味，亦樂事也。

㊁二謝，謂謝靈運、謝朓。陰何，謂陰鏗、何遜。《世説》：王家見二謝則傾筐倒庋。此借用之。

將能事，將近其能事。《易》：天下之能事畢矣。

其八

不見高人王右丞㊀，藍田丘壑蔓一作漫寒藤㊁。最傳秀句寰區滿㊂，未絶風流相去聲國能㊃。此懷王維也。右丞雖歿，而佳句猶傳，況有相國詩名，則風流真可不墜矣。縉黨附元載，人不足取，特以一家詩學可稱，故連類及之。或以縉能表章維集，故云風流未絶，詩中似無此意。原注：右丞弟，今相國縉。

㊀《抱朴子》：知名之高人，洽聞之碩儒。

㊁《舊唐書·王維傳》：乾元中，轉尚書右丞，晚年得宋之問藍田別墅，墅在輞口，水周於舍下，竹洲花塢，與裴迪浮舟往來，嘯咏終日，所賦詩號《輞川集》。《晉書·謝安傳》：放情丘壑。庾信詩：寒藤抱樹疏。

㊂鍾嶸《詩品》：奇章秀句，往往警遒。

㊃王洙曰：代宗時，縉爲宰相，帝求維文，縉集上之。《金壺記》：王維與弟縉，名冠一時。時議云：論詩則王維、崔顥，論筆則王縉、李邕，祖詠、張説不得與焉。《盧氏雜記》：王縉好與人作碑銘，有送潤毫者，誤叩其兄門，維曰：「大作家在那邊。」

李東陽曰：唐詩李杜之外，孟浩然、王摩詰足稱大家，王詩豐縟而不華靡，孟却專心古澹，而悠遠深厚，自無寒儉枯瘠之病。由此言之，則孟爲尤勝。儲光羲有孟之古，而深遠不及；岑參有王之縟，而又以華靡掩之。故杜子美稱「吾憐孟浩然」，稱「高人王右丞」，而不及儲岑，有以也夫。

### 其九

**先帝貴妃今**一作俱**寂寞，荔枝還復**扶又切**入長安**㈠。**炎方每續朱櫻獻**㈡，**玉座應**平聲**悲白露團**㈢。《杜臆》：已下四章，皆爲明皇徵貢荔枝而發，此歎舊貢之未除也。帝妃皆亡，而荔枝猶獻，得無先帝神靈，尚悽愴於白露中乎？蓋微諷之也。據李綽《歲時記》：櫻桃薦寢，取之内園，不出蜀貢。此特言其夏薦櫻桃，而荔枝繼獻耳。杜修可曰：《唐史遺事》：乾元初，明皇幸蜀而回，嶺南進荔枝，上感念楊妃，不覺悲慟。

㈠前《病橘》詩：「憶昔蓬萊殿，奔騰獻荔枝。」正言楊妃事也。錢箋：《通鑑》：貴妃欲得生荔枝，歲命嶺南馳驛致之，比至長安，色味不變。《唐國史補》：貴妃生於蜀，好食荔枝，南海所生尤勝蜀者，故每歲飛馳以進。然方暑而熟，經宿輒敗。樂史《外傳》：十四載六月一日，貴妃生日，於長生殿奏新曲，會南海進荔枝，因名《荔枝香》。十五載六月，貴妃縊於馬嵬，纔絶，而南方進荔枝至，上使力士祭之。按：諸書皆云南海進荔枝。蔡君謨《荔枝譜》曰：貴妃，涪州荔枝，歲命驛致。東坡亦云：天寶歲貢，取之涪。蓋當時南海與涪州並進也。

㈡《世説》：南州謂之炎方。朱注：獻自南海，故曰炎方。《禮記》：仲夏之月，天子以含桃先薦寢廟。

㈢謝朓詩：玉座猶寂寞。《詩》：白露爲霜。又：零露漙兮。

其十

憶過瀘戎摘荔枝㊀，青楓隱映石逶迤。京華應平聲。一作京中舊，今從陳無己本見無顔色，紅顆酸甜只自知㊁。此譏遠貢之失真也。瀘戎之間，親摘荔枝，若京中所見，應無此色味，食者當自知耳。

㊀盧注：公去秋《宴戎州楊使君樓》有「輕紅劈荔枝」句，憶過，指此。或云，荔枝原名離枝，言其離枝則色味香氣俱變也。《杜臆》：涪州有荔枝園，相傳謂充貢於貴妃者，涪去京師尤遠，今讀公詩，知出瀘戎者，是傳稱置驛傳送數千里，色味未變，此蓋駁其無是理也。《方輿勝覽》：妃子園，在涪州之西，去城十五里。當時以馬遞馳載，七日七夜至京，人馬斃於路者甚衆。《方輿勝覽》：蜀中荔枝，瀘叙之品爲上，涪州次之，合州又次之。朱注：叙州，即戎州。

㊁《荔枝譜》：廣州及梓夔間所生者，大率早熟，肌肉薄而味甘酸。

其十一

翠瓜碧李沉玉甃音縐㊀，赤梨蒲萄寒露成㊁。可憐先不異枝蔓，此物娟娟長遠生㊂。此譏異味之惑人也。《杜臆》：宫中食荔，不過爲其味甘寒，可以消暑止渴，因比之水晶絳雪，然瓜李沉之井中，梨萄採之露下，亦何減於荔？只緣諸果枝蔓尋常，初不以爲異，獨荔枝生自遠方，慕其色味而珍重之耳。

㊀魏文帝書：浮甘瓜於清泉，沉朱李於寒水。　江逌《井賦》：構玉甃之百節。

㊁《南史》：扶桑國有赤梨，經年不壞。

㊂娟娟，言其質弱而色鮮。

## 其十二

**側生野岸及江蒲**一作浦㊀，**不熟丹宮滿玉壺**㊁。**雲**一作寒**壑布衣鮐背死**㊂，**勞人**一作生**害**一作重**馬翠眉須**一作疏㊃。

此結出當時致亂之由。荔枝生於遠僻，不植宮中，而偏滿玉壺，以其所好在此，不憚多方致之也。豈知抱道布衣，老丘壑而不徵，獨於一荔，乃勞人害馬，以給翠眉之須。噫，遠德而好色，此所以成天寶之亂歟。　賈捐之疏：後宮盛色，則賢者隱處。此詩後二句本之。

㊀《蜀都賦》：旁挺龍目，側生荔枝。　楊慎《丹鉛録》：詩用側生字，蓋爲廋文隱語，以避時忌，即《春秋》定哀多微詞之意。　趙曰：自戎僰而下，以畝爲蒲，今官私契約皆然，用以押韻。師作江浦，非是。　朱注：或曰：劉熙《釋名》：草團屋曰蒲，又謂之菴。此詩江蒲，似用此義，言荔枝生於野岸江菴之側耳。

㊁顔延之詩：皓月鑒丹宮。　漢辛延年詩：繩絲提玉壺。

㊂《北山移文》：欺我雲壑。　《詩》：黄髮鮐背。注：老人背有鮐文。

㊃荊公作「勞人害馬」。今按：「勞人草草」見《詩經》，「害馬之徒」見《莊子》，於文義明白。吴氏作「勞生害馬」，山谷謂善本是「勞人重馬」。　趙注：武后嘗改「人」爲「生」，當時因而誤寫耳。今

按：重字作去聲讀，是引重致遠之意，重字作平聲讀，乃驛馬重遞之意。吴論：驛使奔騰，另副一馬，以防倒斃，故云重馬。盧注：重馬，出《前漢·劉屈氂傳》師古注，重謂懷孕者。今按：急遞之馬，未必用孕馬，此注未確。《古今注》：魏宫人好畫長眉，今多作翠眉警鶴髻。

王嗣奭曰：公因解悶而及荔枝，不過一首足矣，一首之中，其正言止「荔枝還復入長安」一句。正言不足，又微言以諷之。微言不足，又深言以刺之。蓋傷明皇以貴妃召禍，則子孫於其所釀禍者，宜掃而更之，以亟蘇民困。公於《病橘》亦嘗及之，此復娓娓不厭其煩，可以見其憂國之苦心矣。

錢謙益曰：以上三章，隱括張曲江《荔枝賦》而作。曲江謂南海荔枝，百果無一可比，特生於遠方，京華莫知，固未之信，魏文帝引葡萄龍眼相比，是時南北不通，傳聞之大謬爾。故其賦云：「物以不知爲輕，味以無比而疑。遠不可驗，終然永屈，士無深知，與彼何異。」此詩瀘戎章，言物以不知而輕也。翠瓜章，言味以無比而疑也。側生章，言遠不可驗，終然永屈，士無以異也。雲壑布衣，老死鮐背，曾不如荔枝遠生，猶得奔騰傳置，供翠眉之一笑，士之無驗永屈，殆有甚焉，深可嘆也。古人雖漫興小詩，託物比喻，必有由來，注家都不曉。

## 洞房

鶴注：明皇以廣德二年三月葬泰陵，詩云「園陵白露中」，又曰「仙遊終一閟，女樂久無香」，則去葬年遠矣。梁權道編在大曆元年，得之。《杜臆》：八章，皆追憶長安往事，語兼諷刺，以警當時君臣，圖善後之策也。每首先成詩，而撮首二字爲篇名，乃三百篇遺法。趙曰：此下八篇，蓋一時所作。

**洞房環珮冷**㈠，**玉殿起秋風**㈡。**秦地應**平聲**新月**㈢，**龍池**一作蛇**滿舊宮**㈣。**繫**音計**舟今夜遠**㈤，**清漏往時同**㈥。**萬里黄山北**㈦，**園陵白露中**㈧。首章，後秋夜感興，有故國舊君之思。上四，長安秋夜之景，所感在妃子。下四，夔州秋夜之景，所感在明皇。秦地二句，舊注云：月雖新而宫則舊，有物是人非之感。滿，指池水，不指月色，蓋章内秋風、秋月、秋水、秋露，皆各舉時景言耳。趙汸注：今夜，應新；往時，應舊。往時清漏，公爲拾遺時宿省所聞者，時上皇初還京也，故下接以園陵句。

㈠《長門賦》：徂清夜於洞房。《史記》：南子環珮，玉聲璆然。《記》：行則有環珮之聲。

㈡曹植詩：歡坐玉殿。漢武辭：秋風起兮白雲飛。楊妃過温泉行云：玉殿空掩扉，秋風動琪樹。昔日繁華事，盡逐流水去。

㈢《國策》：張儀曰：「秦地半天下。」鮑泉詩：新扇如新月。

㈣《唐會要》：明皇在藩邸，居興慶里，有龍池湧出，日以浸廣，至開元中，爲興慶宫。唐太宗詩：丹陵幸舊宫。

㈤薛道衡詩：今夜寒車出。

㊅鮑照詩：嘯歌清漏畢。

㊆晉灼曰：黄山，宫名，在槐里。錢箋：漢武茂陵，在黄山宫北，蓋借茂陵以喻玄宗泰陵。

㊇《前漢·叔孫通傳》：先帝園陵寢廟。《詩》：白露爲霜。

天寶之亂，禍由妃子，故八章以此爲首。黄生更定次序，以歷歷開元居先，未合作者之意，又將洞房玉殿指陵上寢殿，而以環珮爲守陵宫人，亦非是。鼎湖銀海，蓬萊羽林，自在第七章也。

# 宿昔

**宿昔青門裏**㊀，**蓬萊仗數**音朔**移**㊁。**花嬌迎雜樹**㊂，**龍喜出平池**㊃。**落日**一作月**留王母**㊄，**微風倚少**去聲**兒**㊅。**宫中行樂**音洛**秘，少有外人知**㊆。此追叙明皇逸豫之事。上四叙遊幸，下四叙女寵。昔於青門城内，見仙仗數移，自蓬萊而往曲江南苑也。花迎龍出，景物亦若增新矣。日將落而留連王母，貴妃專寵也。風微起而憑倚少兒，秦虢得幸也。當時恣意行樂，不令人知，今果安在哉？　上章已説園陵，此處復追叙生前，故用宿昔二字另提，下二章俱蒙此。

㊀曹植詩：宿昔秉良弓。　顧注：青門，長安城東門也。

㊁鶴注：龍朔二年，高宗置仗，朝會之仗，三衛分上爲五仗。

㊂《李翰林别集序》：開元中，禁中初重木芍藥，得四本，紅紫、淺紅、通白者上，因移植於興慶池東沉香亭前，會花方繁開，上乘照夜白，太真妃以步輦從。　鮑照詩：雜樹茂寒峰。

㊃天寶中，興慶池小龍常出遊宫垣水溝中，蜿蜒奇狀，靡不瞻覩，鑾輿西幸，龍一夕乘雲雨望西南而去。　此見《明皇十七事》中。　龍池，即興慶池。

㊄盧注：楊妃曾度爲道士，故唐人比爲王母。　《漢武内傳》：王母言語粗畢，嘯命靈官駕龍，嚴車欲去。　帝下席叩頭，請留殷勤，王母乃坐。

㊅《衛青傳》：衛媪，長女君孺，次女少兒，次女則子夫。　少兒先與霍仲孺通，生去病。　及衛皇后立，少兒更爲陳掌妻。　《飛燕外傳》：帝令后所愛侍郎馮無方吹笙，以倚后歌，歌酣風起，后揚袖曰：「仙乎仙乎，去故而就新乎？」帝乃令無方持后履。　朱注：微風倚少兒，蓋合用少兒、飛燕事。

㊆《漢書》：周仁爲郎中令，慎重不泄，以是得幸，入卧内。　後宫秘戲，仁嘗在旁，終無所言於外。　《楊惲傳》：人生行樂耳。　《杜臆》：行樂污褻，必有不可使外人聞者。

黄生曰：此章略見風刺，然其詞微而婉。　如禄山宫裏、虢國門前之句，非唯失風人之意，亦全無臣子之禮矣。

# 能畫

能畫毛延壽，投壺郭舍人㈠。每蒙天一笑㈡，復扶又切似一作以物皆一作初春㈢。政化平如水㈣，皇明晉作明，一作恩斷丁亂切若神㈤。時時用抵戲，亦未雜風塵。此記當時優寵技巧也。在四句分截。　舍人投壺，足動天顔之笑。延壽善畫，能令物色生春。此一時適意之事。若使當年政平威斷，即時用抵戲，亦何至風塵雜起乎？惜乎明皇之不然也。　盧注：玄宗時，畫鷹畫馬有馮紹正、韓幹輩，其侏儒黄䚩，帝嘗呼爲肉几，此即毛、郭之流，故借漢事爲比。　《杜臆》：抵戲，用以當戲劇，舊引《漢書》角觝戲，未合。　雜風塵，指流離播遷，既涉風塵，則不平不斷可知，言外見意，此風人温厚之旨也。

㈠《西京雜記》：畫工有杜陵毛延壽，寫人好醜老少，必得其真。又云：武帝時，郭舍人善投壺，以竹爲矢，不用棘，古之投壺，取中而不求還，故入小豆，惡矢躍而出也。郭舍人則激矢令還，一矢百餘反，謂之驍，言於輩中爲驍傑也。每投壺，帝輒賜金帛。

㈡《神異經》：東荒山中有大石室，東王公居焉，與一玉女投壺，設有入不出者，天爲之笑。張華曰：笑者，開口流光，今電是也。　隋辛德源詩：雲銜天笑明。

㊂《莊子》：與物爲春。

㊃漢安帝詔：達於政化。《後漢·第五訪傳》：政平化行。

㊄班固《兩都賦》：天人合應，以發皇明。《魏都賦》：皇恩綽矣。《晉史論》：神略獨斷。

洪容齋《三筆》云：杜詩命意用事，旨趣深遠，若隨口一讀，往往不能解。如《能畫》詩第三聯，頗與前語不相貫穿，然按其旨，本謂技藝倡優，不應蒙人主顧盼賞接，然使化如水，恩若神，爲治大要，既無所損，則時或用此輩亦無害也。

黃生曰：政平明斷，自指開元之治，從半腰説起，轉折方不費力，若將此意頓在前，叙事必拖沓矣。

## 鬬雞

鬬雞初賜錦，舞馬既一作解。胡買切登牀㊀。簾下宮人出，樓前御曲一作柳長㊁。仙遊終一閟，女樂久無香㊂。寂寞驪山道㊃，清秋草木黃㊄。此章有樂極悲來之感。上四，鋪張盛事，見生前之樂。下四，追惟遺跡，致没後之悲。遠注：仙遊句，反上御曲長。女樂句，反上宮人出。

黃生曰：第五句是通盤一大關節，蓋不以荒宴直接播遷，徑及崩駕之感，則有傷痛而無刺譏，是温柔敦厚之遺教也。

㊀季郈之雞鬭，見《左傳》。齊有鬭雞走犬，見《國策》。陳思王得大宛紫騮馬，教令習拜，與鼓節相應，見《魏志》。吐谷渾遣使獻舞馬，謝莊爲作《舞馬賦》，見《宋書》。是鬭雞舞馬，其來久矣，此詩則專指明皇事耳。陳弘祖《東城老父傳》：玄宗在藩邸時，樂民間清明節鬭雞戲，及即位，立雞坊於兩宫間，索長安雄雞，金毫、鐵距、高冠、昂尾千數，養於雞坊，選六軍小兒五百人，使馴擾教飼之。帝出遊，見賈昌弄木雞於雲龍門道旁，召入爲五百小兒長。天子甚愛幸之，金帛之賜日至其家，天下號爲神雞童。傳又云：明皇以乙酉生而喜鬭雞，是兆亂之象也。黄庭堅曰：觀風樓南，起鬭雞殿。《明皇雜録》：上嘗令教舞馬四百匹，各分左右部，目爲某家龍、某家驕。時塞外以善馬來貢者，上俾之教習，無不曲盡其妙。因命衣以文繡，絡以金鈴，飾其鬃鬣，間以珠玉。其曲謂之《傾杯樂》者數十回，奮首鼓尾，縱横應節。又施三層板牀，乘馬於上，抃轉如飛，或令壯士舉榻，舞於榻上，樂工數十人環立，皆衣淡黄衫、文玉帶，必求年少姿美者，每千秋節，命舞於勤政樓下。《明皇雜録》：上每宴賜酺，則御勤政樓，太常陳樂，教坊大陳尋橦、走索、丸劍、角觝、鬭雞，令宫人數百，飾以珠翠，衣以錦繡，自幃中擊雷鼓，爲《破陣樂》。

㊁又云：玄宗製新曲四十餘，又新製樂譜，每初年望夜，御勤政樓觀燈作樂，貴臣戚里設看樓觀望。夜闌，太常樂府懸散樂畢，即遣宫女於樓前縛架，出眺歌舞以娱之。《開元傳信録》：明皇夢遊月宫，諸仙子娱以上清之樂，其曲淒楚動人，明皇以玉笛尋得之，曲名《紫雲迴》。《異聞録》：開元六年八月望，上與申天師、洪都客作術，夜遊月宫，見素娥十餘人，笑舞於廣庭桂樹之下，音樂

清麗，遂歸製霓裳羽衣之曲。　盧注：白樂天《勤政樓前御柳》詩中，有「開元柳一株」，別作御柳，亦有本。

㊂趙曰：仙遊，言明皇上昇。　洙曰：禄山亂後，女樂流散也。

㊃《南部新書》：驪山華清宫，毁廢已久，惟存繚垣。　朝元閣在山嶺之上，最爲嶄絶，礎柱尚存。　山腹即長生殿，殿東西盤石道，自山麓而上，道側有飲酒亭、明皇吹笛樓、宫人走馬樓，故址猶存。　邵注：驪山，在今西安府臨潼縣東南二里，因驪戎所居，故名。　温泉在焉，明皇建華清宫於其下。

㊄《秋風詞》：草木黄落兮雁南歸。

## 歷歷

歷歷開元事㊀，分明在眼一作目前㊁。無端盜賊起㊂，忽已歲時遷㊃。巫峽西江外㊄，秦城北斗邊。爲郎從白首㊅，卧病數所角切。顧音先主切，非秋天㊆。此章承前起後。前三章説承平之世，故以開元事括之。後三章説亂離以後，故以盜賊起包之。　上四乃追述往事，下則自歎變江衰老也。天寶之亂，皆明皇失德所致，此云「無端盜賊起」，蓋諱言之耳。

㊀張華詩：昔事歷歷記。

㊁庾信《春賦》：分明入射堂。　謝靈運詩：浮歡昧眼前。

㊂漢樂府《從軍行》：禍集非無端。　漢武帝書：盜賊縱横。

㊃鮑照詩：歲時多阻折。

㊄陰鏗詩：江連巫峽長。　梁簡文帝詩：落日下西江。　趙曰：蜀江從西來，故謂之西江。　長安城，謂之北斗城。

㊅蔡夢弼曰：公在蜀爲尚書員外部，故云。　荀悦《漢紀》：馮唐白首，屈於郎署。　謝靈運詩：卧病同淮陽。

㊆數秋天，屢經秋日也。　顧注謂前後情事，俱從卧病中追數而見者，其語太曲。　庾信《小園賦》：異秋天而可悲。

## 洛陽

洛陽昔陷没，胡馬犯潼關㊀。天子初愁思去聲㊁，都人慘别顔。清笳去宫闕㊂，翠蓋出關山㊃。故老仍流涕㊄，龍髯幸再攀㊅。此歎西狩之事也。　上四，叙幸蜀之由。下四，記還京之事。　别顔流涕，上下相應。　禄山於天寶十四年十二月，陷東京，所謂洛陽没也。　次年六月七日，靈寶敗績，賊入潼關，所謂犯潼關也。是夕，平安火不至，明皇懼而謀幸蜀，所謂初愁思也。十三日，帝出延秋門，至咸陽驛，而從宮駭散，所謂慘別顔也。至德二年九月，郭子儀收復西京，賊衆夜遁，所謂去宮闕也。十月，肅宗入長安，上皇發蜀郡，所謂出關山也。十二月，上皇至自蜀，百姓舞抃路側曰：「不圖今日，復見二聖。」所謂故老流涕，龍髯再扳也。此叙出狩還宮之事，首尾詳明，真可謂詩史矣。《杜臆》：初愁思，蓋向不知愁者。流涕攀髯，則開元美政，去國仁言，真足以繫人心者。考唐史，帝之出奔，經過左藏，楊國忠請焚之，上曰：「賊來無得，必更斂百姓，不如與之，無重困赤子。」上既過便橋，國忠使人焚橋，上曰：「人各避賊求生，奈何絶其路？」留高力士撲滅之。皆去國之仁言也。

㈠邵注：洛陽屬河南府，唐高宗以此爲東都。潼關，在陝西西安府華陰縣，乃秦關要地。前凉主寔書：忽聞北地陷没，寇逼長安。古詩：胡馬依北風。

㈡馬融《與謝伯世書》：憒憒愁思。

㈢杜摯《笳賦》：操笳揚清。謝朓詩：寥戾清笳轉。梁鴻歌：宮闕崔巍兮。

㈣《高唐賦》：以翠羽爲蓋。《淮南子》：建翠蓋。江淹《恨賦》：關山無極。

㈤《晉書·懷帝紀》：故老或歔欷流涕。

㈥《前漢·郊祀志》：黄帝采首山銅，鑄鼎於荆山下。鼎既成，有龍垂胡髯下迎。黄帝上騎，群臣後宮七十餘人從上，龍乃去。餘小臣不得上，迺悉持龍髯。龍髯拔墮，墮黄帝之弓，百姓乃抱其弓與龍髯號。後世因名其處曰鼎湖，弓曰烏號。

## 驪山

驪山絶望幸，花萼罷登臨㊀。地下無朝音潮燭㊁，人間有賜金㊂。鼎湖龍去遠㊃，銀海雁飛深㊄。萬歲蓬萊日，長懸舊羽林㊅。此重傷園陵而作也。上四，升遐之悲。下四，陵寢之悲。邵注：明皇崩後，驪山花萼，不復幸臨，地下久無朝燭，人間徒有賜金。自此鼎湖龍去，銀海雁深，唯留此蓬萊日色，長照陵上羽林耳。寂寞身後，良可歎也。《杜臆》：蓬萊宫，先帝所居。羽林軍，守護陵寢者。黄生曰：此章即申首章園陵霜露之感，而言更深切，前是孤臣獨泣，此則率土同悲也。

㊀明皇在日，每歲十月，必至驪山華清宫。又，友愛諸王，造花萼相輝之樓。

㊁趙曰：朝燭，當音朝覲之朝。凡朝在早，則秉燭而受朝，今地下幽閟，無朝見之燭也。

㊂黄庭堅曰：《漢書·高后紀》：遺詔賜諸侯王各千金。《北史》：隋獻皇后山陵成，賜楊素金鉢一，實以金；銀鉢一，實以銀。

㊃鼎湖，注已見上章。

㊄《漢書》：秦始皇葬於驪山之阿，下錮三泉，上崇三墳，水銀爲江海，黄金爲鳧雁。何遜《經孫氏陵》詩：銀海終無浪，金鳧會不飛。

㈥黄注：日者，君象。羽林，上應星文，故與日相貼。羽林，即萬騎軍，後改爲龍武軍，明皇葬後，用爲護陵軍。《漢·禮樂志》：芬樹羽林，雲景杳冥。顔注：言所樹羽葆，其盛若林也。

# 提封

提封漢天下㈠，萬國尚同心㈡。借問懸車一作軍守㈢，何如儉德臨㈣？時徵俊乂入㈤，莫慮一作草竊犬羊侵㈥。願戒兵猶火㈦，恩加四海深㈧。此章總結，直究當時致亂之由，以垂爲永戒也。言當此一統天下，萬國同心，世事尚可爲也，但勿更尋前轍耳。自明皇好邊功而尚奢侈，故有懸車儉德之語。不聽張九齡，而致禄山終叛，故有俊乂、犬羊之語。使當時息兵愛民，焉有天寶之禍哉？故以戒兵加恩終之。此詩反覆丁寧，無非鑒已往以告將來。若云指諷代宗時事，則當年吐蕃入寇，叛將不恭，恐非罷兵可以止亂也。三四，即所謂在德不在險。五六，即所謂汲黯在朝，淮南寢謀。《杜臆》：儉者不奪，民心自懷，此無形之險也。俊乂在朝，折衝樽俎，何憂於犬羊乎？兵勿輕動，則恩加四海矣。公之謀國，堂堂正正，即孟子所告齊梁之君者，自許稷契以此。

㈠《東方朔傳》：提封頃畝。注：謂提舉四封之内，總計其數。《漢書·刑法志》：一同百里，提封萬井。

㊁古史：禹會諸侯於塗山，執玉帛者萬國。《左傳》：呂相曰：「戮力同心。」

㊂又：懸車束馬，以踰太行。

㊃《書》：慎乃儉德。

㊄又：俊乂在官。

㊅晉愍帝檄：石虎敢率犬羊，渡河縱毒。

㊆《左傳》：兵猶火也，不戢將自焚也。

㊇《魏志》：陳群曰：「皇恩溥遍海岱。」

顧宸曰：八章皆詠開元之事，與李白《宮中行樂詞》八章相爲表裏。但太白作於明皇之時，故微婉其詞而諷之；少陵作於明皇之後，故雜叙其事而傷之。

黄生曰：八章，專述開元以來之事，借古喻今，美惡不掩，風人之旨，盡於此矣。他詩有連及者，固無譏刺之意，以爲是非具在國史，非臣子所得而私議。至受恩先帝，没齒不忘，深思慨慕，則時有之。後人不能推公之志，毛求影捕，輒謂有所刺譏，夫君子不非是邦之大夫，況親委贄而爲之臣者哉。

《秋興》及《洞房》諸詩，摹情寫景，有關國家治亂興亡，寄託深長。《秋興》八首，氣象高華，聲節悲壯，讀之令人興會勃然；《洞房》八章，意思沉鬱，詞旨凄涼，讀之令人感傷欲絶。此皆少陵聚精會神之作，故能舌吐風雲，筆參造化，千載之下，猶可歌而可涕也。但七律才大氣雄，固推賦騷逸調，而五律韜鋒斂鍔，直與經史並驅，兩者當表裏參觀，方足窺其底藴焉。

## 鸚鵡

此下八章，乃雜味物類，蓋即所見以寓意也。　鶴注：此詩句句含不遇之意，蓋託以自況。梁權道編在大曆元年夔州詩内，近之。　《明皇雜録》：開元中，嶺南獻白鸚鵡，養之宫中，歲久頗聰慧，洞曉言詞，上及貴妃皆呼爲雪衣娘，有鷹搏之而斃，遂瘞苑中，呼爲鸚鵡塚。　今詳詩意，乃泛咏鸚鵡，與彼無涉。

**鸚鵡含愁思**去聲，**聰明憶别離。翠衿渾**平聲**短盡，紅嘴漫多知。未有開籠日，空殘舊宿枝**㈠。**世人憐復**扶又切**損，何用羽毛奇？**　咏鸚鵡，有離鄉之感。　鸚鵡而含愁思者，以聰明能憶别離也，二句提綱。　翠衿短，傷其貌悴。　紅嘴多，惜其空言。　未開籠，苦於拘束。　殘舊枝，憫其遠離。　顧注：此詩句句説别離，句句説愁思，句句皆聰明中所自曉者。　末又寫出所以别離之故，感慨深矣。　朱鶴齡曰：此拈出含愁思三字，代爲鸚鵡寫意。　八句反覆宛轉，蓋亦傷受制於人，不能自展其奇也。　此詩似檃括禰衡賦中語。　聰明，則「性慧辯而能言，才聰明以識機」也。　别離，則「痛母子之永隔，哀伉儷之生離」也。　翠衿、紅嘴，則「紺趾丹嘴，緑衣翠衿」也。　渾欲短，則「顧六翮之殘毁，雖奮迅其焉如」也。　漫多知，則「豈言諭以階亂，將不密以致危」也。　未有開籠日，則「閉以雕籠，剪其翅羽」也。　空殘宿舊枝，則「想崑山之高峻，思鄧林之扶疏」也。末句羽毛奇，則「雖同俗於羽毛，故殊志而異心」也。

㊀殘，餘也。

顧宸曰：此分明有才人失路，託身異族之感，如魏武之於楊修，隋煬之于薛道衡，皆所謂「憐復損」也。

## 孤雁

鶴注：此託孤雁以念兄弟也，當是大曆初夔州作。

**孤雁不飲啄**㊀，**飛鳴聲**一作聲聲飛**念群**㊁。**誰憐一片影**㊂，**相失萬重**平聲**雲**㊃。**望盡**一作斷**似猶見，哀多如更**一作更復**聞。野鴉無意緒**㊄，**鳴噪亦**一作自**紛紛**㊅。咏孤雁，有流落之悲。　首二另提。片影相失，寫孤雁之狀。望盡哀多，寫念群之意。末聯，借鴉形雁，乃題之外象。

不飲啄者，爲念群故也。誰憐，指群雁之已去者。雁行既遠，望盡矣，似猶有所見而飛；追呼不及，哀多矣，如更有所聞而鳴。二句，申言飛鳴迫切之情。見聞二字，屬在孤雁。　王彦輔曰：公值喪亂，羈旅南土，而見於詩者，常在鄉井，故託意於孤雁。章末，譏不知我而譊譊者。　師氏曰：鮑照《孤雁》詩云：「更無聲接緒，空有影相隨。」孤則孤矣，豈若此詩「飛鳴聲念群」一語，孤之中仍有不孤之念乎。

㊀魏文帝詩：孤雁獨南翔。　何遜詩：誓將收飲啄。

㈡《詩》：載飛載鳴。　江總誄詞：念群桑梓。
㈢庾信詩：澗底一片雨。
㈣梁簡文帝詩：花茂蝶争飛，枝濃鳥相失。　吴均詩：山上萬重雲。
㈤王融詩：絲中傳意緒。何遜詩：生平無意緒。
㈥《拾遺記》：魯僖公十四年，晉文公焚林以求介之推，有白鴉繞烟而噪。

# 鷗

鶴注：當是大曆初夔州作。江浦，指夔江魚復浦也。

**江浦寒鷗戲**㈠，**無他亦自饒**。**却思翻玉羽**㈡，**隨意點青**盧作青，舊作春**苗**㈢。**雪暗還須浴**一作落㈣，**風生一任飄**。**幾群滄海上**㈤，**清影日蕭蕭**㈥。詠鷗，憐其少自得之致。此在六句分截。歎浦鷗之勞，不如海鷗之逸也。羅大經曰：浦鷗閒戲，使無他事，儘自寬饒，却以謀食之故，翻玉羽而弄青苗，雖風雪凌厲，亦不暇顧矣。何似群飛海上者，清影翛然，不爲泥滓所染耶。此興士當高舉遠引，歸潔其身，不當逐逐於聲利之場，以自取賤辱也。既云寒鷗，不當言春苗矣，以青對玉爲工。點，如點水蜻蜓之點。

㊀《南越志》：江鷗，一名海鷗，在漲海中，頗知風雲，若群飛至岸必風，渡海者以此爲候。

㊁玉羽，白羽也。《舞鶴賦》：疊霜毛而弄影，振玉羽而臨霞。

㊂盧注：春苗，當是青苗，夔有青苗陂，公《夔州歌》：「北有澗水通青苗，晴浴狎鷗分處處。」

㊃江暉詩：雪暗馬行遲。

㊄胡夏客曰：因海上狎鷗事，故云滄海上，氣象自遠大。

㊅蕭蕭，閒暇之意。

## 猿

鶴注依梁氏編在大曆初夔州作。《西閣曝日》詩：「流離木杪猿。」又《上後園》詩：「瘴毒猿鳥落。」以二詩證之，良是。《爾雅》：猱，一名蝯，善攀援樹枝。

**裊裊啼虚壁，蕭蕭掛冷枝㊀。艱難人不免**一作見㊁，**隱見**音現**爾如知。慣習元從衆㊂，全生或用奇㊃。前林騰每及㊄，父子莫相離㊅。**詠猿，稱其有見幾之智。中間隱見二字，爲通章之眼。啼壁，聲相近。掛枝，形尚遠。此爲隱見發端。人不如猿，取其用智以脱險也。從衆，能掛枝。用奇，能騰踔。此爲隱見指實。父子不離，取其用智以全身也。《杜臆》：人於亂世，往往父子不保，公嘗攜子避亂，而恐其不能兩全，具見苦情。

㊀裊裊，聲之長也。蕭蕭，群之寡也。謝脁《秋竹曲》：從風既裊裊。《楚辭》：風颯颯兮木蕭蕭。陰鏗詩：猿掛入檔枝。

㊁艱難，猶云險阻。《詩》：遇人之艱難兮。

㊂賈誼策：習慣如自然。按：後詩有「猿掛時相學」，故知慣習指掛枝也。《淮南子》：倍是從衆。

㊃趙曰：全生，如搏矢、避矢之類。《列子》：雖全生，不可不有其身。《通鑑·晉安帝紀》：沈田子曰：「兵貴用奇。」

㊄《莊子》：獨不見夫騰猿乎。騰及，騰躍而相及也。

㊅《吳都賦》：猿父哀吟，猑子長嘯。盧注：桓温入蜀，至三峽，部伍中有得猿子者，其母攀崖哀號。又齊武帝至景陽山，見一猿悲號，問丞：「此猿何意？」答曰：「猿子前墜崖死，其母求之不見耳。」此父子相離之證也。

## 麂音几，本作麐。

鶴注編在大曆元年夔州作，以詩有「衣冠兼盜賊」，當指崔旰之亂也。《爾雅》：麐，大麢，旄毛，狗尾。《本草衍義》：麂，麞類，山深僻處頗多，其聲如擊破鈸。

永與清溪別㈠，蒙將玉饌俱㈡。無才逐仙隱㈢，不敢恨庖厨㈣。亂世輕全物㈤，微聲及禍樞㈥。衣冠兼盜賊㈦，饕音滔餮音鐵用斯須㈧。詠鹿，歎其不當鳴而鳴也。上四，代鹿寫意，自悔不能見幾遠害，下乃慨世之貪味而殘生者。一二作痛心語，三作自責語，四作自解語。亂世，歎其生不逢辰。微聲，推出致禍之本。衣冠乃食肉者，盜賊乃捕獸者。徇口腹之欲，而戕命於斯須，則衣冠亦等於盜賊矣。此駡世語，亦是醒世語。黄生曰：此物頗難入詠，前半寫得如許風致，妙在以清溪字陪對玉饌，以仙隱字陪對庖厨，遂覺烟火之氣都盡。後半慨世，不離詠物，而却不徒詠物，此之謂大手筆。

㈠舊注：清溪山多鹿。

㈡左思《吴都賦》：矜其宴居，則珠服玉饌。王筠詩：玉饌騈羅，瓊漿泛溢。

㈢《神仙傳》：葛仙翁於女几山學道數十年，登仙，化爲白鹿，二足時出山上。謝靈運詩：一老四五少，仙隱不可别。

㈣《説苑》：鹿生於山，命懸於庖厨。

㈤亂世重殺物，而輕全物。全，乃全活之全。《莊子》：不敢以全物與之。

㈥阮籍詩：高榭隔微聲。

㈦《漢書注》：衣冠有仕籍者。

㈧《左傳》：縉雲氏有不才子，謂之饕餮。注：貪財爲饕，貪食爲餮。

顧宸曰：自古文人才士，生逢亂世，出嬰禍患，何一不從聲名中得之，中郎之於董卓，中散之於司馬，及禍雖異，其以微聲致累則同也。此苟全性命於亂世，不求聞達於諸侯，隆中所以獨高千古，二語感慨甚大。

## 雞

鶴注：此是大曆元年夔州作，故詩云「巫峽漏司南」。

**紀德名標五㊀，初鳴度必三㊁。殊方聽有異，失次曉無慚㊂。問俗人情似，充庖爾輩堪㊃。氣交亭育際㊄，巫峽漏司南㊅。**詠雞，歎其當鳴而不鳴也。上六敘事，是案。末二歸結，是斷。

德常標五，鳴必度三，此雞之職也。今在殊方，聽之則異，夜鳴失次矣，比曉能無慚乎？乃問之習俗，人情皆云如是，彼既不能司晨，亦但堪充庖已耳。當子半亭育之時，而巫峽漏聲，早有司南之報，雞鳴果安在哉？顧注將問俗二句，作借雞警人，言人情無德無信，與雞相似，而充庖則獨用雞乎？《杜臆》謂刺巫峽之人可殺。皆非也。

㊀《韓詩外傳》：夫雞，頭戴冠，文也。足傅距，武也。見敵而鬬，勇也。得食相呼，義也。鳴不失時，信也。雞有五德，君猶瀹而食之，其所由來近也。

㈡《記》：雞初鳴。《史·曆書》：雞三號，卒明。注：夜至雞三鳴，始爲正月一日。

㈢趙曰：失次，猶《三國志》言失旦之雞也。蔡邕賦：時牢落以失次。胡夏客曰：《楚國語》有雞次之典，此次字所本。

㈣《左傳》：充君之庖。

㈤《列子》：亭之毒之。注：化育之意。劉孝標啟：一物之微，遂留亭育。

㈥《韓非子》：先王立司南，以端朝夕。梁元帝詩：刻漏銘司南。按：司南，有四説。朱云：夔州在南，雞司昏曉，今失其司晨之職，故曰「巫峽漏司南」。顧注：雞爲火德之精，南方屬火，故曰司南。遠注：指南車有南北定向，如雞鳴有子午定候。《春秋説題詞》：雞爲積陽，南方之象，陽出雞鳴，以類感也。已上數説，皆指夔雞漏失司晨，與殊方失次犯重，今從黄生注，直指曉漏開説，更有藴藉。

## 黄魚

鶴注：當是大曆元年夔州作，故詩云「日見巴東峽」。

日見巴東峽，黄魚出浪新㈠。脂膏兼飼犬㈡，長大不容身。筒桶音統。一作筩相沿久㈢，風雷肯爲去聲伸一作神㈣。泥沙卷涎沫㈤，回首怪龍鱗。詠黄魚，歎長大而罹患也。上四言取之狼籍，下致哀憫之意，雖欲援救而不能矣。筒桶取魚，世俗相沿已久，雖有風雷肯相伸救，彼亦卷沫泥中，徒望龍飛而驚怪，見黄魚之大而不靈也。盧注：此即公《鵰賦》中所云「鶬鴰之類，莫益於物，空生此身，長大如人」之意，俱指庸流言。

㈠《杜臆》：夔州上水四十里有黄草峽，出黄魚，大者數百觔。《爾雅注》：鱣魚，體有甲無鱗，肉黄，大者長二三丈，江東人呼爲黄魚。

㈡《鹽鐵論》：江陵之人以魚飼犬。

㈢筒，竹器。桶，木器。皆捕魚之具。陸龜蒙《漁具詩序》：緡而竿者，總謂之筌。筌之流，曰筩曰車。

㈣邵注：三月浪暖，鯉化爲龍，則風雷從之。

㈤劉峻《金華山栖志》：魚潛淵下，窟穴泥沙。《莊子》：泉涸，魚處於陸，相呴以濕，相濡以沫。

## 白小

鶴注：當是大曆元年夔州作，與前數首連類而詠物也。舊注：即今麵條魚。

白小群分命㈠，天然二寸魚㈡。細微霑水族，風俗當去聲園蔬㈢。入肆銀花亂，傾筐一作箱雪片虚㈣。生成猶拾一作捨卵，盡取義何如㈤。咏白小，嘆細微之不免也。《杜臆》：此詩起結，藹然有萬物一體之念，物雖細微，同霑水族，乃俗當園蔬，用之賤矣。亂肆傾筐，取之多也。但此群分之命，亦屬造物生成，今猶拾卵而盡取之，有傷於義矣。黄生注：三四形容其小，五六形容其白，語甚鬆秀。生成，應上分命。盡取則不仁，而譏其非義者，用物撙節之謂義也。盧注：黄魚以長大不容，白小以細微盡取，不幸生夔，大小俱盡，以歎民俗之不仁也。

㈠群分命，各分一命也。《易》：物以群分。

㈡曹植《橘賦》：體天然之素分。庾信《小園賦》：一寸二寸之魚。

㈢《賓退録》：《靖州圖經》載其俗居喪不食酒肉鹽酪，而以魚爲蔬，今湖北多然，謂之魚菜。夔與湖北爲鄰，故云。陶潛詩：園蔬有餘滋。

㈣《詩》：不盈傾筐。

㈤《西京賦》：獲胎拾卵，蚳蝝盡取。末二句用之。

黄生曰：前後詠物諸詩，合作一處讀，始見杜公本領之大，體物之精，命意之遠。説物理物情，即從人事世法勘入，故覺篇篇寓意，含蓄無限。

今按：唐人詠物詩，唯李巨山集中最多，拈一字爲題，用五律寫意，其對仗亦頗工緻，但有景無情，全少生動之色。閲此八首，皆託物寓言，情與景會，身分便自不同矣。

# 哭王彭州掄

鶴注：當是大曆元年作。　公初到成都時，有《王侍御掄許攜酒至草堂》詩，王蓋先以御史罷官，後在嚴武幕中，又遷彭州刺史而卒也。

**執友驚**一作嗟**淪没**㈠**，斯人已寂寥**㈡**。新文生沈謝，異骨降松喬**㈢**。北部初高選**去聲㈣**，東牀**《杜臆》作牀，舊作堂**早見招**㈤**。蛟龍纏倚劍**㈥**，鸞鳳夾吹簫**㈦**。歷職漢庭久，中年胡馬驕。兵戈闇**一作聞**兩觀**去聲㈧**，寵辱自**一作事**三朝**音潮㈨**。**　此從殁後追遡生前。　新文二句，稱其才品。北部四句，記其婚宦。歷職四句，叙其内任。　北部高選，如劍躍蛟龍，掄蓋令尉起家。東牀見招，如簫迎鸞鳳，掄必締姻宗室也。胡馬兵戈，指祿山之亂。寵辱三朝，謂玄肅代宗，此句該一生履歷。

㈠《曲禮》：執友稱其仁。　古歌：倏忽淪没别無期。

㈡斯人，指同輩。

㈢《世説》：殷荆州語王恭曰：「適見新文，甚可觀。」　沈謝，沈約、謝靈運。　松喬，赤松子、王子喬也。　《列仙傳》：王君平謂茅盈曰：「子有異骨，可學仙。」又《李德林集》：風骨異人。　《戰國策》：有松喬之壽。

㊃《魏志》：武帝，年二十，舉孝廉爲郎，除洛陽北部尉，遷頓丘令。《通典》：吴時，餘曹通爲高遷，而吏部特一時之俊。《抱朴子》：高選忠能。

㊄舊注：晉郄詵，遷還雍州刺史。武帝於東堂會，問詵曰：「卿自以爲何如？」詵對曰：「臣舉賢良對策，爲天下第一。」《杜臆》：東堂，必東牀之誤。見招，是招王爲婿，故下有鸞鳳句。今按：坦腹東牀，用王逸少事。

㊅《越絶書》：薛燭曰：「當造劍之時，蛟龍奉爐，天帝裝炭。」

㊆秦蕭史教弄玉吹簫，而鳳凰降。

㊇《東京賦》：建象魏之兩觀。

㊈《老子》：寵辱若驚。

蜀路江干一作干戈窄，彭門一作關地里一作理遥。解龜生碧草㊀，諫獵阻青霄㊁。頃壯戎麾出㊂，叨陪幕府要平聲。將軍臨氣候㊃，猛一作壯士塞先則切風飈㊄。井渫一作漏，一作滿泉誰汲㊅？烽疏火不燒。前籌自多一作多自暇一作假㊆，隱去聲几接終朝。此中歷年寵辱之故。初由高選陞御史，寵也；繼則解龜而阻諫，辱也。其在蜀而就幕僚，辱也；後則作刺於彭州，寵也。公與掄同幕，故詳叙陪接之情。戎麾出，謂嚴武鎮蜀。幕府要，謂辟爲參謀。上佐軍機，下練士卒，則智略過人矣。井泉不汲，烽火不燒，則邊境無事矣。皆其籌畫所致。

㊀謝靈運詩：解龜在景平。注：解去所佩龜印也。生碧草，猶云委之草莽。

㊁諫獵，用司馬相如事。

㊂按：黄希云：唐人多言戎麾，如杜佑制「出總戎麾」是也。朱注引顔延之「一麾出守」，即指掄出守彭州，非也。

㊃《晉書》：庾亮鎮武昌，問戴洋氣候。朱注：氣候，用兵之氣候。劉歆《七略》有《風候孤虚》二十卷。

㊄猛士塞風飈，即《大風歌》意。

㊅趙曰：軍旅所在，必瀹井泉邊，有警急，必舉烽燧。《易》：井渫不食。注：渫，不停污也。《淮南子》：軍井通，然後敢飲。

㊆《張良傳》：請借前箸以籌之。

**翠石俄雙表**㊀，**寒松竟後凋**㊁。**贈詩焉**於虔切**敢墜，染翰欲無聊**㊂。**再哭經過**平聲**罷，離魂去住銷。之官方玉折**㊃，**寄葬與萍漂**㊄。**曠望渥洼道**㊅，**霏微河漢橋**㊆。**夫人先即世**㊇，**令子各清標**㊈。此叙殁後情事。　雙表，謂墓表。松凋，惜人亡。贈詩，掄所作。染翰，公輓章。趙曰：昔嘗哭掄之死，今櫬過夔州而再哭也。　之官玉折，是住而銷魂。寄葬萍漂，是去而銷魂。　錢箋：渥洼道，天馬所來，興下令子。河漢橋，烏鵲所駕，興下夫人。此既哀之，而復慰之也。　公詩得三百篇遺意，賦中必兼興比。此章蛟龍鸞鳳是比，渥洼河漢是興，於排律中見之，尤不易得。

㊀潘岳《懷舊賦》：巖巖雙表，列列行楸。

㈡《北史·魏·毛鴻賓傳》：武帝曰：「寒松勁草，所望於卿也。」

㈢梁簡文帝詩：染翰獨踟蹰。《廣川惠王傳》：歌曰：「愁莫愁兮居無聊，心重結兮意不舒。」

㈣《漢書》：蕭望之便道之官。顔延之《祭屈原文》：蘭薰而摧，玉縝則折。

㈤萍漂，注別見。

㈥謝朓詩：曠望極高深。渥洼、河漢，注俱別見。

㈦王僧孺詩：霏微商雲散。

㈧《左傳》：穆后及太子壽早夭即世。注：即世，卒也。

㈨李陵書：令子無恙。常景《嚴君平讚》：素向邁金貞，清標凌玉徹。

**巫峽長雲雨**㈠**，秦城近斗杓**㈡**。馮唐毛髮白，歸興**去聲**日蕭蕭。**末乃自傷留滯。公棲夔峽，而王返秦中，故有歸興蕭然之感。《杜臆》：前云「異骨降松喬」，後云「寒松竟後凋」，掄蓋以壽考終者，且有令子，故公哭之，而詩不甚悲，直以執友云亡，不能忘情耳。此章，前三段各十二句，末段四句收。

㈠雲雨，即用巫山雲雨事。

㈡《春秋運斗樞》：北斗七星，第一至第四爲魁，第五至第七爲杓，合而爲斗。《説文》：杓，斗柄。朱注：《天官書》：魁枕參首。杓自華以西南。是秦城正上直斗杓也。

胡應麟曰：杜警句，衆所膾炙外，排律中如「遠山朝白帝，深水謁夷陵」，「蛟龍纏倚劍，鸞鳳夾吹簫」，用字皆極工而不覺。此類甚衆，學者當細求之。

# 杜詩詳注卷之十八

## 偶題

鶴注：當是大曆元年秋作。

文章千古事，得失寸心知㊀。作者皆殊列㊁，名聲豈浪垂㊂。騷人嗟不見㊃，漢道盛於斯㊄。前輩飛騰入㊅，餘波綺麗爲㊆。後賢兼舊制郭作制，一作例。《韻會》：例，古或作列㊇，歷代各清規㊈。首叙詩學源流。《杜臆》：少陵一生精力，用之文章，始成一部詩集。此篇乃一部杜詩總序，而起二句，乃一部杜詩所託胎者。「文章千古事」，便須有千古識力。「得失寸心知」，則寸心具有千古。此文章家秘密藏，爲古今立言之標準也。作者殊列，名不浪垂。此二句，又千古文人之總括，謂其所就雖不同，然寸心皆有獨知者在也。三百篇，乃詩家鼻祖，而騷體則裔孫也。騷人不見，則雅、頌可知。自蘇、李輩倡爲五言，漢道於斯爲盛，此又詩之大宗也。前輩如建安、黄初諸公，飛騰而入，至六朝尚綺麗，亦其餘波，不可少也。兼舊制，取材者廣。各清規，命意特新。《杜臆》：公詩嘗言：「文章本小技，於道未爲尊。」此須識其道之所尊者安在。得所尊則文垂千古，失所尊則文止小技，初無二義也。

㊀魏文帝《典論》：「文章經國之大業，不朽之盛事。」此即千古事也。曹植曰：「文之佳惡，我自知之。」此即寸心知也。

㊁《典論》：古之作者，寄身於翰墨。

㊂《荀子》：彼貴我名聲。

㊃胡夏客曰：騷人已往，漢即有詩，非悲騷人之不見也。謝舉詩：望遠騷人歌。

㊄《漢·文帝紀》：登我漢道。　梅福書：漢之得賢，於斯爲盛。

㊅張纘賦：前輩宿達。　《楚辭》：吾令鳳凰飛騰兮。

㊆《書》：餘波入於流沙。　劉楨詩：綺麗不可忘。　吴注：《周書》：庾信父肩吾，爲梁太子中庶子，掌管記室。東海徐摛，爲左衛率。摛子陵及信，並爲抄撰學士。父子在東宫，既有盛才，文並綺麗，故世號爲徐庾體焉。

㊇徐景休《參同契序》：立法以傳後賢。　《前漢·朱博傳》：奉尊舊制。　杜預《左傳序》：據舊例而發義。

㊈《宋書·謝靈運傳》：自靈均以來，多歷年代。　《魏志》：太祖令曰：「邴原名高德大，清規邈世。」

**法自儒家有㊀，心從弱歲疲㊁。永懷江左逸，多病**一作謝**鄴中奇㊂。騄驥皆良馬㊃，騏驎一**

作麒麟帶好兒㈤。車輪徒已斲㈥，堂構惜一作肯仍虧㈦。漫作《潛夫論》㈧，虛傳幼婦碑一作詞㈨。此歎詩學莫傳。《杜臆》：舊制清規，法也，儒家久已有之。而妙從心悟，自弱歲曾殫精於此。每永懷江左之逸，却負病於鄴中之奇。江左諸公，猶之騄驥，無非良馬，乃曹家父子如騏驎又帶好兒，此其獨擅之奇也。今自信車輪已斲，而兒懶失學，堂構仍虧，能如曹家父子乎？雖潛夫有論，幼婦有詞，竟莫爲繼述矣。此所病於鄴中奇也。張遠注：公祖審言，以詩名家，故云「儒家有」，即所謂「詩是吾家事」也。「心從弱歲疲」，公詩謂「讀書破萬卷」、「語不驚人死不休」，皆可證也。

㈠《前漢·藝文志》：儒家者流。又儒家言十八篇。

㈡弱歲，弱冠也。隋孫萬壽詩：弱歲逢知己。

㈢顔延之詩：永懷交在昔。趙曰：江左逸，如嵇、阮、鮑、謝之徒。鄴中奇，如建安七才子之類。洙曰：江左，晉所都。鄴中，魏所都。錢箋：《謝靈運傳論》：降自元康，潘、陸特秀。遺風餘烈，事極江左。自建武暨於義熙，歷載將百，仲文始革孫、許之風，叔源大變太元之氣。爰逮宋氏，顔、謝騰聲。病，即堯舜猶病之病，心以爲歉也。若作謝，是遜謝之意。東漢史論：律謝皋蘇，而制令亟易。又沈約表：遠愧南董，近謝遷固。

㈣騄驥句，舊解作起下之詞，王右仲承上文解意，於病字奇字皆有理會。《典論》：今之文人，孔融、陳琳、王粲、徐幹、阮瑀、應瑒、劉楨，斯七人者，於學無所遺，於辭無所假。咸自以騁騄驥於千里，仰齊足而並馳。《吕氏春秋》：得十良馬，不如得一伯樂。

㈤胡夏客云：麒麟好兒，借用徐陵兒事。《晉書·張后傳》：司馬懿曰：「老物不足惜，慮困我好兒耳。」

㈥《莊子》：輪扁對齊桓公曰：「夫斲輪，徐則甘而不固，疾則苦而不入，不徐不疾，得之於手，應之於心。臣不能以喻臣之子，臣之子亦不能受之於臣。是以行年七十而老斲輪。」

㈦《書》：若考作室既底法，厥子乃弗肯堂，矧肯構。

㈧《後漢書》：王符，字節信，隱居著書三十餘篇，以譏當時得失，不欲章顯其名，故號曰《潛夫論》。

㈨《魏略》：邯鄲淳作《曹娥碑》，蔡邕題其後曰：「黄絹幼婦，外孫虀臼。」楊修讀之即解得。曹操行三十里乃悟曰：「黄絹，色絲，絶字也。幼婦，少女，妙字也。外孫，女子之子，好字也。虀臼，受辛之器，辭字也。言絶妙好辭。」

**緣情慰**一作苦**漂蕩**㈠，**抱疾屢遷移**㈡。**經濟慚長策**㈢，**飛棲假一枝**㈣。此下叙客夔情事。

《杜臆》：緣情用陸機語，謂作詩也。詩緣情生，止自慰其漂蕩，而抱疾累遷，又自疏其漂蕩也。經濟以下，備述漂蕩之意。

㈠陸機《文賦》：詩緣情而綺靡。

㈡魏武詩：播越西遷移。

㈢張九齡詩：雖然經濟日，無忘幽棲時。

㈣左思詩：巢林借一枝。

塵沙傍去聲蜂蠆㈠，江峽繞蛟螭㈡。蕭瑟唐虞遠㈢，聯翩楚漢危㈣。聖朝音潮兼盜賊，異俗更喧卑㈤。此承「飛棲假一枝」，言漂蕩之迹。蜂蠆、蛟螭，乃峽中景物。唐虞四句，傷蜀亂未平。趙曰：治莫盛於唐虞，戰莫急於楚漢，故並舉言之。

㈠蔡琰《胡笳》：疾風千里兮吹塵沙。

㈡《南都賦》：憚虬龍兮怖蛟螭。

㈢《四皓歌》：唐虞世遠，吾將何歸。

㈣《前漢書》贊：楚、漢之際，豪傑相王。

㈤盜賊，謂崔旰。喧卑，謂夔土。《詩序》：國異政，家異俗。《舞鶴賦》：厭人寰之喧卑。

鬱鬱星辰劍㈠，蒼蒼雲雨池。兩都開幕府㈡，萬寓同宇插軍麾㈢。南海殘銅柱㈣，東風避月支㈤。此承「經濟慚長策」，言漂蕩之故。星劍雲池，喻抱策莫施。幕府四句，傷四方未靖。朱注：星辰劍，用張華事。雲雨池，用周瑜語。自歎如寶劍埋獄而未出，蛟龍在池而未躍。殘銅柱，粵寇初平。避月支，吐蕃西勁也。

㈠《越絶書・寶劍篇》：觀其鋲，爛如列星之行。

㈡班固有《兩都賦》。幕府，注見別卷。

㈢牛弘詩：恭己臨萬寓。沈約碑文：軍麾命服之序。

㈣銅柱，見十五卷。

㊄《匈奴傳》：東胡强而月支盛。溍注：月支，即月氏，西域國名。

音書恨烏鵲㊀，號平聲怒怪熊羆㊁。稼穡分詩興去聲㊂，柴荆學土宜㊃。故山迷白閣，秋水憶一作隱黄朱云：當作皇陂。不敢要平聲佳句，愁來賦别離。此客夔而念故都也。恨烏鵲，家信不來。怪熊羆，山居厭聞。稼穡、柴荆，夔州居食。白閣、皇陂，長安山水。《杜臆》：漂蕩之中，安得復有佳句，但愁來則賦别離耳。别離，即漂蕩意。　此章前二段各十句，後二段各六句，中四句爲腰，末八句爲尾。

㊀《西京雜記》：乾鵲噪而行人至。

㊁魏武《苦寒行》：熊羆對我蹲。

㊂《書》：稼穡作甘。

㊃《左傳》：無失其土宜。

張溍曰：文章秘訣，詩統源流，前半已道盡。曰騷人、曰漢道，曰鄴中、曰江左，言詩家歷代各有體製可倣，後人兼採，原不宜過貶偏抑。公之所見甚大，所論甚正。太白則云：「自從建安來，綺麗不足珍。」自晉人以下，未免一概抹倒矣。

此詩是兩段格，前半論詩文，以文章千古事爲綱領。後半叙境遇，以緣情慰漂蕩爲關鍵。前段結云：「漫作《潛夫論》，虚傳幼婦碑。」隱以千古事自期矣。後段結云：「不敢要佳句，愁來賦别離。」仍以慰漂蕩自解矣。其段落之整嚴，脈理之精細如此。

# 君不見簡蘇徯

詩言深山窮谷，當是夔州作。其遇蘇，蓋在大曆元年也。

**君不見道邊廢棄池，君不見前者摧折桐㈠。百年死樹中**去聲**琴瑟㈡，一斛舊水藏蛟龍㈢。**

先用比興引端。

㈠《七發》：龍門之桐，其根半死半生。

㈡吳均詩：百年積死樹，十尺掛寒藤。《異苑》：吴平在勾章，門外忽生一株青桐，上有歌謡之聲，平惡而砍之。其後樹自遷，立於故根，又聞歌聲曰：「死樹今更青。」平以爲琴瑟，事始定。

㈢周弘正詩：舊水浸成岸。《吳志》：周瑜曰：「蛟龍得雲雨，終非池中物。」

**丈夫蓋棺事始定㈠，君今幸未成老翁，何恨憔悴在山中。深山窮谷不可處**上聲**㈡，霹靂魍魎兼**一作并**狂風㈢。**此乃申明上意。廢池尚蓄蛟龍，折桐猶作琴瑟。況蘇君年力未衰，豈可終遯山林？蓋勸之用世也。此章，上段四句，下段五句。

㈠古詩：蓋棺事乃已。

㈡《左傳》：深山窮谷，固陰沍寒。

㊂鮑休《清溪賦》：霹靂破石，狂風驚林。

# 贈蘇四徯

鶴注：詩云「巴蜀倦剽劫」、「幽薊已削平」，當是大曆元年作。剽劫，指崔旰之徒。是時河北已盡平矣。張遠注：時蘇欲下荆揚，而公贈以此詩。

**異縣昔同遊㊀，各云厭轉蓬㊁。別離已五年，尚在行李中。**此總叙前後行踪。行李句，領下文。

㊀劉孺聯句：余歸方異縣。

㊁古詩：爲客苦轉蓬。

**戎馬日衰息，乘**去聲**輿安九重**平聲**。有才何棲棲㊀，將老委所窮。爲郎未爲賤，其奈疾病攻。**此言身在行李之中。鶴注：永泰元年，郭子儀與回紇再定約，吐蕃引兵夜遁，自是戎馬始息，乘輿得安。公負才不用，故窮困委之於命，但疾病相攻，恐將來終難用世耳。

㊀棲棲，見《論語》。

**子何面黧黑㊀，焉**於虔切**得豁心胸㊁。巴蜀倦剽劫**一作掠**，下愚成土風。幽薊已削平，荒徼**

尚彎弓。斯人脱身來，豈非吾道東㊂。此言蘇在行李之中。蘇之面悴心憂，爲巴蜀遭亂故耳。吾道東，蘇至夔州也。鶴注：五年之間，段子璋、徐知道、崔旰，相繼爲逆，盗賊隨起，安得不倦於剽劫，真下愚之習以成風者。

㊀《列子》：面目黧黑。

㊁江淹詩：冀以滌心胸。

㊂《馬融傳》：鄭玄辭歸，融曰：「鄭生今去，吾道東矣。」

乾坤雖寬大，所適裝囊空。肉食哂菜色㊀，少去聲壯欺老翁。況乃主客間，古來偪側同。

此言夔峽俗澆，身爲行李所困。

㊀陸機詩：無以肉食資，取笑葵與藿。

君今下去聲荆揚，獨帆去聲如飛鴻㊀。二州豪俠一作傑，非場，人馬皆自雄㊁。一請甘饑寒，再請甘養蒙㊂。此言荆揚地美，蘇之行李爲宜。饑寒自耐，則不爲肉食者哂。養蒙守正，則不爲少壯者欺。一請再講，乃丁寧致戒之詞。此章，首段四句，中段八句，前後三段各六句。

㊀楊慎曰：帆字，符咸切，舟上幔也。又扶泛切，使風也。舟幔則平聲，使風則去聲，動静之異也。孫綽子曰：動不中理，若帆而無柁。《南史》：因風帆上，前後連烟。《荆州記》：宫庭湖廟神，能使湖中分風而帆南北。《選》詩：無因下征帆。徐陵詩：南茨大麓，北帆清湘。劉删詩：迴艫乘派水，舉帆逐分風。杜詩「獨帆如飛鴻」及「浦帆晨初發」，皆讀去聲。

㈡胡夏客曰：人馬自雄，似有不可言者，豈其往謁劉展歟。

㈢《易》：蒙以養正，聖功也。

## 別蘇徯原注：赴湖南幕。

鶴注：此亦大曆元年作。

故人有遊子㈠，棄擲傍去聲天隅。他日憐才命㈡，居然屈壯圖㈢。十年猶塌翼㈣，絶倒爲去聲驚呼錢作吁㈤。首傷蘇久淪落。他日，謂往時。居然，謂目前。塌翼，承屈壯圖。驚呼，承憐才命。

㈠李陵詩：遊子暮何之。

㈡沈佺期詩：才命重當時。

㈢張翰詩：能否居然別。《陸機集》：雄心摧於弱情，壯圖終於衰志。

㈣陳琳檄：忠義之徒，垂頭塌翼。

㈤《世說》：衛玠談道，平子絶倒。

消渴今如此黄作在，提攜愧老夫㈠。豈知臺閣舊㈡，先一作洗拂鳳凰雛㈢。得實俗本作食，非

**翻蒼竹，棲枝把翠梧**㈣。次喜蘇逢知己。 臺閣舊人，必徯父交而力能提攜者。得實、棲枝，從此有所依託矣。

㈠《記》：長者與之提攜。

㈡《魏志・夏侯玄傳》：銓衡掌於臺閣。

㈢《蜀志》：龐統，號鳳雛。

㈣《詩注》：鳳凰非竹實不食，非梧桐不棲。

**北辰當宇宙，南嶽據江湖。國帶烟**一作風**塵色，兵張虎豹符**㈠。**數**色角切**論**平聲**封内事**㈡，**揮發府中趨**㈢。**贈爾**一作女**秦人策**㈣，**莫鞭轅下駒**㈤。此勉其及時有爲，結出送別之意。 當時節鎮權重，幕僚得與參謀，故勸其志圖遠大，而勿局於近小。 此章，前二段各六句，末段八句收。

㈠《漢書音義》：銅虎符，第一至第五，發兵則遣使者至郡合之。

㈡淮南王書：古者封内甸服。

㈢古樂府：盈盈公府步，冉冉府中趨。

㈣《左傳》：秦伯使士會行，繞朝贈之以策。 注：策，馬撾也。 繞朝，秦大夫。

㈤《前漢・灌夫傳》：上怒内史曰：「今日廷論，局趣效轅下駒。」應劭曰：駒者，駕著轅下。 張晏曰：俛頭於車轅下，隨母而已。

起云「故人有遊子」及「提攜愧老夫」，公蓋蘇徯父接也。 後云：「豈知臺閣舊，先拂鳳凰雛。」湖南幕主，亦傒父交而昔日同朝者。原注云：公爲拾遺時，傒父在臺閣。此與詩意不合。朱注謂《唐史》肅宗收京，蘇源明擢考功郎中、知制誥，疑傒爲源明之子。今按：源明卒於廣德二年，不應喪制未終，而急趨幕府，知非源明子矣。

# 李潮八分小篆歌

鶴注：當是大曆初在夔州作。潮乃公之甥，詩云：「巴東逢李潮。」夔本巴東郡也。周越《書苑》：李潮，善小篆，師李斯《嶧山碑》，見稱於時。趙明誠《金石録》：《唐慧義寺彌勒像碑》，李潮八分書也。潮書初不見重當時，獨杜詩盛稱之。今石刻在者，惟此碑與《彭元曜墓誌》，其筆法亦不絶工。

蒼頡鳥跡既茫昧㊀，字體變化如浮雲㊁。陳倉石鼓又一作文已訛，大小二篆生八分㊂。秦有李斯漢蔡邕，中間作者絶不聞。嶧山之碑野火焚，棗木傳刻肥失真㊃。苦縣光和尚骨立，猗覺寮作力㊄，書一作畫貴瘦硬方通神㊅。先叙篆書源流。趙曰：野火焚，謂李斯書。尚骨立，謂蔡邕書。故於嶧山之碑，則傷棗木失真；於苦縣之碑，則喜瘦硬通神。

㊀衛恒《書勢》：黄帝之史沮誦、蒼頡，眺彼鳥跡，始作書契。《淮南子》：茫茫昧昧。《頭陀寺碑》：

茫昧與善。

㊁《王羲之傳》：尤善隸書，論者稱其筆勢，以爲飄若浮雲，矯若驚鴻。

㊂鶴曰：鳳翔府寶雞縣，本陳倉縣。《元和郡縣志》：石鼓文，在鳳翔天興縣南二十許里，石形如鼓，其數有十。蓋紀周宣王田獵之事，即史籀大篆也。衛恒《書勢》：宣王太史籀著大篆十五篇，與古文或異，時人即謂之籀書。李斯作《蒼頡篇》，趙高作《爰歷篇》，胡母敬作《博學篇》，皆取史籀式，或頗省改，所謂小篆者也。周越《書苑》：八分者，秦羽人上谷王次仲飾隸書爲之，鍾繇謂之章程書。《蔡文姬别傳》云：臣父邕言，割程邈隸字八分取二分，割李斯小篆二分取八分，故名八分。又云：皆似八字，勢有偃波。

㊃洙曰：《史記》：始皇二十八年，東行郡國，上鄒嶧山，刻石以頌秦德，其碑爲野火所焚，後人惜其文，以棗木傳刻之。梁武帝論書：古今既殊，肥瘦頗反。

㊄潘淳曰：樊毅《西岳碑》，後漢光和二年立。苦縣《老子碑》，亦漢碑，其字刻極勁。杜詩苦縣、光和，謂二碑也。劉思敬《臨池漫記》：老子，苦人也。今爲亳州真縣，縣有明道宫，宫有漢光和年所立碑，蔡邕書，馬永卿贊，字畫遒勁。

㊅《晉·王獻之傳》：字勢疏瘦，如隆冬之枯樹。《字書》：王逸少云：凡字多肉微骨，謂之墨猪書也。庾肩吾《書品》：胡肥鍾瘦。《魯靈光殿賦》：通神之俊才。

惜哉李蔡不復扶又切。一作可得，吾甥李潮下去聲筆親。尚書韓擇木㊀，騎去聲曹蔡有鄰㈡，開元已來數所主切八分，潮也奄有二子成三人㈢。況潮小篆逼秦相去聲，快劍長戟森相向㈣。八分一字直百一作千金㈤，蛟龍盤拏挐同，音如。又音拏肉屈與倔通强去聲㈥。此稱李潮書法。　李蔡爲正宗，韓蔡作陪賓，小篆八分，雙頂李蔡。下筆親，謂與李蔡相親近。

㈠《舊書·肅宗紀》：上元元年四月，右散騎常侍韓擇木爲禮部尚書。《宣和書譜》：韓擇木，昌黎人，工隸兼作八分，風流閒媚，世謂邕中興焉。

㈡竇臮《述書賦》：衛包蔡鄰，工夫亦到，出於人意，乃近天造。《書史會要》：有鄰，邕十八代孫，官至右衛率府兵曹參軍，工八分書，書法勁險。

㈢《詩》：奄有四方。注：奄，遂也，忽也。

㈣《法書要録》：袁昂云：韋仲將書云如龍拏虎距、劍拔弩張。皇朝歐陽詢書，森森然若武庫矛戟。拏，揉也。

㈤《西京雜記》：淮南王劉安著《淮南子》，揚子雲以爲一出一入，字直百金。公孫弘著《公孫子》，言刑名事，亦謂字直百金。

㈥成公綏隸書體，或若虬龍盤遊，蜿蜒軒翥，非古八分小篆髓也。《前漢·陸賈傳》：屈强於此。顔注：謂不柔服也。庾肩吾《書》：蕭思話書，走墨連綿，字勢屈强。

吴郡張顛誇草書，草書非古空雄壯。豈如一作知吾甥不流宕㈠，丞相去聲中郎丈人行音巷㈡。　中贊其書法入古。　張旭名重當世，故又借以相形，流宕雄壯，皆指草書，正與瘦、硬相反。

㈠湛方生詩：流宕失真宗。

㈡《漢書》：漢天子吾丈人行。注：尊老之稱。

巴東一作江逢李潮，逾月求我歌。我今衰老才力薄，潮乎潮乎奈汝何。末結作歌之意。趙曰：退之《石鼓歌》：「少陵無人謫仙死，才薄將奈石鼓何。」倣此詩末二句也。此章前二段各十句，後二段各四句。

王嗣奭曰：「字體變化如浮雲」，一語已括全篇。鳥跡變而大小篆，又變而八分，至變而草書，極矣。篆與八分，猶存古意。若草書，去古遠矣，雖雄壯何取。快劍長戟、蛟龍屈强，俱形容瘦硬，而書已通神矣，宜其字值百金也。瘦硬之書，未易形容，故自恨才力之薄。如此作結，絶新。瘦硬，兼八分言。韓擇木作八分書，師蔡邕，風流閒媚，號伯喈中興。蔡有鄰，亦善八分，其始拙弱，至天寶，遂精。故子美引二子比潮。又《送顧八分》詩，亦引二子云。

《碑篆考》：錢箋：宋王厚之曰：石鼓，粗有鼓形，字刻於其旁，石質堅頑，類今人爲碓磑者。韓愈以爲宣王鼓。韋應物以爲文王鼓，宣王刻。歐陽《集古録》始設三疑。鄭樵摘丞殹二字，見於秦斤秦權，而以爲秦鼓。董逌曰：《左傳》成有岐陽之蒐，杜預謂還歸自奄，乃大蒐於岐陽。宣王蒐岐陽，世無聞哉。方成康與穆賦頌鐘鼎之銘，皆番吾之跡，則此爲番吾可知。程大昌曰：是成王鼓也。張懷瓘《書斷》：《水經注》曰：上郡王次仲變蒼頡舊文爲今隸書。既變蒼頡書，即非效程邈隸。蔡邕《勸學篇》謂次仲初變古形是也。始皇之世，出其數書，小篆古形，猶存其半，八分已減小篆之半，隸又減八分之半。

然可云子似父，不可云父似子。故知隸不能生八分矣。八分則小篆之捷，隸亦八分之捷，本謂之楷書。楷隸初制，大範幾同，故後人惑之。朱注：衛恒《書勢》詳隸，而不言八分。其實師宜官、梁鵠、邯鄲淳、毛弘，皆工八分者。張懷瓘以程邈以後之隸，與鍾王之今楷爲一。意蓋取漢碑之隸，皆屬之於八分，而專以隸爲楷也。歐陽永叔以八分爲隸，洪适因之，迄無定説。吾衍《學古編》云：八分，漢隸之未有挑法者也，比秦隸則易識，比漢隸則微似篆，用篆筆作漢隸即得之。今存其説，待考。《書斷》：李斯小篆入神，大篆入妙。伯喈八分、飛白入神，大篆、小篆、隸書入妙。《封演聞見記》：嶧山始皇刻石，其文李斯小篆。後魏太武登山，使人排倒之。然而歷代摹搨，以爲楷則。邑人疲於奔命，聚薪其下，因野火焚之，由是殘闕不堪摹寫。然猶求者不已。有縣宰取舊文勒於石碑之上，凡成數片，置之縣廨，須則搨取。今人間有《嶧山碑》，皆新刻之碑也。歐陽公《集古録》：今俗所謂《嶧山碑》，秦二世詔，李斯篆，《史記》不載。其字特大，不類泰山存者。其本出於徐鉉，又有別本出於夏竦家。自唐封演已謂《嶧山碑》非真，而杜甫直謂棗木傳刻耳。又曰：今嶧山實無此碑。鄭文寶嘗學小篆於徐鉉，以鉉所摹本刻石於長安，世多傳之。《後漢·桓帝紀》：延熹八年正月，遣中常侍左悺之苦縣，祀老子。《續漢書》：桓帝夢老子，令中常侍左悺於賴鄉祠之。詔陳相邊韶立祠，兼刻石。《金石録》：苦縣《老子銘》，舊傳蔡邕文并書。杜詩云云，世云此碑是也。然而邊韶延熹八年作，非光和中。未知杜所云是此碑否。《書苑》遂謂詔文而邕書，亦無所據。杜田曰：苦縣祠立於桓帝延熹，而光和乃靈帝年號，豈非祠立於延熹，碑乃立於光和乎？

# 峽口二首

單復編在大曆元年秋。此即瞿唐峽口也。《方輿勝覽》：瞿唐峽在夔州東一里，舊名西陵峽。陸機《辯亡論》：謹守三峽之門。

峽口大江間，西南控百一作白蠻㈠。城攲連粉堞，岸斷更青山。開闢當一作多天險，防隅一水關㈡。亂離聞鼓角㈢，秋氣動衰顏㈣。此章，見形勝而傷世亂也。三四，申峽口之景。五六，申控蠻之勢。山形斜側，故城堞皆攲。傍多疊嶂，故岸斷見山。天險如此，而又設關水上，真足控制全蜀矣。

㈠《唐志》：劍南諸蠻州九十二，無城邑，椎髻皮服。《通典》：松外諸蠻，貞觀末，遣兵從西洱河討之。西洱河，去巂州西千五百里。其地有數十百部落。按：此當作百蠻。

㈡王洙注：峽口有關，斷以鐵鎖。《易》：天險不可升也。防隅，水防山隅也。《杜臆》：水關，似即牢關。古詩：盈盈一水間。

㈢聞鼓角，時有崔旰之亂也。

㈣隋尹式詩：秋鬢含霜白，衰顏倚酒紅。

## 其二

時清關失險，世亂戟如林㊀。去矣英雄事㊁，荒哉割據心㊂。蘆花留客晚㊃，楓樹坐猿深㊄。疲苶魚列切。音孽，與苶同煩親故㊅，諸侯數音朔賜金㊆。次章，遡往事而傷羈旅也。上四，言形勝之盛衰，皆因人事。下四，言客夔之景況，有愧人情。英雄，承時清，如光武、昭烈之平蜀是也。割據，承世亂，如公孫述、李特之僭蜀是也。孤客對猿，不勝悽惻。親故贈金，何解窮愁耶。公自注：主人柏中丞，頻分月俸。

㊀《書》：紂率其旅如林。

㊁《魏志》：田豐舉杖擊地曰：「惜哉！事去矣。」

㊂陳子昂詩：荒哉穆天子。

㊃駱賓王詩：雁起蘆花晚。

㊄「楓樹坐猿深」，坐字下得奇，深字下得逸，然各有所本。張説詩「樹坐參猿嘯」，宋之問詩「猿啼江樹深」，一句中兩用之，可稱入化。

㊅《歎逝賦》：同時親故。

㊆《陳平傳》：賜金尚在。

詩句中用虚字，貴乎逸而有致。謝朓詩「去矣方滯淫，懷哉罷歡宴」，不如老杜「去矣英雄事，荒哉割據心」，更有遠神。又詩「古人稱逝矣，吾道卜終焉」，説得韻趣。鮑明遠詩「傷哉良永矣」，黄山谷詩

「得也自知之」，非不流利，但不如杜之俊逸耳。若東坡詩「倦客再遊行老矣，高僧一笑故依然」，方是善於摹杜。

## 南極

鶴注：當是大曆元年冬在夔州作。　趙曰：南極，星名。《晉·天文志》：南極，在井柳之中，正是南方之星，故用之夔州。　黄希曰：此是用《爾雅》四極中之南極。　夔在長安之極南也。

**南極青山衆**一作外，非，**西江白谷分**㊀。**古城疏落木，荒戍密寒雲**㊁。**歲月蛇常見，風飇虎忽**一作或**聞**㊂。**近身皆鳥道，殊俗自人群**㊃。**睥睨登哀柝**㊄，**蝥**舊作矛。趙作蝥**弧照夕曛**㊅。**亂離多醉尉，愁殺李將軍**㊆。此公不欲久居南土而作也。　盧注：首二，南方山水。三四，南方風景。中四，南方人物。末四，南方時事。　《杜臆》：西江至白谷而分，此楚蜀之交也。　古城，白帝舊城。　荒戍，戍土之兵。　皆鳥道，居高峽也。　自人群，非我族也。　柝、弧，城上戒嚴。　醉尉，小人横行。

㊀據公詩云「白谷氣候變」，又云「白谷會深遊」，則白谷當在夔州。《杜臆》謂即白帝城之谷。

㊁朱超詩：荒戍久無樓。　陶潛詩：寒雲没西山。

㊂庾信《哀江南賦》：風飇凛然。　王褒頌：虎嘯而風生。

㈣司馬彪《續漢書》：种暠，爲益州刺史，開曉殊俗。古詩《臨高臺》篇：辭仙俗，歸人群。

㈤《古今注》：女牆，亦名睥睨。

㈥《左傳》：鄭伐許，穎考叔取鄭伯之旗蝥弧以先登。謝靈運詩：夕曛嵐氣陰。《説文》：日入曰曛。

㈦《李廣傳》：廣屏居藍田南山中射獵。嘗夜出從人飲，還至亭，灞陵尉醉，呵止廣。廣騎曰：「故李將軍。」尉曰：「今將軍尚不得夜行，何故也？」宿廣亭下。《杜臆》：末用醉尉事，必有所感。

## 瞿唐兩崖

此詩舊編在大曆二年。考二年之秋，公在東屯矣。還是元年冬作。

**三峽傳何處㈠，雙崖壯此門。入天猶石色，穿水忽雲根㈡。猱**乃高切**玃**厥縛切**鬢髯古㈢，蛟龍窟宅尊㈣。羲和冬**一作駿**馭近㈤，愁畏日車翻㈥。**首點兩崖，中詠景物，末乃歎其危險。

《杜臆》：傳何處，三峽之名互異。壯此門，瞿唐一峽不移也。黄希曰：公作《長江》云：「瞿唐争一門。」又《瞿唐懷古》云：「勁敵兩崖開。」蓋瞿唐乃三峽之門。又兩崖對峙，中貫一江，望之如門然。崖入天而青同一色，崖穿水而下至雲根，乃狀其勢之高深。黄生注：惟山高水險，故物得以久據深藏。曰古、曰尊，字法俱妙。　《杜臆》：冬時日行南陸，正值崖上。今兩崖聳窄，屏去日光，似乎羲和亦畏車翻而却避之者。

㈠朱注：庾仲雍《荆州記》：巴楚有明月峽、廣德峽、東突峽。今謂巫峽、秭歸峽、歸鄉峽。《峽程記》：三峽，即明月峽、巫山峽、廣溪峽。其瞿唐、灧澦、燕子、屏風之類，皆不與三峽之數。《寰宇記》：夔州三峽，曰西峽、巴峽、巫峽。宋肇《三峽堂記》：又以西陵峽、巫峽、歸峽爲三峽。按：三峽，諸説不同，疑明月峽不列三峽内，蓋明月峽在夔州之上也。然《忠州龍興寺》詩，又云「忠州三峽内」，則公於此亦無定説矣。

㈡《杜臆》：詩人多以雲根爲石，以雲觸石而出也。宋孝武《登樂山》詩：屯烟擾風穴，積水溺雲根。

㈢蔡注：《爾雅》：猱善援，玃善顧。《爾雅注》：玃，貑玃也。似獮猴而大，色蒼黑，能攫搏人，故云玃。《述異記》：猿五百歲化爲玃，玃千歲化爲老人。　揚雄《蜀都賦》：猿蠝玃猱。

㈣《杜臆》：公詩「龍以瞿唐會」，則知其有龍蛇矣。　王勃《山亭序》：徵石髓於蛟龍之窟。《江賦》：瑰奇之所窟宅。

㈤《淮南子》：日乘車，駕以六龍，羲和爲之馭。　冬馭近，謂近於瞿唐，非秋近於冬之謂。

㈥李尤歌：安得壯士翻日車。

黄生曰：首言來之遠，次言勢之雄，三言峽之峻，四言崖之深，五六喻盜賊之盤據，七八言朝廷之隱憂。　上四貼本題，下四開一步。又曰：愁畏本一意。特連用之以助句法，唐人詩中多有之。《杜集》

如人客、信使、眠卧、車輿、書疏、重疊、稀少、涼冷、曛黑、暄暖、晨朝、徒空、更復之類，不可勝數。



## 瞿唐懷古

顧注：懷古，是懷瞿唐古迹。鶴曰：此當是大曆元年作。今按：前首應是初見時，故云：「三峽傳何處。」此首應是再詠者，故題云《瞿唐懷古》。

**西南萬壑注㊀，勁敵兩崖開㊁。地與山根裂㊂，江從月窟來㊃。削成當白帝㊄，空曲隱陽臺㊅。疏鑿功雖美㊆，陶鈞力大哉㊇。**上四，瞿唐之景。下四，懷古之意。鑿山本以通水，故山水並起。山裂，承崖開。江來，承壑注。黄注：三言峽之隘，四言源之長，五言壁之峭，六言崖之深，相傳皆禹功所疏鑿者。其實瞿唐天險，蓋出於造化神力也。山附於地，山裂乃地勢使然，必地與山以裂，而後江水得從此來。黄氏説與字，含下陶鈞意，獨有解會。高與白帝相當，空處藏隱陽臺，以陽臺配白帝，亦暗指神女。天然對仗。

㊀《世説》：萬壑爭流。

㊁《左傳》：宋及楚戰，子魚曰：「勁敵之人，隘而不列。」以兩崖而關鎖萬壑，真有拔地倚天之力，故曰勁敵。

㊂庾信詩：山根一片雨。

㊃《長楊賦》：西厭月蜎。蜎與窟同。

㊄《山海經》：泰華之山，削成而四方。《杜臆》：白帝山，在夔州府治東五里。陽臺，在府治北五里，高百丈。

㊅陶弘景隱於句容之勾曲山中，周迴一百五十里，空曲寥曠。鶴曰：《寰宇記》：陽臺，臺高一百二十步，即宋玉賦「遊陽雲之臺」。

㊆郭璞《江賦》：巴東之峽，夏后疏鑿。

㊇《鄒陽傳》：獨化於陶鈞之上。師氏曰：陶人轉鈞，蓋取周迴調鈞耳，此借以喻造化。黄生曰：此詩奇險之句，亦若假鑿於五丁者。又曰：「疏鑿控三巴」，專歸功於神禹也。「疏鑿功雖美」，兼歸功於造物也。蓋題屬懷古，不敢忘禹之跡，而險由天造，亦不可没天之工，結以詠歎出之，倍有神致。

## 夜宿西閣曉呈元二十一曹長子丈切

顧宸注：大曆元年，公自雲安縣至夔州。秋，寓於西閣，終歲居之。明年春，始自西閣遷居赤甲。故凡西閣諸詩，皆自秋及冬作也。黄鶴及《千家注》分爲兩時，俱失考。公昔曾與元同曹，故曰曹長。

城暗更平聲籌急㈠，樓高雨去聲雪微㈡。稍通綃幕霽㈢，遠帶玉繩稀㈣。門鵲晨光起一作喜，檣一作牆，非烏宿處飛㈤。寒流江甚細㈥，有意待人歸。首聯，宿閣。三四，曉景。下則對景思歸也。　綃幕霽，旭光初動。玉繩稀，疏星未没。鵲起烏飛，舟行之象。二句賦中含興，引起末聯。《杜臆》：流細則江平，有若待人歸者，何不與鵲俱起，與烏並飛耶？

㈠梁元帝詩：夜短更籌急。

㈡《詩》：雨雪霏霏。

㈢沈佺期詩：千金麗人掩綃幕。《説文》：帷在上曰幕。朱注：以綃爲幕也。

㈣陶弘景《水仙賦》：横帶玉繩。

㈤舊注因謝朓詩有「金波麗鳷鵲」句，遂以門鵲爲門端刻鵲。因傅毅《相風賦》有「棲神烏於竿首，俟祥風之來征」，遂云：刻烏竿上，名曰相風。將門鵲檣烏，俱作假象。今按：鵲起烏飛，就實景言。顧注：公詩「檣烏相背發」、「危檣逐夜烏」，皆指檣上棲烏，舊乃曲説也。《歸去來辭》：慕晨光之熹微。　何遜詩：江燕繞檣飛。

㈥朱超道詩：落葉泛寒流。

# 西閣口號平聲呈元二十一

仍依梁氏編在大曆元年。

**山木抱雲稠，寒空**一作江**繞上頭**㈠。**雪崖纔變石，風幔不依樓。社稷堪流涕，安危在運籌**㈡。**看平聲君話王室，感動幾銷憂**㈢。上四，寫西閣景。下四，寄元曹長。陰雲繞樹、寒氣盤空，故雪霑石變，而風緊幔飄。堪流涕，世亂未已。在運籌，謀國待人。二句，述元君話中之意。感動銷憂，喜留心王室者，尚有同志也。前首，未及呈元意，故此章特詳之。顧注謂：杜鴻漸不能征討，請以節制讓旰。運籌無策，係蜀安危，公故聞而流涕。據詩云社稷、王室，應指朝政言。所謂運籌者，嘆當時不任賢相也。

㈠唐太宗詩：寒空碧霧輕。薛道衡詩：東方來上頭。

㈡《漢書》：運籌帷幄之中。

㈢幾，謂幾度也。

# 閣夜即西閣

此當是大曆元年冬作。鶴注：詩云「聞戰伐」，時崔旰之亂未息也。

**歲暮陰陽催短景**同影㊀，**天涯霜雪霽寒宵**一作霄㊁。**五更**平聲**鼓角聲悲壯**㊂，**三峽星河影動摇**㊃。**野哭千**一作幾**家聞戰伐**，**夷歌幾**一作數，一作是**處起漁樵**㊄。**卧龍躍馬終黄土**㊅，**人事音書**吴作依依**漫**一作頗。一作久**寂寥**㊆。此在閣夜而傷亂也。上四，閣夜景象。下四，閣夜情事。　鼓角，夜所聞。星河，夜所見。野哭夷歌，將曉所傷感者。末則援古人以自解也。　鼓角之聲，當更盡而悲壯。星河之影，映峽水而動摇。皆宵霽之景。吴論：悲壯動摇，下兩字另讀。　思及千古賢愚，同歸於盡，則目前人事，遠地音書，亦漫付之寂寥而已。黄生注：題云《閣夜》，而詩及曉景，乃知爲人事音書之故，徹曉不寐也。卧龍躍馬，因夔州祠廟而及之。

㊀古詩《折楊柳》：陰陽催我去，那得有定主。　庾信詩：短景負餘暉。

㊁古詩：各在天一涯。　《楚辭》：悲霜雪之俱下。

㊂《顔氏家訓》：或問一夜何故五更，答曰：更，歷也，經也。　《晉·載記》：石勒耕作於野，嘗聞鼓角之聲。《李衛公兵法》：鼓，三百三十三槌爲一通。角，動吹十二聲爲一疊。故又曰：嗚笳

疊鼓。

㊃《史·天官書》注：《正義》曰左旗九星，在河鼓左；右旗九星，在河鼓右。動摇則兵起。《漢書》：元光中，天星盡摇，上以問候星者。對曰：「星摇者，民勞也。」後征伐四夷，百姓勞於兵革。江總詩：水上動摇明。

㊄千家、幾處，言哭多而歌少。《記》：孔子惡野哭者。揚雄《太玄經》：交於戰伐。《蜀都賦》：陪以白狼，夷歌成章。何遜詩：予念返漁樵。

㊅《蜀志》：徐庶謂先主曰：「諸葛孔明，卧龍也。」《蜀都賦》：公孫躍馬而稱帝。王褒《僮約文》：早歸黄土陌。

㊆魏武樂府：絶人事，遊混元。吴均詩：萬里斷音書。《楚辭》：寂寥兮收潦而水清。漫，徒然也。

杜修可曰：《西清詩話》：作詩用事，要如釋語，水中着鹽，飲水乃知鹽味。此説，詩家秘藏也。如子美「五更鼓角聲悲壯，三峽星河影動摇」，人徒見陵轢造化之工，不知乃用故事也。《禰衡傳》：容態有異，聲節悲壯。《漢武故事》：星辰摇動。東方朔謂民勞之應。則善用事者，如繫風捕影，豈有迹耶？

余氏曰：《百斛明珠》云：七言之麗者，在子美此二句後，寂寥無聞矣。

盧世㴶曰：杜詩如《登樓》、《閣夜》、《黄草》、《白帝》、《九日》二首，一題不止爲一事，一詩不止了一題，意中言外，愴然有無窮之思。當與《諸將》、《古跡》、《秋興》諸章，相爲表裏。讀者宜知其關係至重也。

胡應麟曰：老杜七言律，全篇可法者，《紫宸退朝》、《九日登高》、《送韓十四》、《香積寺》、《玉臺觀》、《登樓》、《閣夜》、《藍田崔莊》、《秋興八篇》，氣象雄蓋宇宙，法律細入毫芒，自是千秋鼻祖。異時微之、昌黎，並極推尊，而莫能追步。宋人一概棄置，惟元虞伯生、楊仲弘得少分，至近日諸公，始明此義。

## 瀼西寒望

鶴注：此是大曆元年冬作。明年春，遷居赤甲。三月，遷瀼西。

**水色含群動**㊀**，朝光切太虛**㊁。**年侵**一作終**頻悵望**㊂**，興**去聲**遠一蕭疏。猿掛時相學**㊃**，鷗行音杭炯自如。瞿唐春欲至，定卜瀼西居。**此詩扼題在三四，爲上下關鈕。年侵頻望，點明寒望。興遠蕭疏，望時所見。《杜臆》：水色朝光，此蕭疏之遠而大者。猿掛鷗行，此蕭疏之近而小者。瀼西卜居，又結出望中之意。又云：「水色含群動」，即「寒水光難定」變語也。「朝光切太虛」，即「早霞隨類影」變景也。皆公冥搜所得。日映水面，其色閃動。朝光初起，切近太虛。此以一俯、一仰對言。趙汸注：時相學，寫猿之戲狎。炯自如，寫鷗之明潔。此以在山、在水對言。年侵，照春至，是傷歲暮，不是恨年衰。《杜臆》：年侵悵望，初非樂事，頻望而發興，遂有此一段光景。無邊際、無罣礙，直神與境會，意超象外矣。

㊀陶潛詩：日入群動息。

㊁鮑照詩：朝光散流霞。《天台賦》：太虚寥廓。

㊂陸機詩：後塗隨年侵。

㊃謝靈運《遊名山志》：觀掛猿下飲，百丈相連。何遜詩：猿掛似懸瓜。

## 西閣曝日

鶴注：此大曆元年冬作。

**凛冽**郭作烈**倦玄冬㊀，負暄嗜飛閣㊁。羲和流德澤㊂，顓頊愧倚薄㊃。毛髮具**一作且**自和**一作私㊄**，肌膚潛沃若㊅。太陽信深仁㊆，衰氣欻有託。攲傾煩注眼，容易**音異**收病脚㊇。**此叙曝日情事。首聯叙題，暄可禦寒，是羲和施澤，而顓頊斂威矣。毛髮六句，皆德澤之浹身者。注眼、收脚，坐久而起行也。地傾注視，恐病脚偶蹉，忽而舉步容易，則暖氣流暢於足矣。

㊀《太玄經》：萬物耗於玄冬。

㊁負暄，背向日也。《列子》：宋國田夫，負日之暄。

㊂《廣雅》：日御曰羲和。　《忠經序》：沐浴德澤。

㊃《月令》：孟冬之月，其帝顓頊，其神玄冥。　愧倚薄：言寒氣不能侵人。

㊄《楚國語》：手拇毛脈。

㊅《記》：可以固人肌膚之會。　沃若，謂暖如湯沃。《詩》：其葉沃若。此借用之。

㊆《説文》：日者，太陽之精。

㊇公《客居》詩：卧愁病脚廢。

**流離**一作瀏灕**木杪**一作梢**猿**㊀**，翩躚山巔鶴**㊁**。朋**舊作用，非**知苦聚散，哀樂**音洛**日已**作《英華》作亦已昨。**即事會賦詩，人生忽如昨**《英華》作錯。**古來遭喪**去聲**亂，賢聖盡蕭索**㊂**。胡爲將暮年，憂世心力弱。**此觸景而有感也。木猿、山鶴，閣前所見。流離，圓轉貌。翩躚，輕舉貌。皆日中自得之態。聚樂散哀，此旅人之情狀。人生如昨，亦且隨時遣興耳。末乃援古以自慰，心力已弱，何堪加憂乎？　此章兩段，各十句。

㊀阮籍《鳩賦》：終飄飖以流離。　謝靈運詩：俯視喬木杪。

㊁何敬祖詩：翩躚御飛鶴。

㊂古詩：賢聖莫能度。　何遜詩：蕭索高秋暮。

# 不離西閣二首

此亦大曆元年冬作。《杜臆》：題曰不離，有厭居西閣意。

**江柳非時發，江花冷色頻。地偏應**平聲**有瘴**㈠**，臘近已含春。失學從愚子，無家任**一作住**老身。不知西閣意，肯別定留**一作何**人？**首章對景感懷，向西閣作問詞。非時先發，當冷頻開，此見地暖含春也。失學，閣中之事。無家，居閣之故。末乃久客無聊之語。趙注：言西閣之意，肯令我別乎？抑亦定留人也？顧注：公詩用定字，有兩義。「定卜瀼西居」，是決詞。「肯別定留人」，是疑詞。「杭州定越州」，亦然。

㈠陶詩：心遠地自偏。

其二

**西閣從人別，人今亦故亭。江雲飄素練**一作葉㈡**，石壁斷**一作斬**空青**㈡**。滄海先迎日**㈢**，銀河倒列星**㈣**。平生躭勝事**㈤**，吁駭始初經。**次章，代西閣作答詞，仍取其佳勝也。西閣何心，亦任人別去，只人不能離，直視爲故亭耳。江雲飄而自如素練，石壁斷而空處皆青，此閣上近景。曉登樓而海日先迎，夜臨窗而星河倒列，此閣上遠景。似此勝事，平昔所耽，今目擊初經，能無吁歎而驚駭乎？西閣之中，亦差堪自遣矣。《杜臆》：亭以行旅停宿得名，故西閣亦可稱亭。《復古編》解作故停，言人自停留耳，以停、亭本通用也。

㊀沈約《恩倖傳論》：素練丹魄至。

㊁庾信詩：空青爲一林。

㊂《十洲記》：滄海島，在北海上，水皆蒼色。《史記》：黄帝迎日推策。

㊃《楚辭》：並光明於列宿。

㊄梁武帝《論書》：此直一藝之工，非吾所謂勝事。

## 縛雞行

鶴注：當是大曆元年冬西閣所作，故云「注目寒江倚山閣」。

小奴縛雞向市賣，雞被縛急相喧争。家中厭雞食蟲蟻㊀，不知雞賣還遭烹。蟲雞於人何厚薄，吾叱奴人解其縛。雞蟲得失無了時㊁，注目寒江倚山閣㊂。首二叙題。三四，縛雞之故，惡之也。五六，釋雞之縛，憫之也。末以設難作結，愛物而幾於齊物矣。《杜臆》：雞蟲不能兩全，故云「得失無了時」。計無所出，惟有望江倚閣而已，寫出一時情事如畫。

㈠鮑照詩：飛走樹間啄蟲蟻。

㈡黄生注：得失，指用心於物言。

㈢陶弘景《論書啓》：非但字字注目。

師厚云：天下利害，當權輕重。除寇則勞民，愛民則養寇。與其養寇，孰若勞民。與其惜蟲，孰若存雞。此論聖人不易，天下亦無難處之事，始知浮屠法不可治世。

趙次公曰：黄魯直達此詩之旨，其《書酺池寺書堂》云：小黠大癡，螗螂捕蟬，有餘不足，夔憐蚿。退食歸來北窗夢，一江風月趁漁船。可與言詩者，當自解也。

洪邁曰：《縛雞行》：自是一段好議論，至結語之妙，尤非思議所及。李德遠賦《東西船行》全擬其意：「東船得風帆席高，千里瞬息輕鴻毛。西船見笑苦遲鈍，流汗撑折百張篙。明日風翻波浪異，西笑東船却如此。東西相笑無已時，我但行藏任天理。」此詩語意極工，幾於得奪胎法。但「行藏任天理」，與「注目寒江」，不可同日語耳。

張遠曰：此詩可以齊物化，大有螻蟻何親、魚鼈何仇之意。

## 小至

鶴注：詩云舒柳放梅，當是大曆元年作。是年冬暖，故云。《唐會要》：開元八年，中書門下奏

《開元新格》，冬至日祀圜丘，遂用小至日視朝。　相傳小至爲冬至前一日，據《會要》小至是第二日。《杜臆》：若以小至爲冬至前一日，則詩不當云添線、動灰矣。　薛夢符謂：陽大陰小，冬至陰極，故曰小至。　此説亦非冬至一陽初生，不當取陰小之義。

**天時人事日相催**㈠**，冬至陽生春又來。刺**七跡切**繡五紋**一作文**添弱線**㈡**，吹葭六琯動飛**一作浮**灰**㈢**。岸容待臘將舒柳，山意衝寒欲放**一作破**梅。雲物不殊鄉國異**㈣**，教兒且覆**音福**掌中杯**㈤**。**上六冬至景事，下則對酒思鄉也。　一年各有時事，到冬至春來，而歲功將盡，故云相催。線揆景、灰候氣，此承冬至。　柳將舒、梅欲放，此承春來。　或以三四貼人事，五六貼天時，似是而非。　首句「天時人事」，原從已往説到現在，且三四亦正言天時，不得分屬也。　朱瀚曰：將舒承容，欲放承意，用字精貼如此。

㈠《晉書·杜預傳》：天時人事，不得如常。

㈡《史記》：刺繡紋，不如倚市門。　黄希曰：線有五色，故云五紋。《唐雜録》：唐宮中以女工揆日之長短，冬至後，日晷漸長，比常日增一線之功。

㈢《漢書》：以葭莩灰實律管，候至則灰飛管通。　冬至之律，爲黄鐘也。　葭，蘆也。　琯以玉爲之，凡十有二。　六琯，舉律以該呂也。《後漢·律曆志》：候氣之法，爲室三重，布緹縵、木爲案、內庳外高，加律其上，以葭莩灰抑其內端，按律候之，氣至者灰去。

㈣楊慎曰：《左傳》：分至啟閉，必書雲物。　舊注引此。　考《春秋感精符》：冬至有雲迎送日者，來歲美。宋忠注：雲迎日出，雲送日没也。冬至用書雲，當指此。《吴越春秋》：越王曰：「風景不殊，舉目有山川之異。」《隨筆》云：今人以冬至日爲書雲，至用之表啟中，雖前輩亦不細考。按《左氏傳》：僖公五年，正月辛亥朔，日南至，公既視朔，遂登觀臺以望。而書，禮也。凡分至啟閉，必書雲物，爲備故也。杜預注云：周正月，今十一月。分，春秋分也。至，冬夏至也。啟者，立春立夏。閉者，立秋立冬。雲物者，氣色災變也。蓋四時凡八節，其禮並同。漢平帝永平二年春正月辛未，宗祀光武畢，登靈臺，觀雲物。尤爲可證。世但讀《左傳》前兩三句，故遂顓以指冬至云。今太史局官，每至此八日，則爲一狀，若立春則曰風從艮位上來，春分則曰風從震位上來。他皆倣此。蓋古書雲之意也。

㊄覆杯，有二義。鄧粲《晉書》：晉元帝好酒。王導深諫。帝令左右進觴，飲而覆之，自是遂不復飲。此覆杯，是不飲也。鮑照《三日》詩「臨流競覆杯」，此覆杯是快飲也。公《墜馬》詩云「喧呼且覆杯中緑」，知此詩乃盡飲之義。

## 寄柏學士林居

黄鶴謂是大曆元年夔州作。蓋先寄詩，而後往題其茅屋也。

**自胡之反持干戈，天下學士亦奔波**㊀。**嘆彼幽棲載**一作精**典籍**㊁，**蕭然暴**音薄**露依山阿**㊂。

青山萬重平聲。一作里靜散地㊃，白雨一洗空垂蘿㊄。亂代一作世飄零予一作余到此，古人成敗子如何㊅。敘學士林居，有感於世事。干戈，謂禄山之叛。既静虚散地，則空對藤蘿耳，二句申上依山阿。博觀古來成敗，今日當如之何，此句申上載典籍。

㊀庾信碑文：豫州拓境，兩鎮奔波。
㊁謝靈運詩：資此永幽棲。　荀悦《漢紀序》：典籍之淵林。
㊂《漢書》：衣冠暴露。　《楚辭》：若有人兮山之阿。
㊃王弼《易爻通變例》：投戈散地。
㊄沈約詩：援木闕垂蘿。
㊅《後漢·崔琦傳》：梁冀行多不軌，數引古今成敗以戒之。

荆揚冬春一作春冬異風土㊀，巫峽日夜多雲一作風雨。赤葉楓林百舌一作鳥鳴㊁，黄花一作泥野岸天雞舞㊂。盗賊縱平聲横甚密邇，形神寂寞甘辛苦。幾時高議排金門㊃，各使蒼生有環堵㊄。記林居之景，并望其濟時。雲雨三句，正言風土之異。吴論：百舌春鳥，而啼於楓林，見其非時。天雞水禽，而舞於花岸，見其多雨。盗賊，指崔旰之亂。辛苦，謂避地巖居。末以經國安民，期之學士，蓋濟世須用讀書人也。此章兩段，各八句。

㊀《風土記》：荆揚之間，春寒而冬暖。吴邁遠詩：荆揚春早和，幽冀猶霜雪。

㈡《月令》：仲夏之月，反舌無聲。反舌，即百舌。

㈢何遜詩：野岸平沙合。謝靈運詩：天雞弄和風。

㈣魯褒《錢神論》：排金門，入紫闥。

㈤《記》：環堵之室。五坂曰堵。環堵，止方一丈。

王嗣奭曰：此詩兩韻，乃一問一答體。上下兩段，分列甚明。按：末段推開作結，仍綰林居，與《茅屋秋風歌》同格。

# 折檻行

黄鶴編在荆南詩内，蓋誤認白馬將軍爲崔旰也。按：朱注指爲魚朝恩，當是大曆元年所作。

《漢·朱雲傳》：雲請賜尚方斬馬劍，斷佞臣一人頭，以厲其餘。上問：「誰也？」對曰：「安昌侯張禹」。帝大怒，命御史將雲下。雲攀殿檻，檻折。

**嗚呼房魏不復**扶又切**見，秦王學士時難羨**㈠**。青衿胄子困泥塗**㈡**，白馬將軍若雷電**㈢**。千載**上聲**少似朱雲人，至今折檻空嶙峋**㈣**。婁公不語宋公語**㈤**，尚憶先皇容直臣**㈥**。**此詩，有感時事而作。上四，歎中官之恣横，下慨當時無救正者。首憶太宗，末憶明皇，乃傷今而思古也。錢箋：永泰元年三月，命左僕射裴冕、右僕射郭英乂等文武之臣十三人於集賢殿待制，以備詢問，蓋亦倣太宗瀛洲學士之意。然是時閹豎恣横，次年八月，國子監釋奠，魚朝恩率六軍諸將聽講，子弟皆服朱紫爲諸生，朝恩遂判國子監事，而集賢待制諸臣，噤口不一救正，故作此詩以譏之。首二句，歎待制之臣，不及貞觀盛時也。青衿二句，言教化凌夷，而中人子弟，得以横行。當是時，大臣鉗口飽食，效師德之退遜，而不能繼宋璟之忠讜。故以折檻爲諷，言集賢諸臣自無魏宋輩耳，未可謂朝廷不能容直臣如先皇也。

㈠《唐書》：武德四年，太宗爲天策上將軍，寇亂稍平，乃作文學館，收聘賢才。司勳郎中杜如晦、考功郎中房玄齡等，並以本官爲學士。凡分三番遞宿閣下，悉給珍膳。命閻立本圖像，褚遂良爲之贊，題名字爵里，號十八學士。在選中者，天下所向慕，謂之登瀛洲。朱注：史：房玄齡，本名喬，故秦府學士。魏徵佐隱太子建成，不在十八人之列。吴若注以並舉房、魏爲疑。夢弼云：此嘆房、魏之直諫不可得，因泛思秦王時之十八學士也。秦王學士，本不蒙房、魏言之，然考《翰林故事》：貞觀中，秘書監虞世南等十八人，爲十八學士。秦府學士，遇缺即補，意貞觀猶沿其制。徵以貞觀二年爲秘書監，安知不嘗與十八人之數乎？此詩稱秦王學士者，猶秦王破陣曲，後遂以名樂耳。

㈡《詩》：青青子衿。注：青衿，青領也，學士所服。《尚書注》：胄子，長子也，謂卿大夫之子弟。鶴曰：時方尚武，故困泥塗。

㈢《魏志》：龐德與關羽交戰，射羽中額。德常乘白馬，羽軍謂爲白馬將軍，憚之。白馬將軍，當指魚朝恩。時朝恩爲左監門衛大將軍兼神策軍使也。若雷電，言勢燄驚人。

㈣《魏都賦》：陛楯嶙峋。注：嶙峋，高貌。

㈤《容齋三筆》：婁公既無語，何得稱直臣。錢仲仲云：朝有闕政，婁公或不語，則宋公語之。但師德乃武后時人，璟爲相時，其亡久矣。詩言先皇，謂明皇也。

㈥《朱雲傳》：後當治殿檻，上曰：「勿易。」因而歸之，以旌直臣。

## 覽柏中丞一作允兼子姪數人除官制詞因述父子兄弟四美載歌絲綸

柏中丞除官之命，在大曆元年八月，其到任當在冬間，詩蓋此時作也。《博議》：題云《柏中丞兼子姪數人除官制詞因述父子兄弟四美》，詩云「戮力自元昆」，又云「子弟先卒伍」，必茂林起兵時，闔門赴義，子弟俱在戎行，而其人不可考矣。公有《蜀州柏二別駕將中丞命》詩，柏二當即四美之一。劉琨詩：四美不臻。王勃《滕王閣序》：四美具，二難并。《書》：乃賡載歌。注：賡，續也。載，成也。

**紛然喪**去聲**亂際，見此忠孝門**㈠**。蜀中寇亦甚，柏氏功彌存。**首段總提，見柏氏有靖亂之功。

㈠《晉·卞壺傳》：忠孝之道，萃於一門。

深誠補王室，戮力自元昆㊀。三止錦江沸㊁，獨清玉壘昏㊂。高名入竹帛㊃，新渥照乾坤。

此叙中丞戰功。　錦江玉壘，皆指崔旰之亂。

㊀《世説》：王導謂周顗曰：「共當戮力王室，克復神京。」《爾雅》：先生爲昆，長謂之元昆。《釋名》：非長兄，不得呼元昆。

㊁朱注：「三止錦江沸」，乃柏中丞與崔旰相攻時事。黄鶴，指討平段子璋、徐知道及崔旰，非也。子璋反東川，與成都無涉。次公謂寶應元年徐知道反，永泰元年崔旰反，大曆三年楊子琳以瀘州反。考：子琳入成都，公去夔州已久，柏中丞亦不聞後復還蜀，安可妄爲之説哉。　寇亂如湯之沸。趙曰：傳謂以湯止沸。

㊂《博議》：《唐志》：玉壘山，在彭州。《九域志》：在茂州，彭州西北至茂州止，八十里。是時杜鴻漸以茂州授旰，故曰「玉壘昏」。

㊃鄧禹曰：垂功名於竹帛。

子弟先義從去聲，讀從平聲卒伍㊀，芝蘭疊一作壘璵璠㊁。同心注師律㊂，灑血在戎軒㊃。絲綸實具載㊄，紱冕已殊恩㊅。　次及子弟戰功。　絲綸，謂制詞。紱冕，謂除官。

㊀《世説》：王大將軍語右軍：「汝是我佳子弟。」　《齊國語》：君若正卒伍。

㊁《世説》：芝蘭玉樹，欲其生於階庭。　此言子弟多材，如芝蘭之疊於璵璠也。　任昉箋：推此魚目，唐突璵璠。

㊂《易》：二人同心。　又：師出以律。

㊃吴均詩：袖間血灑地。　《漢書》贊：有來群彦，捷我戎軒。

㊄《記》：王言如絲，其出如綸。　王言如綸，其出如綍。

㊅《西都賦》：紱冕所興，冠蓋如雲。　陶弘景書：若非殊恩，豈可觖望。

**奉公舉骨肉㊀，誅叛經寒温**一作暄**㊁。金甲雪猶凍㊂，朱旗塵不翻㊃。每聞戰場説㊄，欻激懦氣奔㊅。**此又追憶戰功始末，見其一門忠勇。　奉公，指中丞。骨肉，指子弟。　邵注：崔旰反，在永泰元年十月，柏氏起兵討旰，至大曆元年三月，方休兵。故云「誅叛經寒温」。

㊀《張湯傳》：趙禹志在奉公孤立。　《世説》：荀爽曰：「祁奚内舉，不失其子。」　劉向封事：重以骨肉之親。

㊁《新語》：調寒温，適輕重。

㊂蔡琰詩：金甲曜日光。

㊃陸倕《石闕銘》：朱旗萬里。　鶴注：天寶中，諸衛隊仗，所用緋色旂旛，並改爲赤，故諸節度亦准此。　塵不翻，旗霑雨雪也。

㊄蘇武詩：行役在戰場。

㊅激懦，猶言懦夫有立志。

**聖主國多盜，賢臣官則尊㊀。方當節鉞用㊁，必絶祲沴**一作戾**根㊂。吾病日迴首，雲臺誰**

再論平聲㈣。作歌揭盛事㈤，推轂期孤騫一作鶱，非㈥。　末以期望之意作結。　賢臣官尊，柏本中丞也。若授以節鎮，可絶崔旰禍根。今但爲都督，則雲臺之功，又誰論乎？然既有四美盛事，將來推轂專閫，終當屬之中丞耳。《博議》：杜鴻漸初議授茂林邛南、崔旰劍南，以兩解之。既而旰專制西川，漸不相容，故徙茂林於夔州，蓋以避旰之逼。然自節度除都督爲失職，故詩云：「方當節鉞用。」又《觀宴》詩云「幾時來翠節」，蓋惜之也。　此章，四句起，八句收，中三段各六句。

㈠王褒有《聖主得賢臣頌》。

㈡節鉞，授之旌節鈇鉞也。《晉書》：漢魏故事：遣將出征，符節郎授節鉞於明堂。

㈢《西京雜記》：陰陽相蕩而爲祲沴之妖。

㈣漢顯宗圖畫二十八將於雲臺。

㈤《詩》：是用作歌。

㈥推轂，舊注引鄭當時推轂天下士，似望鴻漸之特薦也。朱注引《馮唐傳》：王者遣將，跪而推轂，對上節鉞而言。其説較勝。

王道俊《博議》曰：《年譜》：公至夔州時，柏中丞爲夔州都督，公爲作謝上表。今考柏都督，乃柏茂林，中丞其兼官也。黄鶴注以柏都督是貞節，中丞則茂林，又以茂林與貞節爲兄弟，俱大謬。《舊書》於《杜鴻漸傳》則云：崔旰殺英乂，據成都，自稱留後。邛州衙將柏貞節、瀘州衙將楊子琳、劍州衙將李昌巙等，興兵討之。於《崔寧傳》又云：旰率兵攻成都，英乂出兵於城西門，令柏茂林爲前軍，郭英幹爲左軍，郭嘉琳爲後軍，與旰戰。茂林等軍屢敗，旰令降將統兵，與英乂轉戰，大敗之。一則記貞節興兵，而不及茂林；一則記茂林喪軍，而不及貞節。《新書·崔寧傳》則兼録二傳之文，上書柏茂林等戰敗，下書邛州柏貞節討寧。鴻漸表爲邛州刺史，於《杜鴻漸傳》則止書貞節。今以本紀考之，則授邛州刺史、邛南防禦及節度，皆茂林一人之事。蓋茂林以衙將爲英乂前軍，敗於城西，復歸邛州，興兵討寧耳。疑貞節乃茂林之字，或後改名，非二人也。

錢謙益曰：新、舊書帝紀及杜鴻漸、崔寧傳載茂琳、貞節事，彼此互異。今合而考之，爲英乂之前軍，與崔旰戰敗於成都西門者，柏茂琳也。以邛州牙將起兵討崔旰者，柏貞節也。英乂之敗，郭英幹以都知兵馬使爲左軍，郭嘉琳以都虞候爲後軍，而茂琳爲前軍。是時旰亦西山都知兵馬使耳。茂琳之官，與三人相頡頏可知。茂琳敗，英乂死，而貞節復自邛劍起兵，與旰爲難，柏氏實爲職志。是故杜鴻漸至駱谷，即請授茂琳爲邛南防禦使，旰爲西山防禦使，以兩解之。既入成都，又請授旰爲西川節度行軍司馬，茂琳爲邛南節度使，而貞節等爲本州刺史，各令解兵。《方鎮表》云：大曆元年，置邛州防禦使，治邛州。尋升爲節度使，未幾廢。置劍南西山防禦使，治茂州，未幾廢。二使之置廢，專爲旰與茂琳也。《舊書》帝紀邛州牙將，誤書茂琳。又帝紀不書授貞節刺史，而鴻漸傳不書授茂琳節度，故先後踳駁也。邛南節度旋廢，史不書茂琳他除，豈即拜夔州都督乎？謝上表云：就其小效，復分深憂，察臣劍南區區，恐失臣節如彼。失臣節者旰也。曰劍南區區，則由劍南而荆南可知也。《絲綸》詩曰：「紛然喪亂際，見此忠孝門。」「深誠補王室，戮力自元昆。」「同心注師律，灑血在戎軒。」「奉公舉骨肉，誅叛經寒温。」則豈非茂琳貞節，出於一門，同心討旰之證乎？杜又有《柏二別駕將中丞命》詩云：「還轉五州防禦使。」廣德二年，置夔涪忠都防禦使，治夔州。夔州都督，當兼防禦使，中丞蓋其兼官也。茂琳以節度使遷夔州，而貞節自牙將起兵，遂授刺史。此詩云：「方當節鉞用。」必茂琳，非貞節也。史既不詳，而《通鑑》尤爲闕誤，故詳辯之於此。

## 覽鏡呈柏中丞

鶴注：柏中丞大曆元年爲夔州都督，公以是年至夔，嘗爲柏作謝上表。謝靈運詩：覽鏡睨頹容。

**渭水流關内，終南在日邊㈠。膽銷豺虎窟㈡，淚入犬羊天㈢。起晚堪從事㈣，行遲更學仙㈤。鏡中衰謝色，萬一故人憐㈥。**上四，迴憶長安，歎亂不可歸。下則自傷衰老，而有望於中丞也。　膽銷淚入，起晚行遲，皆衰謝之狀，從覽鏡而思及之。　豺虎，犬羊，京師爲盜侵蕃陷也。或指蜀中叛將，松州吐蕃，於上二句不接。　趙注：凡仕者必早起，起晚矣，尚堪從事乎？仙者必輕步，行遲矣，更可學仙乎？　《杜臆》：公與中丞素厚，故末二自陳苦衷，非乞憐語。

㈠《西都賦》：帶以洪河涇渭之川，表以泰華終南之山。渭水，在長安北五十里。南山，在長安南五十里。《史記·高帝紀》：興關内卒乘塞。《世説》：晉明帝數歲，答元帝曰：「不聞人從日邊來。」趙曰：日邊，帝京也。

㊁《漢書》張耳陳餘述曰：「據國争權，還爲豺虎。」

㊂《晉史論》：犬羊之侶。

㊃嵇康《絶交書》：卧喜晚起，而當關呼之不置，一不堪也。《詩》：黽勉從事。

㊄《神仙傳》：薊子訓，行若遲徐，走馬不及。《抱朴子》：學仙之人，未必有經國之才。

㊅曹冏《六代論》：萬一之慮也。陶詩：萬一不合意，永爲世笑之。

## 陪柏中丞觀宴將去聲士二首

年次同上。

**極樂**音洛**三軍士**㊀**，誰知百戰場。無私齊綺饌**㊁**，久坐密金章**㊂**。醉客霑鸚鵡，佳人指鳳凰**㊃**。幾時來翠節**㊄**，特地引紅妝**㊅**。**首章，記會宴之盛，是堂上事。起言宴爲賞功，倒叙有力。饌齊，見席無厚薄。坐密，見情之款洽。拈鸚鵡，舉杯也。指鳳凰，彈琴也。中丞未拜節度，故云來翠節。唐人多用官妓，故得引紅妝。

㈠《西都賦》：俛仰極樂。又：觀三軍之殺獲。許敬宗詩：長驅七萃卒，成功百戰場。

㈡漢韓演在河内，志在無私。綺饌，即綺筵，以錦蒙其上也。何遜《輕薄篇》：象牀沓繡被，玉盤傳綺食。

㈢鮑照詩：左右佩金章。金章，金印也。

㈣舊注鸚䳇引禰衡作賦事，鳳凰引弄玉吹簫事，皆未當。朱注又以鳳凰爲當時章服，引代宗詔文，禁盤龍對鳳爲證。亦太曲。《嶺表録異》：鸚䳇螺，旋尖處屈而朱，如鸚䳇嘴，故以名。殼裝爲酒杯，奇而可玩。梁簡文《答張纘書》：車渠屢酌，鸚䳇驟傾。薛道衡詩：共酌瓊酥酒，同傾鸚䳇杯。張衡《歸田賦》：彈五絃之妙指。陸機詩：泠泠纖指彈。《西京雜記》：趙后有寶琴曰鳳凰，皆以金玉隱起，爲龍鳳螭鸞之象。又云：成帝時，慶安世爲侍郎，善鼓琴，能爲雙鳳離鸞之曲，趙后悦之。虞世南詩：香銷翠羽帳，絃斷鳳凰琴。

㈤翠節，符節，所以傳信者，以旄牛尾爲之。

㈥何遜詩：輕扇掩紅妝。

## 其二

**繡段裝簷額㈠，金花帖鼓腰㈡。一夫先舞劍㈢，百戲後歌樵**一作醮㈣。**江樹城孤遠，雲臺使**去聲**寂寥**㈤。**漢朝**音潮**頻選將**去聲，**應**平聲**拜霍嫖姚**㈥。次章，言堂下事，復稱美中丞。繡段金花，器物之華。舞劍歌樵，聲樂之盛。江城使寂，慨其目前。將拜嫖姚，望其將來。

㈠裝簪額，即令人宴會結綵於簪之類。

㈡江淹《麗色賦》：鏤金花於珠履。　古辭：鼓腰鈴櫸各相競。庾信詩：圓花釘鼓牀。

㈢陳琳《與魏文帝書》：一夫揮戟。　《項羽紀》：軍中無以爲樂，請以劍舞。

㈣古詩：百戲起魚龍。　趙曰：歌樵，戲作夔峽樵歌。公詩云：夷歌負樵客。《杜臆》：樵歌，乃夔俗歌名，如《巴渝歌》之類。別作歌譙，謂軍中擊刁斗以歌，未然。

㈤雲臺使，策功之使臣也。

㈥漢霍去病爲嫖姚校尉，後拜驃騎大將軍。

## 奉送蜀州柏二別駕將中丞命赴江陵起居衛尚書太夫人因示從去聲弟行軍司馬位

黄、蔡俱以中丞爲柏貞節。錢箋謂中丞是茂琳。王道俊謂兩名止是一人。別駕，中丞之弟。　黄生曰：柏與衛，必中表之親，故使弟起居其母。《舊唐書·代宗紀》：大曆元年五月，加荆南節度使衛伯玉檢校工部尚書。　時位在江陵，爲行軍司馬。　錢箋：位係公之從弟，故詩用惠連故事。

**中丞問俗畫熊頻㈠，愛弟傳書綵鷁新㈡。遷轉五州防禦使去聲㈢，起居八座太夫人㈣。楚**

宫臘送荆門水，白帝雲偷碧海春㊄。與報一作報與惠連詩一作書不惜㊅，知吾斑鬢總如銀㊆。上四，柏二將中丞命，往候衛太夫人。下四，公送柏赴江陵，囑其寄詩從弟。中丞頻問民俗，故須弟代行。三四，主賓流對。五六，時地兼舉。送行在臘而云春者，所謂臘近已含春也。東方春氣先行，故又言雲碧海春。王維楨曰：末言鬢今盡白，本以苦吟之故，不能别寄一詩，非惜詩也。時解謂望弟寄詩以慰衰白，恐非。

㊀《記》：入國而問俗。《後漢·輿服志》：三公列侯車，倚鹿較，伏熊軾，黑旛。顔師古曰：倚鹿較者，畫立鹿於車之前兩轓外也。伏熊軾者，車前横軾爲伏熊之形也。

㊁《顔氏家訓》：人之事兄，不可同於事父，何爲愛弟不及愛子乎？劉孝綽詩：鈞舟畫彩鷁。張性注：彩鷁，船首畫鷁，以壓水神。

㊂《論衡》：遷轉之人，或至公卿。《唐書·方鎮表》：廣德二年，置夔忠涪防禦使，治夔州，原領夔、峽、忠、歸、萬五州，隸荆南節度。中丞爲夔州都督，時自都督遷防禦。

㊃《初學記》：光武分尚書爲六曹，并一令、一僕射，謂之八座。魏有五曹，與二僕射、一令，謂之八座。隋以六尚書，左、右僕射合爲八座。唐同。《後漢·岑彭傳》：大長秋以朔望問太夫人起居。

㊄沈佺期詩：梅花未發已偷春。

㊅《宋書》：謝惠連能屬文，族兄靈運嘉賞之，云：「每對惠連，輒得佳句。」

㈦晉舞歌：質如輕雲色如銀。

毛奇齡曰：柏二爲蜀州别駕，是中丞屬官。杜位爲江陵司馬，是衛尚書屬官。中丞遣弟侯衛太夫人，而少陵送之，因并寄弟位。此唐人長題，用八句完點之法。

黄生曰：首聯用字平鈍，次聯對語朴拙，經五六渲染，方見清新警拔，而一結造句，又自曲折可思。後半，得詩家回互周旋法。

張南士改偷爲輸，與送同意。不如從偷字。

胡應麟曰：嘉隆學杜，善矣，而猶未盡。「遷轉五州防禦使，起居八座太夫人」，本常語，而一時模尚，遂令大夫使者填塞奚囊，太尉中丞類被差遣，至不佞扶風漢大藩之類，亦後學之前車也。

## 送鮮于萬州遷巴州

此是夔州作，年次難考。今附在大曆元年之後、二年之前。　顏真卿《鮮于仲通碑》：仲通子六人，皆有令聞。叔曰萬州刺史炅，雅有父風，頗精吏道，作牧萬州，政績尤異。有詔遷秘書監，尋又改牧巴州。《九域志》：萬州至達州二百七十里，達州至巴州又二百二十里。

**京兆先時傑**㈠，**琳瑯照一門**㈡。**朝**音潮**廷偏注意**一作壐㈢，**接近與名藩**㈣。**祖帳排**一作雜。陳作維**舟數**閣氏音促㈤，**寒江觸石喧**㈥。**看**平聲**君妙爲政，他日有殊恩**。上四鮮于遷巴，下則餞别而祝之也。

㈠《唐書》：李叔明，本姓鮮于氏，與兄仲通俱尹京兆，兼秩御史大夫，並節制劍南，又與子昪俱兼大夫。蜀人推爲盛門。盧東美《鮮于氏冠冕頌序》：仲通天寶末爲京兆尹，弟叔明乾元中亦爲之。昪兄昱爲工部侍郎，昪子映爲屯田郎兼侍御史，三世冠冕，爲海内望族。

㈡觸目見琳瑯。出《世説》，詳見二卷。《後漢·孔融傳》：豈有一門忠孝，而禄賞不及乎？

㈢《陸賈傳》：天下安，注意相。天下危，注意將。

㈣向秀《思舊賦序》：居止接近。趙曰：自萬遷巴，故云接近。

㈤《漢書》：二疏歸時，設祖道供帳於東門外。數，密也。

㈥《蜀都賦》：觸石吐雲。

## 奉送十七舅下去聲邵桂

此亦大曆間夔州作。《唐書》：邵州邵陽郡，屬山南西道。《一統志》：邵州屬寶慶府，桂州屬衡州府。

**絶域三冬暮㈠，浮生一病身。感深辭舅氏，别後見何人。縹緲蒼梧帝，推遷孟母鄰㈡。昏昏阻雲水㈢，側望苦傷神㈣。**上四，旅中送别之情。下四，别後相思之意。　絶域病軀，何堪離别，感深二字，上下俱關。

㈠薛道衡詩：絶漠三秋暮，窮陰萬里生。

㈡鶴注：《九域志》：蒼梧山在道州，與邵爲鄰。　湛方生詩：人運互推遷。潘岳《閒居賦》：孟母所以三徙。　注：軻少居近墓，乃戲爲墓。　軻母曰：「此非所以居。」去居市傍，軻又戲爲商賈。　移居學宫之傍，遂爲大儒。　朱注：時舅氏必奉母同往，故有孟母句。

㈢《蜀都賦》：望之天迴，即之雲昏。

㈣張衡《四愁》詩：側身東望涕沾翰。　《别賦》：造分手而銜涕，感寂寞而傷神。

## 荆南兵馬使去聲太常卿趙公大食刀歌

夔州隸荆南節度，趙太常刮寇至此，當在永泰元年崔旰反時。　公遇趙於夔州，必在大曆元年之冬，公以是秋始至夔也。　是時，崔旰雖平，杜鴻漸尚在蜀中，荆南之兵，亦應未歸也。《唐志》：天下兵馬元帥下有前軍、中軍、後軍兵馬使。　太常卿，趙之兼官。　《舊唐書》：大食，本在波斯之西，兵刀勁利，其俗勇於戰鬬。

**太常樓船聲嗽嘈㈠，問兵刮寇趨一作超下牢㈡。　牧出令奔飛百艘音騷，猛蛟突獸紛騰逃。**

首叙趙公至夔之故。　牧出令奔，謂官吏候迎。　猛蛟突獸，比盗賊却走。

㊀漢武鑿昆明池，始製樓船，上建樓櫓。　仙人馬明生詩：嗷嘈天地間，嚚聲安得附。

㊁夷陵縣有下牢鎮，與江陵相近。

**白帝寒城駐錦袍，玄冬示我胡國刀。壯士短衣頭虎毛**㊀，**憑軒拔鞘**所交切**天爲高**㊁。**翻風轉日木**一作水**怒號**平聲，**冰翼雪**一作雲**澹**俗作淡**傷哀猱**㊂。**鐫**音煎**錯碧罌鷿**音匹**鵜**音題**膏**㊃，**鋩鍔**一作銛鋒**已瑩虛秋濤**㊄。**鬼物撇**匹蔑切**捩**練結切**辭**一作亂**坑壕，蒼水使**去聲**者捫赤條**他刀切。一作絛㊅，**龍伯國人罷釣鼇**㊆。此極狀胡刀之瑩利。壯士，舞刀之人。頭虎毛，首蒙虎皮也。天爲高，刀光上閃也。翻風二句，言其勢激動而有聲，其色慘淡而增悲。磨以碧罌，塗以鷿膏，故鋒鋩如秋濤之澄徹。亂走坑壕，避其鋒刃也。捫住赤條，遜其銛利也。停罷釣鼇，驚其光氣也。此皆假設形容之語。

㊀《莊子·説劍篇》：垂曼胡之纓，短後之衣。

㊁《西京雜記》：斬蛇劍，開匣拔鞘，輒有光氣。

㊂朱注：《酉陽雜俎》：王天運征勃律還，忽驚風四起，雪花如翼。　冰翼，恐亦此義，言劍器飄忽，如冰翼而雪淡。　翼，即飛意。　按：李奇《長門賦注》：澹，猶動也。

㊃鐫錯，鐫刻磨錯也。　罌，長頸瓶，以盛膏者。　鷿鵜膏，注見三卷。

㊄《西京雜記》：高帝斬蛇劍，十二年一磨瑩。

㊅《搜神記》：秦時有人夜渡河，見一人丈餘，手橫刀而立，叱之，乃曰：「吾蒼水使者也。」　赤條，刀

頭飾。

㈦《列子》：龍伯之國，有大人，舉足不盈數步，而暨五州之所，一釣而連六鼇。《博物志》：《河圖玉版》云：龍伯國，人長三十丈，生萬八千歲而死。

芮郝敬作衛公迴首顏色勞㈠，分閫一作壼救世用賢豪。趙公玉立高歌起㈡，攬環結佩相終始㈢。萬歲持之護天子㈣，得君亂絲與君理㈤。蜀江如線針如一作如針水㈥，荆岑彈去聲丸心未已㈦。賊臣惡子休干紀㈧，魑魅魍魎徒爲耳㈨，妖腰亂領敢欣喜㈩。用之不高亦不庳㈡，不似長劍須天倚㈢。言趙公能用刀戡亂。《杜臆》：芮公二句，是篇中過脈。身在荆南而回顧蜀亂，故獨用趙公之賢。朱注：趙承主帥之命，佩服此刀，安王室而除亂萌，區區荆蜀，無足難者。彼干犯之臣，用此以誅斬其腰領，高下不差，豈似倚天長劍，徒爲夸大之詞哉。

㈠舊注：芮公，荆南節度使也。朱注：唐惟豆盧欽望、豆盧寬封芮公，而不在大曆間。《舊書·衛伯玉傳》：廣德元年，拜江陵尹，充荆南節度觀察等使。大曆初，丁母憂，朝廷以王昂代之，伯玉諷將吏留己，遂起復再爲節度。至大曆十一年入覲，卒。則是時節度荆南者，乃伯玉也。伯玉以大曆二年六月封陽城郡王，或由芮公進封陽城，亦未可知，史失之不詳耳。《杜臆》：芮公，當作衛公。

㈡桓温表：抗節玉立，誓不降辱。

㈢攬環，攬刀環而結佩之。

㈣萬歲，對天子而言，乃久長之意。

㈤謝承《後漢書》：方儲爲郎中，章帝以繁亂絲付儲使理，儲拔刀三斷之曰：「反經任勢，臨事宜然。」《北齊書》：神武使諸子理亂絲，文宣抽刀斬之曰：「亂者必斬。」

㈥《魏志》：孤蜀如線。

㈦《登樓賦》：蔽荆山之高岑。注：《漢書》：臨沮縣荆山在其東北。《虞卿傳》：此彈丸之地。庾信《哀江南賦》：地猶黑子，域惟彈丸。

㈧《後漢書》：光武與公孫述書：君非吾賊臣亂子。又《漢書》：輕薄少年惡子。《左傳》：臧孫紇干國之紀。陸機誄：誅鋤干紀。

㈨《左傳》：魑魅魍魎，莫能逢之。注：魑，山神，獸形。魅，怪物。魍魎，水神也。

㈩《魏國策》：蘇代説秦王曰：「恐其不忠於下吏，自使有要領之罪。」《杜臆》：妖腰，承魑魅。亂領，承賊臣。《樂記》：欣喜歡愛。

⑪《射雉賦》：揆懸刀，騁絶技，如輊如軒，不高不埤。注：埤，短也。古與庳通用。《漢書·劉向傳》：增埤爲高。埤，作卑字用。《後漢·律歷志》：内庳外高。庳，作卑字用。此詩宜讀上聲以押韻。

⑫宋玉《大言賦》：彎弓掛扶桑，長劍耿耿倚天外。

**吁嗟光禄英雄弭，大食寶刀聊可比。丹青宛轉麒麟裏，光芒六合無泥滓。**以期望趙卿作結。

趙公將才，足弭群雄之亂，如寶刀之銛利。麒麟承趙，光芒承刀。此章首尾各四句，次段十一句，下段十三句。

王嗣奭曰：此《燕歌行》變體，布局既新，鍊詞特異，所謂驚人之作也。

郝敬曰：奇奇怪怪，如礓石古松，從樂府鐃歌等曲化出，然温柔敦厚之意，和音淡雅之音，斬然盡矣，故詩至子美而大成，亦自子美而大變，不可不知。

## 王兵馬使去聲二角鷹

趙卿刮寇至夔，承芮公之命而來。此詩亦言荆南芮公得將軍，王蓋同時討亂而至者。

**悲臺蕭瑟**一作颯**石巃嵸**㈠，**哀壑杈枒浩呼**刊作污**洶**㈡。**中有萬里之長江**㈢，**迴風滔**一作陷**日孤光動**㈣。首叙臺前景象，爲角鷹作勢。《杜臆》：悲臺、哀壑，言山溪險峭，夾長江南北，時王兵馬蓋駐軍於此也。黄生注：起見江山黯淡，日色慘悽，皆若助其肅殺之氣。大呼洶湧，樹夾泉聲，孤光浮動，日映江波也。

㈠曹植詩：高臺多悲風。《西征賦》：巃嵸逼迫。何遜詩：俱登巃嵸嶺。吴注：《西征賦》：作歸來之悲臺。按賦言悲臺，用戾太子事，於此詩不切。今以曹植詩爲證。

㈡杈，岐枝木。枒，秃枝木。

㊂《晉紀》：孫綽曰：「實賴萬里長江，畫而守之耳。」

㊃任昉詩：孤光巖下映。

**角鷹倒翻壯士臂，將軍玉帳軒翠**一云昂。一云勇。**氣**㊀。**二鷹猛腦絛徐墜**荆作絛徐墜，一作徐絛毬。㊁，**目如愁胡視天地**㊂。**杉雞竹兔不自惜**㊃，**溪**一作孩。當作駭。**虎野羊俱辟**音僻。**易**㊄。**韝上鋒稜十二翮**㊅，**將軍勇鋭與之敵。**此賦角鷹，形起王兵馬。上四，初放之狀。下四，欲攫之勢。軒然翠氣，鷹之毛色。絛徐墜，將舉也。視天地，將飛也。杉雞二句，言能搏擊鳥獸。十二翮，左右勁羽各六也。

㊀《甘泉賦》：颺翠氣之宛延。

㊁潘尼《苦雨賦》：始濛瀎而徐墜。

㊂黄生注：王延壽《魯靈光殿賦》：胡人遥集於上楹，狀若悲愁於危處。此孫楚、魏彦深《鷹賦》用愁胡字所本。

㊃《臨海異物志》：杉雞，頭有長黄毛，冠頰正青，嘗在杉樹下。竹兔，小如野兔，食竹葉。

㊄《廬山記》：遠公送客未嘗過虎溪，過則虎輒鳴。此用溪虎，足配野羊，别作孩虎，恐是駭虎之訛。《吴越春秋》：兩目忽張，聲如駭虎。　《上林賦》：手熊羆，足壄羊。　顔注：野羊，今之山羊也。《史記·項羽紀》：人馬辟易。　師古注：謂開張而易其本處。

㊅鮑照詩：昔如韝上鷹。　傅玄《鷹賦》：左目若側，右視如傾，勁翮二六，機連體輕。

將軍樹勳起安西，崑崙虞泉入馬蹄㈠。白羽曾音層肉三狻先丸切，音酸。又音俊猊五兮切㈡，敢決豈不與之齊。荆南芮公得將軍，亦如角鷹下去聲。一作入朔一作翔雲。惡鳥飛飛啄金屋㈢，安得爾輩開其群，驅出六合梟鸞分㈣。此稱王兵馬，仍映帶角鷹。上四，言氣之勇鋭。下五，言力能平亂。《杜臆》：鷹翻壯士臂，曾肉三狻猊，皆奇語相匹。與敵、與齊，上下遥應。黄生曰：末段歸重主人，乃杜詩作法，又及主人之主將，更爲周到。吴論：吐蕃侵京，猶梟啄金屋，將軍能用群力以驅除，毋使其混雜區宇也。此雙綰作結。此章首段四句，次段八句，下段九句。

㈠崑崙虞淵，乃西極之地。《淮南子》：日入於虞淵。唐諱淵，故云泉。

㈡《上林賦》：彎蕃弱，滿白羽。注：羽箭。《爾雅》：狻猊，如虦貓，食虎豹。注云：即獅子也。肉狻猊，蓋即肉食之意。

㈢《漢武故事》：當以金屋貯之。

㈣《莊子》：六合之外，存而不論。《辯命論》：梟鸞不接翼。

王嗣奭曰：此詩，突然從空而下，如轟雷閃電，風雨驟至，令人駭愕。又云：公時在夔，因角鷹，觸目發興，奇崛森聳，不待言矣。尤得力在「角鷹倒翻」句，隨插入將軍勇氣，有此二句，方承接得住。通篇將王兵馬配角鷹，穿插巧妙，忽出忽入，莫知端倪。而各極形容，充之直欲爲朝廷討亂誅讒而後已。他人起得雄偉，後多不稱。此詩到底無一字懶散，豈不雄視千古。

# 見王監兵馬使去聲説近山有白黑二鷹羅者久取竟未能得王以爲毛骨有異他鷹恐臘後春生騫飛避暖勁翮思秋之甚眇不可見請余賦詩二首

黄鶴曰：《唐史》：大曆初，衛伯玉丁母憂，朝廷以王昂代其任，伯玉潛諷將吏不受詔，遂起復再任。王兵馬得非王昂乎？

雪一作雲飛玉立盡清秋㊀，不惜奇毛恣遠遊。在野只教平聲心力一作膽破㊁，于一作千。一作干人何事網羅求㊂。一生自獵知無敵㊃，百中去聲爭能恥下去聲韝㊄。鵬礙九天須却避㊅，兔藏一作經。一作營三窟一作穴莫深憂㊆。

首章，咏白鷹。上四錯綜叙題，下寫其英決機警。雪玉，比鷹色之白。奇毛，指毛骨之異。清秋遠遊，所謂勁翮思秋也。心力雖破，而網羅難求，所謂羅取未得也。知無敵，自信其能。恥下韝，不受人役。鵬須避，欲擊其大。兔莫憂，不屑於細也。盧德水云：一生二句，可以想鷹之有品而不苟。張綖注：漢張綱謂：「豺狼當道，安問狐狸。」末聯意正如此。朱注：太白樂府：「神鷹夢澤，不顧鴟鳶。爲君一擊，鵬摶九天。」義與此同。

㊀《酉陽雜俎》：漠北鷹，白者身長且大，五觔有餘，細斑短柱，鷹内之最，向代州中山飛。又有房山

白、漁陽白、東道白。　取鷹法，七月二十日爲上時，内地者多，塞外殊少，八月上旬爲次時，八月下旬爲下時，塞外鷹畢至矣。　齊高洋天保二年，獲白兔鷹一聯，毛羽如雪。

㊁心力破，指虞人。《戰國策》：文子曰：「破心而歸。」

㊂阮嗣宗詩：羅網孰能制。

㊃陶潛詩：一生能復幾。　庾信詩：野鷹能自獵，江鷗解獨魚。　陳琳書：氣高志遠，似若無敵。

㊄《國策》：養由基去柳葉百步而射之，百發百中。　《書》：唯汝不争能。　《東觀漢記》：太守桓虞曰：「善吏如使良鷹，下鞲命中。」鞲，捍臂也，以皮爲之。

㊅《後幽明録》：楚文王好獵，有人獻一鷹，文王見其殊常，爲獵於雲夢。俄而雲際有一物，凝翔鮮白，此鷹便竦翮而升，矗若飛電，須臾羽墮如雪，血下如雨，有大鳥墮地，兩翅廣數十里。　時有博物君子曰：「此大鵬雛也。」　礙天，鵬翼障天也。　《楚辭》：指九天以爲正。注：中央八方也。

㊆《戰國策》：狡兔有三窟，僅得免其死。

### 其二

**黑鷹不省**悉井切**人間有，度海疑從北極來**㊀。**正翮摶風超紫塞**㊁，**玄**一作立**冬幾夜宿陽臺**㊂。**虞羅自覺**一作各**虛施巧**㊃，**春雁同歸必見猜**㊄。**萬里寒空祇一日，金眸玉爪不**刊作未**凡材**㊅。　次章，咏黑鷹。　上四，遡其來之遠。下四，憫其去之速。　北極、紫塞、玄冬，皆爲黑鷹點染。　正翮，言直北正飛。　幾夜，言暫時停宿。　虞羅自覺，言其機警。　春雁同歸，言皆北向。　虛施巧，取之未得也。必見猜，恐其搏擊也。萬里一日，見飛騰之迅。金眸玉爪，謂形質之奇。首句明提其黑，末句反襯其黑。

㊀盧照鄰《雁》詩：萬里南翔渡海來。

㊁《莊子》：搏扶摇羊角而上。扶摇羊角，風也。搏風，本此。　縦注：紫塞，雁門也。其山高入霄漢，雁飛不能踰，從兩山斷處而過，故謂之雁門。今黑鷹超越此門，故曰超紫塞。《燕城賦》：紫塞雁門。

㊂曹植《離繳雁賦》：遠玄冬於南裔兮，避炎夏於朔方。　楚王陽臺，在巫山。

㊃魏彦深《鷹賦》：何虞者之多巧，運横羅以羈束。

㊄劉孝威詩：猜鷹鷙隼無由逐。此猜字所本。

㊅《西京雜記》：茂陵少年李亨，以鷹鷂逐雉兔，鷹則有青翅黄眸、青冥金距。高洋獲白兔鷹，目色紫，爪本白。

顧宸曰：黄石識子房於圯橋，而退老穀城，德公拜孔明於牀下，而長隱鹿門，殆「一生自獵知無敵，百中争能恥下鞲」者乎。魏武欲以游説致公瑾，而不能奪其知己之感；桓温欲以豪傑招景略，而不能解其共國之嫌，殆「虞人自覺虚施巧，春雁同歸必見猜」者乎。千古高人奇士，性情出處，從二十八字括出，可想老杜胸中全史。

張璁曰：公嘗爲王兵馬賦二角鷹，言其勇鋭相敵，此亦所以況之也。

或疑詠二鷹，止於起首，分别白黑，中間多彼此混同，何也？曰：黑白其形色也。題中羅取未得，勁翮思秋，此鷹之精神骨力也。詩從神力上，摹寫其迅捷英奇，正深於體物者。《杜臆》謂二詩勝人，在氣魄雄偉，不落纖巧家數，良然。

楊德周曰：詩家論唐律，有明、暗二例，作者皆然。如杜詩《黑鷹》、鄭谷《雙鷺》，是明也；杜詩《白鷹》、鄭谷《鷓鴣》，是暗也。四詩可以爲法。《雙鷺》詩云：雙鷺應憐水滿池，風飄不動頂絲垂。立當青草人先見，行傍白蓮魚未知。一足獨拳寒雨裏，數聲相叫早秋時。林塘得爾須增價，況與詩家物色宜。《鷓鴣》詩云：暖戲烟蕪錦翼齊，品流應得近山雞。雨昏青草湖邊過，花落黄陵廟裏啼。遊子乍聞征袖濕，佳人纔唱翠眉低。相呼相喚湘江曲，苦竹叢深春日西。

## 玉腕騮原注：江陵節度衛公馬也。

鶴注：此當是大曆元年作。　邵注：赤馬黑鬣曰騮。腕，臂腕也。前足腕肉白，曰玉腕。騮，良馬名也。

**聞説荆南馬，尚書玉腕騮。駗驔**音潭。一作頓駗**飄赤汗**㈠，**跼蹐顧長楸**㈡。**胡虜三年入，乾坤一戰收**㈢。**舉鞭如有問，欲伴習池遊。**上四咏騮馬之神駿，下則有功成身退之意。　赤汗如珠，而長楸欲奮，言今有餘勇。三年伐叛，而一戰收功，言昔能陷陣。事平之後，思伴習池，結語奇儁。《杜臆》：舉鞭欲問，問馬也。欲伴習池，代馬對也。此雖咏馬，兼諷衛公。

㊀《吴都賦》：趁趯猭𧽤。李善注：相隨驅逐衆多貌。温庭筠詩：白馬趁趯衆塵起。杜詩作駗驔，義蓋相同。

㊁《詩注》：跼，曲也。蹐，累足也。曹植詩：走馬長楸間。

㊂《舊唐書》：乾元二年，衛伯玉擊史思明，大破於彊子坂，積尸滿野，以功遷神策軍節度。上元二年，大破史朝義於永寧，進封河東郡公。廣德元年冬，吐蕃寇京師，乘輿幸陝，以伯玉有幹略，使節度江陵，封陽城郡王。

## 醉爲馬墜諸公攜酒相看

此夔州詩，年次難考。

甫也諸侯老賓客㊀，罷酒酣歌拓金戟㊁。騎馬忽憶少去聲年時，散蹄迸落瞿唐石。白帝城門水雲外，低身直下去聲八千尺㊂。粉堞電轉紫游韁㊃，東得平岡出天壁。江村野堂争入眼，垂鞭一作肩嚲典可切鞚凌紫陌㊄。先叙醉後馳馬之狀。諸侯賓客，對柏中丞言。自城門馳下瞿唐，約計八千尺，非謂身墮八百丈也。粉堞經過，紫轠疾如電轉。平岡在天壁之下，故近江村而凌紫陌。

㈠《世説》：何次道見賈寧在後輪中，曰：「此人不死，終爲諸侯上客。」《書》：酣歌於室。
㈡庾信詩：醉來拓金戟。
㈢杜審言詩：直下騎纔通。
㈣紫游轠，紫絲爲轠。晉中興詩：太和中鄴下童謡，青青御路楊，白馬紫游轠。
㈤鞚，馬口勒。《廣韻》：軃，垂下貌。

**向來皓首驚萬人，自倚紅顏能騎**去聲**射**音石㈠。**安知決臆追風足**㈡，**朱汗駸驔**音潭**猶噴**本作歕。普悶切**玉**㈢。**不虞一蹶終損傷，人生快意多所辱。職當憂戚伏衾枕，況乃遲暮加煩促。**此墜馬見傷而歎也。皓首，應老。紅顏，應少。追風噴玉，奔悍難馭也。馬蹶平岡，故傷而不害。快意多辱，既悔其前；遲暮煩促，又憂其後矣。

㈠沈約詩：共矜紅顏日，俱忘白髮年。紅顏能騎射，即「呼鷹皂櫟林，逐獸雲雪岡」事。
㈡決臆，縱意也。陽晉詩：躡影追風本絶群。
㈢朱注：朱汗，汗血馬也。梁車轂詩：意欲駸驔走。唐盧照鄰詩：琱弓夜宛轉，鐵騎曉駸驔。崔液詩：駸驔始散東城曲，倏忽還來南陌頭。以駸驔對宛轉、倏忽，乃飛騰迅疾之貌。或曰：駸驔，以驔爲駸，猶陸機詩言服驖駸騮。《魯頌》：有驔有魚。疏：毫毛在骭而長白，名爲驔，此説却與詩意不合。《穆天子傳》：天子東游於黄澤，使宫樂謡曰：「黄之澤，其馬歕沙，皇人威儀。黄之澤，其馬歕玉，皇人壽穀。」今按：踏岸則噴沙，激水則噴玉，皆言馬勢之雄猛。

朋一作明知來問腆一作㥏我顔㊀，杖藜强丘兩切起依僮僕。語盡還成開口笑㊁，提攜别掃清溪曲㊂。酒肉如山又一時，初筵哀絲動豪竹㊃。共指西日不相貸，喧呼且覆音福杯中淥㊄。何必走馬來爲問一作不爲身，君不見嵇康養生被一作遭殺戮㊅。末記諸公攜酒相看。老年失足，故厚顔。語相慰藉，故還笑。絲竹侑觴，日暮猶飲，依然樂以忘憂。結引嵇康，見事有出於意外者。　此章中段八句，起結各十句。

㊀作㥏顔，是慚色。作腆顔，是厚顔。

㊁《莊子》：開口而笑，一月之中，不過四五日。

㊂鮑照詩：幽客時結侣，提攜游三山。

㊃《樂記》：絲聲哀哀以立辯。　豪竹，大管也。

㊄何遜詩：何因送款款，半飲杯中淥。

㊅晉嵇康著《養生論》，後刑東市。

郝敬曰：題有景致，詩寫得霑足，辭藻風流，情興感慨無不佳。

# 覆音福舟二首

詩言巫峽，當是夔州所作，但年次不可考。　夢弼以此詩爲追諷玄宗事。朱云：唐世人主多好神仙，豈必玄宗也。　張溍曰：求仙本荒唐事，故託覆舟以諷。《新序》：孔子曰：「水則覆舟。」

**巫峽盤渦曉**㈠，**黔陽貢物秋**㈡。**丹砂同隕石**㈢，**翠羽共沉舟**㈣。**羈使**去聲**空斜影**一作景㈤，**龍宫**一作居**閟積流**㈥。**篙工幸不溺，俄頃逐輕鷗**㈦。　此章，記夔江覆舟之事。　黔陽之貢，經於巫峽。丹砂翠羽，入貢之物。空斜影，側身落水。閟積流，没入深淵矣。舟逐輕鷗，篙工以脱身爲幸也。　舊以空斜影爲使者悵怏於斜日之下，此説不然。玩詩意，先叙砂羽之墜，繼叙羈使之亡，末則幸篙工之不溺耳。於篙工加一幸字，知使者爲不幸矣。

㈠《江賦》：衝巫峽以迅激。又：盤渦谷轉。

㈡《一統志》：重慶府彭水縣，自三國至唐，皆名黔陽縣。隋置彭水縣爲黔州治所。又唐以黔江縣屬黔州。

㈢《唐志》：黔陽歲貢丹砂等物。《本草》：丹砂，久服通神明，不老輕身，神仙能化爲汞。《衍義》云：出辰州蠻峒老鴉井者，最良。《左傳》：隕石於宋五。

㈣《爾雅注》：翠鷸，似燕，紺色，生鬱林。《汲塚周書·王會解》：蒼梧翡翠，所以取羽。鄒陽書：積羽沉舟。

㈤王僧孺詩：翠枝結斜影。

㈥徐陵寺碑：夜動龍宮。《十洲記》：南海有龍綃宮。《海賦》：茫茫積流。

㈦劉孝威詩：循江俄頃回。

## 其二

**竹宮時望拜**㈠，**桂館或求仙**㈡。**姹**陟嫁切**女凌波日**㈢，**神光照夜年**㈣。**徒聞斬蛟劍**㈤，**無復**扶又切**爨犀船**㈥。**使**去聲**者隨秋色**㈦，**迢迢獨上**上聲**天**㈧。次章，諷當時求仙之妄。竹宮、桂館，借漢比唐。姹女凌波，言丹砂已落江水。神光照夜，言宮中猶望成仙。此見其誣妄也。且方士既神奇其説，何獨無斬蛟之劍，照水之犀，以解此水厄，乃至身罹覆舟，而杳然上天乎。朱注：使者，即指方士一輩。舊以上天爲還朝，非是。閎積流，魄沉水也。獨上天，魂升天也。《杜臆》云：帝未必昇天，而使者已獨上天矣，譏之也。

㈠《漢·禮樂志》：正月上辛，用事甘泉圜丘，昏祠至明，夜常有神光集於祠壇，天子自竹宮而望拜，百官侍祠者數百人，皆肅然心動焉。師古曰：竹宮，去壇三里。

㈡《郊祀志》：公孫卿曰：「仙人好樓居。」於是上令長安作飛廉桂館、甘泉作益壽延壽觀，使卿持節設具而候神人。師古曰：飛廉、桂館，二館名。

㊂《參同契》：河上姹女，靈而最神，得火則飛，不染垢塵。顧注：漢真人《大丹訣》：姹女隱在丹砂中，謂砂中有汞也。《洛神賦》：凌波微步。
㊃《郊祀志》：宣帝築世宗廟，神光興於殿旁，如燭狀。《武帝紀》：祭后土，神光三燭。
㊄《吕氏春秋》：荆人佽飛，得寶劍，渡江中流，兩蛟繞舟幾没，佽飛拔劍斬蛟，乃得濟。
㊅《晉書》：温嶠宿牛渚磯，水深不可測，世云其下多怪物，嶠遂燃犀角照之，須臾見水族覆火，奇形異狀。
㊆宋王微《咏賦》：秋色陰兮白露商。
㊇陸機詩：迢迢造天庭。《吴越春秋》：群臣上天，歐冶死矣。

## 送李功曹之荆州充鄭侍御判官重平聲贈

舊編在夔州詩内。

曾音層聞宋玉宅㊀，每欲到荆州。此地生涯晚，遁悲一作通水國秋㊁。孤城一柱觀去聲，落日九江流㊂。使去聲者雖光彩㊃，青楓遠自愁㊄。上四，公欲往荆州而悲，悲在於淹留。下四，李獨往荆州而愁，愁生於孤寂。一悲一愁，寫出兩地情懷，極其悽切。此地指夔，水國指荆。一柱、九江，俱在荆州。

㈠《水經注》：宜城城南，有宋玉宅。玉，邑人，雋才辯給，善屬文而識音。《渚宮故事》：庾信因侯景之亂，自建康遁歸江陵，居宋玉故宅，宅在城北三里，故其賦曰：「誅茅宋玉之宅，穿徑臨江之府。」

㈡顔延之詩：水國周地險。

㈢《夏書》：過九江至於大別。

㈣晉《曲池歌》：一朝光彩落。

㈤阮籍詩：上有楓樹林，遠望令人悲。

## 送王十六判官

此亦夔州詩，年次難考。

客下去聲荆南盡，君今復扶又切入舟。買薪猶白帝，鳴櫓已一作少沙頭㈠。衡霍生春早，瀟湘共海浮㈡。荒林庾信宅㈢，爲去聲仗主人留。上四送王之荆，下叙欲往之意。《唐書》：肅宗至德之後，中原多故，襄鄧百姓，兩京衣冠，盡投江湖，荆南井邑，十倍於初，乃置荆南節度使以統之。

鶴注：是時蜀避崔旰之亂，故客下荆南俱盡也。　纔白帝而忽沙頭，猶云「朝發白帝暮江陵」，此十字句法。春來水發，故瀟湘如海。　主人指王，先到其地，即爲地主矣。

㊀舊注：江陵吴船至，泊於郭外沙頭。《方輿勝覽》：沙頭市，去江陵地十五里。

㊁邵注：荆南，荆州以南。　荆州府，古名江陵。　衡山，在衡州府。　瀟湘，在岳州府。　岳，在荆以南。衡，在岳以南。　《爾雅疏》：衡山，一名霍山。　趙次公曰：皮日休以霍之本地，自在壽州，作《霍山賦》，中云：「自漢之後，始易吾號而歸於衡。」公此所云衡霍，乃是衡山，故與瀟湘作對。

㊂庾信宅，見上章。

## 別崔潩因寄薛據孟雲卿

原注：内弟潩，赴湖南幕職。

姑從黄鶴入大曆元年。

志士惜妄動㊀，知深陳作深知難固辭。如何久磨礪㊁，但取不磷緇。夙夜聽憂主㊂，飛騰急濟時。荆州遇一作過薛孟，爲去聲報欲論平聲詩。　上六，送崔赴幕。末二，兼寄薛孟。　遠注：崔必好静不出，湖南幕主知而辟之，故有起二句。　三四承首句，諷其硜硜獨善。五六承次句，勸以汲汲有爲。

㈠何劭詩：志士惜日短。

㈡《左傳》：磨礪以須。

㈢聽憂主，常聽其憂國之語。

王嗣奭曰：此詩與九卷《送竇九歸成都》同一機局，夭矯頓挫，唐律所無。竇本有才，勗之以苦節，崔能潔己，勉之以濟時，意若相反，合之始爲全人。此見公明體達用之學。

## 寄杜位原注：頃者與位同在故嚴尚書幕。

姑依鶴注編在大曆元年冬。陳注：此詩稱惠連，前守歲詩稱阿戎，則位爲公從弟明矣。《唐·世系表》公爲征南十三代，位與濟爲征南十四代。或據此遂疑位爲從姪，誤矣，世表未可信也。

寒日經簷短，窮猿失木悲㈠。峽中一作筵爲客久一作恨，江上一作並憶君時。天地身何在一作往，風塵病敢辭。封書兩行音杭淚，霑灑裛新詩。寒日窮猿，對景有感。爲客久，承窮猿。憶君時，承寒日。五六，申客久之況。七八，申憶君之情。《杜臆》：漂流天地，既無定在，憔悴風塵，病又奚辭。凄涼之語，真堪流涕。窮猿失木，乃歎無家可歸，或云傷嚴武之亡，非也。武在日，公已辭回草堂矣。

㈠《淮南子》：猿狖顛蹶而失木。《世説》：窮猿奔林，豈暇擇木。　褭新詩，手褭紙上淚也。

## 立春

詩云巫峽寒江，係夔州所作，依朱氏入在大曆二年。

**春日春盤細生菜**㈠，**忽憶兩京全盛**一作梅發**時**㈡。**盤出高門行白玉**㈢，**菜傳纖手送青絲**㈣。**巫峽寒江那**平聲**對眼，杜陵遠客不勝**平聲**悲。此身未知歸定處，呼兒覓紙一題詩。**　上四，憶兩京春日。下四，感夔江春日。《杜臆》：通章只是一個悲意，人但知其悲一身之飄泊，而不知其悲兩京之蕭索也。對春盤生菜，憶及兩京盛時，今老客峽江，則兩京失其盛，而身亦失其居矣。悲曰不勝，包身世無窮之感。　三四分承盤菜，而意却貫穿。菜經纖手、玉盤傳送，二句倒叙。那對眼，謂那堪對眼。歸定處，謂欲歸兩京，尚無定處也。

㈠《摭言》：晉李鄂，立春日命以蘆菔、芹芽爲菜盤，相餽貺。《四時寶鏡》：唐立春日食春餅、生菜，號春盤。　黄生注：生菜，韭也。歐公《歸田録》：楊大年爲文，務避俗語，門生摘其「德邁九皇」之句，諷之云：「未知何時得買生菜？」以九皇音近韭黄也。按：詩言青絲指韭，良是。東坡詩：漸覺東風料峭寒，青蒿黄韭試春盤。

㈡謝靈運詩：兩京愧佳麗。　公居杜陵而家在洛陽，故兩京春盤皆所嘗食。

㈢《莊子》：「高門懸薄，無不走也。」此指貴戚之家，舊引《三輔黄圖》未央宫中高門殿，誤。

㈣傳，經也。　古詩：纖纖出素手。

朱瀚曰：細生菜，不成語。次聯分承盤菜，稍窺工部家法，其奈才腐何。宋元詩人或未盡深知杜法，不害其爲可傳，正以其才思出群耳。那對眼，是何語。不勝悲，亦熟調。第七乃率句，結語益無賴矣。

# 江梅

鶴注：當是大曆二年春作。若三年之春，公將下峽，不當云「巫峽鬱嵯峨」矣。　趙曰：此咏江邊之梅也。如在嶺曰嶺梅，在野曰野梅，官所種者曰官梅，後人見梅，便謂之江梅，誤矣。

梅蕊臘前破，梅花年後多。絶知春意好一作早，最奈客愁何。雪樹元一作能同色，江風亦自波。故園不可見，巫岫鬱嵯峨㈠。此見江梅而有感也。客愁二字，乃全首之眼。　梅占春意，景物自好，而反動客愁者，蓋見臘前映雪，年後飄風，花開花謝，都非故園春色，是以對巫岫而添愁耳。

㈠陸機詩：雲山鬱嵯峨。

## 庭草

鶴注：當是大曆二年作。詩云輕過、屢供，尚無放舟出峽之期也。張協詩：庭草萋以緑。

**楚草經寒碧，庭春入眼濃。舊低收葉舉，新掩卷牙重**平聲。**步履宜輕過，開筵得屢供。看花隨節序**㈠**，不敢强**丘兩切**爲容**㈡。上四形容草色，下致憐惜之意。寒碧春濃，地暖故也。葉舉牙重，入眼濃矣。《杜臆》云：舊葉之低垂者，今收而上舉。新牙之掩伏者，今卷而重出。此將舊低新掩略讀是也，朱注將低收、掩卷連説，非是。後四句《杜臆》作代摹庭草之詞，人若憐而勿踐，得以屢供筵前，倘愛花而見棄，亦不敢强爲容色以媚人，君子之交蓋如此。

㈠蕭子範詩：節序亦徂炎。

㈡《詩》：誰適爲容。《老子》：夫惟不可識，故强爲之容。

## 愁

原注：强戲爲吴體。

黄生注：皮陸集中，亦有吴體詩，乃當時俚俗爲此體耳，詩流不屑效之。杜公篇什既衆，時出變調，凡集中拗律，皆屬此體，偶發例於此，曰戲者，明其非正律也。《杜臆》：胸有抑鬱不平之氣，而以拗體發之，公之拗體詩，大都如是。　玩詩意，當是大曆二年春夔州作。

**江草日日喚愁生，巫**一作春**峽泠泠非世情**㈠。**盤渦鷺浴底心性**㈡，**獨樹花發自分明**㈢。**十年戎馬暗南**一作萬**國，異域賓客老孤城**㈣。**渭水秦山**一作川**得見否，人今罷**音疲**病虎縱**平聲**横**㈤。上四，叙夔州景物，觸愁之端。下四，憶長安時事，致愁之故。《杜臆》：愁人心事，觸目可憎，如江草新生，却謂喚起愁思。巫峽中流，却謂不近人情。盤渦鷺浴，本自得也，疑其有何心性。獨樹花發，此春意也，謂其只自分明。愁出非常，故情亦反常耳。下文所云，真異常之愁也。戎馬南國，前此勢不可歸。客老孤城，目前身不可歸。人病虎横，將來時不可歸。託身無處，愁難自遣矣。南國，指洛陽。孤城，指夔州。渭水、秦山，指長安。人罷病，民力竭。虎縱横，暴斂亟也。

㈠王維楨曰：《楚辭》「春草生兮萋萋，王孫遊兮不歸」，此即首句意。公詩「清渭無情極，愁時獨向東」，即次句意。　班倢伃賦：房櫳虚兮風泠泠。朱瀚曰：泠泠，乃細流水聲，恐與峽水不合。伏知道詩：桃花隔世情。

㈡水回曰渦。

㈢此四句，本佳景而看作愁端，乃拗律之别派也。故原注云「戲爲吴體」。朱瀚亦嘗辨駁之，疑非少陵手筆。今按：江草喚愁，猶云花濺淚、憎柳絮，説來尚覺有情。下三句，於水泠鷺浴花發處，綴以非世情、底心性、自分明，於上半句皆無交涉，不特意拙，抑且語稚矣，自屬可疑。

㈣《前漢·盧綰傳》：陳豨招致賓客。楊素詩：孤城絶四鄰。

㈤《韓非子》：士民疲病於内。《記》：孔子曰：「苛政猛於虎。」張璁曰：時京兆用第五琦十一税法，民多流亡，是即虎也。

黄生曰：此因不得歸秦，沉憂莫寫，無端對物生憎，皆是愁人實歷之境。草生花發，水流鷺浴，皆唤愁之具。下三句，特變文言之耳。愁從中來，微物之故，則亦强戲言之而已。

胡應麟曰：老杜吴體，但句格拗耳。其語如「側身天地更懷古，回首風塵甘息機」，「落花游絲白日静，鳴鳩乳燕青春深」，實皆冠冕雄麗。宋人作拗體者，若永叔「滄江萬古流不盡，白鳥雙飛意自閒」，文潛「白頭青髩有存没，落日斷霞無古今」，尚覺近之。魯直「黄流不解涴明月，碧樹爲我生凉秋」，「蜂房各自開户牖，蟻穴或夢封侯王」，自以平生得意。遍讀老杜拗體，未嘗有此等語，獨「盤渦浴鷺底心性，獨樹花發自分明」稍類。然亦杜之僻者，而黄以爲無始心印。「天下幾人學杜甫，誰得其皮與其骨」，其魯直之謂哉。

## 王十五前閣會

黄鶴編在大曆二年春，以詩有楚岸、春臺句也。前有《送王十五扶侍》詩。

**楚岸收新雨㈠，春臺引細風㈡。情人來石上㈢，鮮鱠出江中㈣。鄰舍煩書札，肩輿强**丘兩切老翁㊄。病身虛俊味㊅，何幸飫兒童。上二前閣春景，三四王君宴會，下序始終款曲之情。《杜臆》：以鄰舍而致札迎輿，見其殷勤，又且飫及兒童，見札中并招其子。

㊀邵注：夔州，古楚地，故云楚岸。

㊁此指閣下石臺。陸雲詩：遣情春臺，託蔭寒水。

㊂鮑照詩：留酌待情人。

㊃《七發》：鮮鯉之鱠。

㊄《世説》：王獻之乘平肩輿，徑入顧辟疆園。

㊅陸雲《答車安茂書》：東海之俊味，餚膳之至妙。

# 崔評事弟許相迎不到應平聲慮老夫見泥雨怯出必愆佳期走筆戲簡

顧注：當是大曆二年春在夔州西閣作。邵注：崔評事，公之表弟。

江閣邀賓許馬迎㊀，午時起坐自天明㊁。浮雲不負青春色，細雨何孤白帝城。身過花間霑濕好，醉於馬上往來輕。虛疑皓首衝泥怯，實少銀鞍傍去聲險行㊂。起結二聯，賓主雙關，中間四句，述坐時望迎之意。本是邀賓江閣許馬迎，天明起坐至午時，兩句皆用倒裝法。邵注：江閣，公所寓。白帝城，崔所居。通首逐句順下，俱帶戲詞。

㊀顧注：《剡溪漫筆》云：王右軍在郡迎王敬仁，敬仁每用車，常惡其遲，後以馬迎敬仁，雖復風雨，亦不以車也。杜詩「江閣邀賓許馬迎」用此事，於泥雨甚切。

㊁秦嘉詩：起坐爲不寧。

㊂《別賦》：龍馬銀鞍。

朱瀚曰：爲一酒食，侵曉而待，亦太無聊。雲不負春色，語尚可通，雨不孤白帝，便無意義。霑濕有何好處？醉則龍鍾，何得體輕？虛疑銜泥，聲韻頹唐。馬行何必銀鞍？且馬又何必傍險？赴燕豈逃難耶。

## 遣悶戲呈路十九曹長子兩切

公於大曆元年春至夔州，此云「誰家數去」，又云「百遍相過」，知其作於二年之春也。路爲拾遺，院在西省，故曰曹長。

**江浦雷聲喧昨夜，春城雨色動微寒。黄鸝**一作鶯**並坐交愁濕**㊀**，白鷺群飛太劇乾**音干㊁**。晚節漸於詩律細**㊂**，誰家數**音朔**去酒杯寬。唯君**一作吾**最**一作醉**愛清狂客，百遍相過**一作看意未闌㈣。上四阻雨，是悶所由生。下四呈路，乃悶所由遣。　邵注：夜經雷雨，且必微寒。鷺畏雨而坐，若交愁其濕。鷺乘雨而飛，甚難於得乾。公身滯雨中，故見之增悶。下數語，本稱路之好客，而詞近於索飲，故云戲呈。清狂客三字，曠懷豪興，兼而有之，公之自命甚高。

㈠《古樂府》：「烏生八九子，端坐秦氏桂樹間。」坐字本此。

㈡賈誼《旱雲賦》：惜旱大劇。《蜀志》：劉先主謂宋忠曰：「今禍至，方告我，不亦太劇乎？」注解爲太甚。今按：詩意恐是太難之意，如煩劇之劇。舊解作太苦乾，未當。方遇雨，何云苦乾耶？《演義》解爲戲劇使乾，又覺太鑿。

㈢《後漢·鍾皓傳》：以詩律教授同郡陳寔。　胡夏客云：《漢書》本言詩與法律，用爲詩之律體，巧矣。

㈣庾信詩：梳頭百遍撩。　寬，多也。闌，盡也。

公嘗言「老去詩篇渾漫與」，此言「晚節漸於詩律細」，何也？律細，言用心精密。漫與，言出手純熟。熟從精處得來，兩意未嘗不合。

朱瀚曰：江浦二字打頭，近俗。喧昨夜，更俗。動微寒，欠穩。雨色、雷聲，土木對偶，比「雷聲忽送千峰雨」何如。交並二字，重複。太劇乾三字，晦澀。此從「黃鶯過水」一聯偷出，而手脚並露。其云「晚律漸細」，豈少年自居粗率乎？杜則少時入細，老更橫逸耳，故曰「語不驚人死不休」、「老去詩篇渾漫與」。參看始知其謬。六類寒乞語，七似庸鄙，八無品地，皆非少陵本色。

# 晝夢

顧注：大曆元年暮春，公至夔州，此詩作於次年二月。《吴越春秋》：吴王過姑胥之臺，忽然晝夢。

二月饒睡昏昏然㊀，不獨夜短晝分眠㊁。桃花氣暖眼自醉，春渚日落夢相牽㊂。故鄉門巷荆棘底，中原君臣豺虎邊㊃。安得務農息戰鬭㊄，普天無吏横去聲索色責切錢㊅。上四致夢之由，五六夢中之景，末則夢醒而慨世也。吴論：二月昏昏多睡，不獨夜短而思晝眠，止因暖氣倦神，故日落而夢猶未醒耳。故鄉中原，積想成夢，故遂現出荆棘豺虎。張綖注：務農息兵，吏無横斂，則中原清而故鄉可歸矣。

㊀饒睡，多睡也。

㊁邵注：二月，晝夜平分之時。

㊂謝靈運詩：春渚稅鑾登，山椒張組眺。

㊃朱瀚曰：武臣不弄兵，則豺虎自弭。文臣不横斂，則荆棘可披。

㊄農務始於二月。傅玄疏：務農若此，何有不贍乎。

㈥陸機《登臺賦》：委普天之光宅，質率土之黎庶。

# 暮春

此依朱氏編在大曆二年。玩詩意，是久卧峽中，有厭居意，其不在元年明矣。

**卧病擁塞**先側切**在峽中，瀟湘洞庭虚映空**㈠。**楚天不斷四時雨，巫峽常**一作長**吹萬**一作千**里風。沙上草閣柳新闇**一作暗，**城邊野池蓮欲紅**㈡。**暮春鴛鷺立洲渚**㈢，**挾子翻**一作翾**飛還一叢**㈣。此詩卧病峽中而作。上四峽中景，下四暮春景。《杜臆》：公本欲初春下峽，病至暮春，則舟不可行矣，故有慨於卧病擁塞也。擁塞，則瀟湘不可到，而虚此映空水色矣。風雨不絶，旅人增悶，而柳暗蓮紅，又日月如流。對此鴛鷺立渚，挾子群飛，何以爲情耶。

㈠梁簡文帝詩：春色映空來。

㈡夔州地暖，故蓮欲吐紅。

㈢《杜臆》：公詩用鴛鷺皆有意，如「空慚鴛鷺行」、「年衰鴛鷺群」、「寒空見鴛鷺」、「回首憶朝班」，故此詩鴛鷺亦是借以自比。《楚辭》：望大河之洲渚兮。

㈣魏文帝《短歌》：翩翩飛鳥，挾子巢棲。王筠詩：庭禽挾子棲。《楚辭》：翾飛兮翠層。庾信

《春賦》：一叢香草足礙人。《説文》：叢，聚也。

朱瀚曰：初聯雷堆晦蝕，有目共知。楚天、巫峽，不免合掌。四時雨、萬里風，村塾對句。沙上、城邊，裝頭無謂。新柳不得云暗，城邊不得云野，池蓮城柳，不當遞及。「鴛鷺立洲渚」已是拙俗，冠以「暮春」，益復可笑。

## 即事

黄鶴編在大曆二年。詩云捲簾、飛閣，知是在西閣時作。

**暮春三月巫峽長**㈠，**皛**胡了切**皛行雲浮**一作無**日光**㈡。**雷聲忽送千峰雨，花氣渾**平聲**如百和**去聲**香**㈢。**黄鶯過水翻迴去，燕子銜泥濕不妨。飛閣卷簾圖畫**胡化切**裏，虚無只少對瀟湘**。此詩峽中對景而作。上六春景，所謂即事，末乃自道出峽之意。雲浮日光而過，其色皛皛然，雷雨將作矣。乍雨忽晴，香氣撲人，鶯來燕往，物各適情，捲簾一望，真如圖畫，但以久卧峽中，故思江湖之映空耳。鶯畏雨，故翻迴。燕乘雨，故啣泥。飛閣，即西閣。虚無，空曠貌。

㈠丘遲《與陳伯之書》：暮春三月，江南草長。《荆州記》：巴東三峽巫峽長。

㈡陶潛詩：皛皛川上平。陰鏗詩：映日動浮光。

㊂陳子良詩：花氣近薰衣。　邵注：漢武帝時，月支國進百和香。

盧世㴶曰：《江雨》云：「春雨闇闇塞峽中，早晚來自楚王宮。」。《即事》：「暮春三月巫峽長，晶晶行雲浮日光。」《返照》云：「返照入江翻石壁，歸雲擁樹失山村。」俱能寫化工之情狀精神，畫不出，想不到，詩至此，與天爲徒矣。

黄生曰：起句稍拗，中二聯亦失粘，對法更不衫不履，然其寫景之妙，可作暮春山居圖看。

## 懷灞上遊

黄鶴編在大曆二年，以詩有江漢歸舟句也。　《楚漢春秋》：漢高帝西入武關，居灞上。

**悵望東陵道㊀，平生灞上遊㊁。春濃停野騎**去聲，**夜敞宿**舊作宿敞**雲樓㊂。離別人誰在，經過**平聲**老自休。眼前今古意，江漢一歸舟。**　上四憶舊遊景事，下則念同遊而動歸思也。　晝停騎、夜宿樓，極盡一時遊興，唯聚散無常，故有古今之慨。　夜宿對春濃，不工，當云「夜敞宿雲樓」。

㊀顧注：東陵道，即長安。城東門，乃秦東陵侯種瓜處。

㊁《杜臆》唐都關中，即今西安。城東三十里有灞水，又東乃文帝霸陵，出長安東門，爲東陵道，得名以此。霸水橋曰灞橋，乃長安餞別之所，灞上當即在其處。詳詩意，則行樂之地也。

㊂楊炯《少室山廟碑》：璇宮夜敞，銀榜朝開。隋辛德源詩：戲笑上雲樓。

## 入宅三首

朱注：《年譜》：大曆二年春，自西閣遷居赤甲。鶴注：赤甲瀼西，皆在奉節縣北三十里。

**奔峭背**音佩**赤甲**㊀，**斷崖當白鹽**㊁。**客居愧遷次**㊂，**春色**一作酒，非**漸多添。花亞欲移竹**㊃，**鳥窺新捲簾。衰年不敢恨，勝概欲相兼。**首章，誌赤甲之勝。此詩八句整對，而虛實相間。首聯，宅外景。三聯，宅内景。春色，起花鳥。勝概，總六句。顧注：背赤甲之奔峭，當白鹽之斷崖，以二山形勢，明宅之向背。花壓竹枝，愛花故須移竹。鳥常入室，卷簾故復來窺。藉此娱老，故不恨屢遷。

㊀謝靈運詩：徒旅苦奔峭。邵注：山峰高峻，如奔湧然。又云：赤甲城，是魚復縣舊基，故云「水生魚復浦」。

㊁白鹽，注見十五卷。

㊂洙曰：次，舍也。遷次，移居也。

㊃《詩談二編》：杜審言：枝亞果新肥。孟東野：南浦紅花亞水紅。包佶：多年亞石松。方干：應候

先開亞木枝。亞義如壓，言低披也。黄注：亞乃相依之意。

王嗣奭曰：避亂奔走，無日不思故鄉。造次移居，必擇勝地，且加修葺點綴，如此襟懷，自不可及。郭林宗逆旅經過必灑掃，王子猷借居必種竹，意正相同。

其二

亂後居難定，春歸客未還㊀。水生魚復音腹浦㊁，雲暖麝香山㊂。半樊作判頂梳頭白，過平聲眉拄杖斑㊃。相看平聲多使去聲者，一一問函關㊄。此遷宅而想故居也。三四寫景，承上春歸。下四叙情，應客未還。顧注：陽和復至，故曰春歸。半頂，見髮之少，是老狀。過眉，見杖之長，是病狀。問函關者，望亂定而還鄉也。

㊀王冑詩：柳黄知節變，草緑識春歸。

㊁地志：夔治魚復，灧澦風濤震射，巨魚却步不得上，故名魚復浦。

㊂鶴注：《寰宇記》：麝香山，在秭歸縣東南一百十里，其山多麝。武德二年前，秭歸屬夔州。

㊃魏武《陌上桑》：拄杖掛枝佩秋蘭。梁到溉有《贈任新安斑竹杖》詩：文彩既斑爛，姿性甚綢直。

㊄王應麟曰：潼關至函谷關，歷峽、華二州之地，俱謂之桃林塞，時周智光據華州反。

其三

宋玉歸州宅㊀，雲通白帝城。吾人淹老病，旅食豈才名。峽口風常急，江流氣不平。只應平聲與兒子，飄轉任浮生。此故鄉未歸，而嘆旅居也。《杜臆》：公欲北還，必過歸州。雲通白帝，見相去不遠。淹老病，久留白帝。豈才名，不如宋玉。二句分承。風急江翻，歸州且不易到，何况故鄉，亦惟隨地漂轉而已。《杜臆》：三詩各一意，而展轉相因。顧注：公居赤甲，本非得已，故後復有瀼西之遷。

㈠陸游《入蜀記》：宋玉宅在秭歸縣東，今爲酒家，舊有石刻「宋玉宅」三字。《唐書》：歸州，屬山南東道，武德二年，析夔州之秭歸，巴東置。《湖廣通志》：宋玉宅有兩處，一在歸州，一在荆州，與杜詩相合。

## 赤甲

鶴注：此與《入宅》詩同時作。

卜居赤甲遷居新，兩見巫山楚水春。炙背可以獻天子，美芹由來知野人㈠。荆州鄭薛寄詩一作書近，蜀客郄音隙岑非我鄰㈡。笑接郎中評事飲，病從深酌道去聲吾真㈢。此居赤甲而念知交也，在四句分截。公初遷赤甲，而云兩見春色者，自去春至夔，已經兩春也。炙背食芹，述春山景物，兼有朝野闊絶之感。鄭薛在荆，寄詩頗近。郄岑在蜀，漸與之遠。惟接郎中評事，喜得酣酒而道真情。

㈠《列子》：宋國有田父，東作曝於日，不知有綿纊狐貉，謂其妻曰：「負日之暄，人莫知之，以獻吾君，將有重賞。」里之富室告之曰：「昔人有美戎菽甘枲莖芹萍子，對鄉豪稱之，鄉豪取嘗之，蜇於口，慘於腹，衆哂而怨之，子此類也。」嵇康《絶交書》：野人有快炙背而美芹子者，欲獻之至尊，雖有區區之意，亦已疏矣。

㈡鶴注：鄭是江陵鄭少尹審，薛是石首薛明府璩，岑是岑嘉州參，郄是梓州郄使君昂，評事必崔十三評事，公在夔州多有詩與之。顧注：郎中，應是吴郎。司法，蓋刑曹也。朱注：《文苑英華》有苻載《誌楊鷗墓》云：「永泰二載，相公杜公鴻漸，奏授鷗犀浦縣令，僚友杜員外甫、岑郎中參、郄舍人昂，聞公殞落，失聲咨嗟。」則郄爲郄昂無疑。

㈢曹植《髑髏説》：是反吾真也。

朱瀚曰：卜居遷居，重複無法。獻天子，突甚。由來知野人，筋脈不收。中聯厄塞，全無頓挫磊落氣象。笑接不典，郎中評事，豈律詩可著，或置題中可耳。末句，從「近識峨嵋老，知余懶是真」偷出，潦倒甚矣，且抱病何能深酌，與「比來病酒開涓滴」，參看自知。

## 卜居

此是大曆二年，自赤甲將遷居瀼西而作。

歸羡遼東鶴㊀，吟同楚執珪㊁。未成遊碧海㊂，著涉略切處覓丹梯㊃。雲嶂陳作障寬江北一作左，春耕破瀼西㊄。桃紅客若至，定似昔一作晉人迷㊅。上四客居有感，下欲託居瀼西也。丁公魂歸故里，莊舄病而吟越，皆不忘故鄉者，故借以自方。碧海、丹梯，歎不能水行而復山棲。江北即瀼西，其地寬平，故可耕種。《杜臆》：公以此地爲桃源，直作避秦計矣。

㊀遼東華表柱，有鶴棲其上曰：「有鳥有鳥丁令威，去家千里今始歸。城郭如故人民非，何不學仙塚累累。」

㊁《選》注：越人莊舄，起家寒微，爲楚執珪，有病，猶爲越吟。

㊂《十洲記》：扶桑之東有碧海。

㊃謝靈運詩：躧步臨丹梯。

㊄破，是破土。　希曰：瀼溪在白帝城之東。

㊅昔人迷，指劉晨、阮肇。

## 暮春題瀼西新賃草屋五首

《年譜》：大曆二年，自赤甲將遷居瀼西而作。

久嗟三峽客，再與暮春期。百舌欲無語㈠，繁花能幾時。谷虛雲氣薄，波亂日華遲㈡。戰伐何由定，哀傷不在兹。首章，題瀼西暮春。中四，寫季春時景。末二，傷心世亂，爲後兩章伏脈。《杜臆》：久客而再逢暮春，見非初意。百舌二句，見物候易遷。谷虛二句，見瀼土堪適。谷内雲升，春晴故薄。波中日漾，春長故遲。不在兹，言豈不在此戰伐。

㈠趙曰：反舌無聲，在芒種後十日，今欲無語，則暮春時矣。

㈡謝朓詩：日華川上動。

其二

此邦一作北郊干樹橘，不見比封君㈠。養拙干戈際，全生麋鹿群㈡。畏人江北草㈢，旅食瀼西雲。萬里巴渝曲㈣，三年實飽聞。次章，題瀼西僨居。地産貧瘠，而託居於此，不過爲養拙全生計耳。身際干戈，故畏人而依江北之草。同群麋鹿，故旅食而伴瀼西之雲。三年聞曲，即所謂久嗟三峽客也。公自永泰元年秋之雲安，至此爲三年，在夔州逢春，則再度矣。

㈠《史・貨殖傳》：封者食租稅，千户之君歲率二十萬，蜀漢江陵千樹橘，其人皆與千户侯等。

㈡《絶交論》：獨立高山之頂，歡與麋鹿同群。

㈢魏文帝詩：客子常畏人。

㈣《漢・禮樂志》：巴渝鼓員，三十六員。注：高帝初爲漢王，得巴渝趫捷人，與之定三秦，滅楚，存其樂，爲巴渝樂。巴州，在今夔州府。渝州，今在重慶府。

其三

綵雲陰復扶又切白㈠，錦樹曉一作晚來青。身世雙蓬鬢㈡，乾坤一草亭。哀歌時自惜一作短㈢，醉舞爲去聲誰醒㈣。細雨荷去聲鋤立㈤，江猿吟翠屏。三章，對草屋而有感也。陰復白，雲變態。曉來青，雨後色。二句屋前春景。趙汸注：雙蓬鬢，老無所成。一草亭，窮無所歸。自惜誰醒，窮老獨悲，雨際聞猿，觸景堪傷矣。下六句，草屋情事。身世二字，又起下章。

㈠王融詩：日暮綵雲合。

㈡鮑照詩：身世兩相棄。

㈢《莊子》：哀歌以賣聲名。

㈣《詩》：鼓淵淵，醉言舞。

㈤陶潛詩：帶月荷鋤歸。

黄生曰：此詩，首尾實而中間虚，是實包虚格，唯杜有之。三四，乃藏頭句法，若申言之，則「悠悠身世雙蓬鬢，落落乾坤一草亭」耳。「江猿吟翠屏」，即「白鷗元水宿，何事有餘哀」意，而含蓄較深永矣。

其四

壯年晉作志學書劍㈠，他日委泥沙㈡。事主非無一作無非禄，浮生即有涯。高齋依藥餌，絶域改春華。喪去聲亂丹心破，王臣未一家㊂。四章，旅居而慨身世也。書劍委於泥沙，欲用而世不見用也。非無禄，前曾授官。即有涯，後無餘望矣。五六承浮生，七八承事主。高齋，指草屋。絶域，指瀼西。春華，點暮春。喪亂，應前戰伐。王臣未一，諸鎮猶多叛志也。

㊀《項羽紀》：少年學書不成，去學劍。

㊁沈約詩：淪没委泥沙。

㊂《詩》：莫非王臣。

## 其五

欲陳濟世策㊀，已老尚書郎㊁。不一作未息豺狼一作虎鬬，空慚鴛鷺行音杭。時危人事急一作惡，風逆一作急羽毛傷。落日悲江漢，中宵淚滿牀。承上章來，乃世亂年衰之感。濟世策，應前喪亂。尚書郎，應前事主。悲淚，應前丹心破，此遥承上章也。有策莫陳，故豺狼未息。省郎空老，故鴛鷺終慚。人事危，見狼鬬方張。羽毛傷，見鴛行莫起。末二又總頂上六，此逐句分承也。《杜臆》：落日增悲，終宵流淚，則草屋亦非安居之地矣。

㊀《後漢·盧植傳》：植剛毅有大節，常懷濟世志。

㊁《前漢書》：馮唐老於郎署。

# 寄從去聲孫崇簡

詩云「林居未相失」，蓋與瀼西相去不遠，當是大曆二年作。《唐書·世系表》：崇簡，出襄陽房，益州司馬參軍。

**嵯峨白帝城東西，南有龍湫北虎溪。吾孫騎**去聲**曹不記**一作騎**馬**㊀**，業學尸鄉多**一作常養**雞**㊁**。**此崇簡幽居景況。《杜臆》：此即前詩所云「吾宗老孫子」者，今比之騎曹、尸鄉，猶然「質朴古人風」也。

㊀《世説》：王子猷爲桓冲騎曹參軍，桓問曰：「卿署何曹？」曰：「不知何曹，時見牽馬來，似是馬曹。」又問：「所管幾馬？」曰：「不知馬，何由知數？」崇簡衛倉曹，故比之。

㊁尸鄉祝雞翁，見首卷。

**龐公隱時盡室去，武陵春樹他人迷**㊀**。與汝林居未相失，近身藥裹酒常**一作長**攜。牧豎**一作叟**樵童亦無賴**㊁**，莫令**平聲**斬斷青雲梯**㊂**。**此喜偕隱，而勉其有終。蔡曰：末二，託言勿相疏絶。盧注：即前《贈從孫濟》所云淘米、刈葵之意。此章，上段四句，下段六句。

㊀龐公、武陵，注俱見前。

㈡桓譚《新論》：雍門周曰：「游兒牧豎，躑躅其足而歌。」

㈢謝靈運詩：共登青雲梯。

## 江雨有懷鄭典設

鶴注：此當是大曆二年瀼西作。《唐書》：東宮官有典設郎四人。

春雨闇闇平聲塞音色。晉作發峽中，早晚來自楚王宮。亂波紛一作分披已打岸㈠，弱雲狼藉不禁平聲風㈡。寵光蕙葉與多碧㈢，點注桃花舒小紅㈣。谷口子真正憶汝，岸高瀼滑一作闊限西東㈤。

上四，江上雨景。下四，對景懷鄭。楚王宮，用神女雲雨事。波撼雲飛，未雨而狂風先發。蕙碧桃紅，經雨而花木争妍。不禁，不能耐風也。

㈠《洞簫賦》：若凱風紛披。

㈡張華詩：偃禽正狼藉。

㈢《詩》：爲龍爲光。注：龍，寵也。《易林》：嘉樂君子，爲國寵光。古賦：天雨之施，惠於蕙葉。梁元帝詩：雨罷葉生光。

㈣鍾會《孔雀賦》：五色點注，華羽参差。沈約詩：桃枝紅若點。《紫桃雜綴》曰：寵光、貼注，唐時有此二語。施之官職選授間，則寵光乃特恩之意，點注乃注授之意。碩注：此詩寵光、點注，加之蕙葉、桃花，見雨露之恩，蕙桃獨霑也。

㊄公自赤甲，選居瀼西，則鄭必居瀼東矣。

## 熟食日示宗文宗武

鶴注：當是大曆二年在夔州作。蓋元年春晚方遷夔，三年正月已下峽矣。洙注：熟食日，即寒食節也。秦人呼寒食爲熟食日，言其不動烟火，預辦熟食物過節也。齊人呼爲冷節，又曰禁烟節。鶴曰：天寶十載二月敕：禮標納火之禁，語有鑽燧之文，今後寒食，並禁火三日。

**消渴遊江漢，羈棲尚甲兵。幾年逢熟食，萬里逼清明。松柏邙**舊作邛。杜田定作邙**山路**㊀，**風花**一作光**白帝城**㊁。**汝曹催我老**㊂，**回首淚縱**平聲**橫**。首章，逢寒食而念先塋也。《杜臆》：客遊羈棲，茫茫過去，至熟食之日，忽驚清明已逼，清明在次日也。邙山舊隴，拜掃久荒，故對白帝風花，不勝怵惕。況子年日長，己年日衰，有似催之老者，故山不見，惟回首而淚零耳。舊注：公先塋在洛，流寓不能展省，故有此句。

㊀陸機詩：墳壟日月多，松柏鬱芒芒。黄希曰：唐制：寒食百官有墓塋在城外及在京畿外者，任往

拜掃。《元和郡縣志》：北邙山，在河南府偃師縣北二里。沈佺期《洛城記》：邙山，古今東洛九原之地。

㈡梁孝元帝詩：風花下砌傍。

㈢馬援《戒子書》：願汝曹效之。顧注云：汝曹催我老，謂己亦將爲松柏中人矣。今按：只言老不能歸，以接回首故塋，方於松柏、邙山相應。

## 又示兩兒

令節成吾老㈠，他時見汝心。浮生看物變㈡，爲恨與年深。長葛書難得㈢，江州涕不禁平聲㈣。團圓思弟妹㈤，行坐白頭吟。此足前章之意，兼憶弟妹也。言老不歸鄉，他時奉先省墓，見汝曹之用心耳。我看物候屢遷，而先塋長隔，恨與年俱深矣，汝曹當體此意也。且弟留長葛，妹託江州，當此令節，不能一室團圓，惟有頭白哀吟而已，汝曹並毋忘此意也。恨字有兩意：一恨久違墳墓，一恨遠離弟妹。前有《送弟往齊州》詩，長葛與齊州相近，故知長葛指弟。《七歌》云「有妹在鍾離」，江州與鍾離相近，故知江州指妹。

㈠令節，指寒食，唐以中和、上巳、九日爲三令節。

㈡漢明帝詔：吹時律，觀物變。

㈢《舊書》：長葛，屬許州，隋分許昌縣置。

㈣江州潯陽郡，屬江南西道，本九江郡，天寶元年更名。

㈤《史正義》：封豖主溝瀆，不欲團圓。

他時見汝心，别有兩説：劉會孟云：身後寒食，他時見汝思親之心。王嗣奭云：令節悲老，汝曹今日不知，他時到我之年，當自知耳。一是傷己之將殁，一是憂子之易老，俱無關係，還作囑兒回省邙山爲當。

張表臣《珊瑚鈎詩話》：寒食之名，起於禁火。拜掃之儀，因於禮經。昔者宗子去在他國，庶子無廟，孔子許望墓爲壇，以時祭祀，此其本也。

## 得舍弟觀書自中都已達江陵今兹暮春月末行李合到夔州悲喜相兼團圓可待賦詩即事情見音現乎詞

鶴注：當是大曆二年春作。題云「今兹暮春末合到夔州」，時公已定居夔州矣。若元年暮春，方自雲安遷夔，尚無定處也。《唐書》：至德二載，以西京爲中京。自中都至夔州十九字，皆弟書中語。

爾過一作到江陵府，何時到峽州。亂離生有別㈠，聚集病應平聲瘳。颯颯開啼眼㈡，朝朝上上聲水樓。老身須付託，白骨更何憂。此章，寫離合悲喜之情，語根至性。江陵峽州，照題叙清。生別是悲，聚集是喜。開眼登樓，將到則可喜。付託何憂，既到則免悲矣。

㈠《詩》：亂離瘼矣。

㈡王融詩：春盡風颯颯。

## 喜觀即到復扶又切題短篇二首

此與上章，乃先後同時作。

巫峽千山暗，終南萬里春。病中吾見弟，書到汝爲人㈠。意一作竟答兒童問㈡，來經戰伐新一作塵㈢。泊船悲喜後㈣，款款話一作議歸秦㈤。此章，亦兼悲喜意。首二是悲，三四是喜，五六喜中之悲，七八悲後之喜。千山迷暗，公不見弟。萬里春行，弟在途中也。病中見弟書到，知其身尚無恙，乃十字爲句。戰伐新經，答以書中之意，此亦十字句法。黃生注：開書之時，其子在傍，詢叔動定，且答且讀，兄弟叔姪之情俱見。泊船應巫峽，歸秦應終南。按譚元春云：「書到汝爲人」，即「妻孥怪我在」意。以下句來經戰伐證之，良是。《杜臆》謂書到而如對其人，是題中「即到」語意，亦通。

㈠《漢書·梁孝王傳》：書到，明以誼曉王。

㈡《神仙傳》：薊子訓隨主人意，答乃不同也。

㈢盧注：是年郭子儀討周智光，命大將渾瑊、李懷光軍渭上，是「來經戰伐新」也。

㈣《淮南子》：悲喜轉而相生。

㈤任昉詩：何因送款款，半飲杯中渌。

黃生曰：杜詩有兩句斷續看者，「兩京三十口，雖在命如絲」，上七字連説，下三字另住，「病中見吾弟，書到汝爲人」亦然。

## 其二

**待爾嗔烏鵲，拋書示鶺鴒。枝間喜不去，原上急曾**音層**經**㈠**。江閣嫌津柳**㈡**，風帆數**所主切**驛亭**㈢**。應**平聲**論**平聲**十年事**㈣**，愁**一作撚**絶始**去聲**惺惺。**從趙汸本，舊作星星。此章，仍不出悲喜兩意。烏鵲棲枝，喜也。鶺鴒經難，悲也。五六，喜處銜悲。七八，悲極還喜。待弟不至，遂嗔烏鵲難憑矣。將拋書以示鶺鴒，欲問來時消息耳。鵲在枝間，若報喜而不去，復望之也。鶺鴒原上，乃急難曾經者，何又寂無一言乎。四句，總是自揣自語，展轉盼望之情。嫌津柳，遮眼不見。數驛亭，來程可計，即前章「朝朝上水樓」也。談及十年中，聚散流離，將愁絶而復惺惺矣。

㈠舊以枝間承烏鵲，原上承鶺鴒。按《西京雜記》：乾鵲噪而行人至。《莊子》云：烏鵲孺，傳枝而孚生。《通雅》云：因傳枝而名鳺鵲。《詩》：鶺鴒在原，兄弟急難。箋云：雝渠，水鳥。在原，失其常處。飛鳴以求其類，天性也，猶兄弟之於急難。二句分屬上文無疑。顧注謂首句撇過烏鵲，枝間、原上，皆指鶺鴒。今考：唐開元間有鶺鴒數千，集麟德殿柳樹，翔棲浹日，魏光乘作頌，以爲天子友愛之祥。據此似亦可證枝間不去矣。

㈡潘徽詩：津柳稍垂門。

㈢陸機詩：安得風帆，深濯鬌滅。

㈣自乾元元年至大曆二年，爲十年。

黄生曰：前半喜其至，而又恐其不即至，皆引領延佇時，無可奈何之語。嗔烏鵲之不靈，已妙矣，拋書示鶺鴒，尤覺怪得奇異。三四，是解上，不是承上，上意已明是承，上意未完，則須解也。

此詩末句，一作「撚絶始星星」，舊注引唐詩「吟安一個字，撚斷數莖髭」，又引謝靈運詩「星星白髮垂」爲證。撚絶之下，去髭髮而用星星，不已晦乎，且於始字，亦解不去。一作「愁絶始星星」，吴論云：因知愁絶之際，細語星星也，解亦拙澀。或解云：愁絶之時，始覺白髮星星。公頭白多年，豈至此始白耶？今得趙子常刻本，作「愁絶始惺惺」。黄生云：愁絶，愁死也。惺惺，蘇醒也，言死去復生也。此解當從。

# 晚登瀼上堂

鶴注：大曆二年三月，公自赤甲移居瀼西，詩云林花、田麥，當是其時作。

故躋瀼岸高，頗免崖石擁。開襟野堂豁，繫音計馬林花動。雉堞粉如一作似雲㊀，山田麥無隴㊁。春氣晚更生㊂，江流静猶湧。首叙瀼上春景。起云故躋，爲遣悶而登也。曰繫馬，乃乘馬上山也。麥無隴，高低星散。晚更生，返照增妍。静猶湧，波平流順。

㊀《周禮注》：雉長三丈，高一丈。《蕪城賦》：以版築雉堞之盛。

㊁江淹詩：還望岨山田。王僧達詩：麥壠多秀色。

㊂《莊子》：春氣發而百草生。

四序嬰我懷㊀，群盗久相踵。黎民困逆節，天子渴垂拱㊁。所思注東北，深峽轉修聳㊂。衰老自成病，郎官未爲冗。淒其望吕葛㊃，不復扶又切夢周孔㊄。濟世數所主切嚮時，斯人各枯冢。次叙登高感懷。上六，歎亂不能歸。下六，傷亂不能救。到夔已經一年，故云四序。時蜀有崔旰之亂，京輔有周智光之亂，故欲歸東北。東北，指洛陽。若長安，則在直北，舊注誤。公以衰病謝官，無復周孔之夢矣。向時同事大臣，才如吕葛者，嘗以濟世望之，今其人各埋枯冢，則群盗何時得弭耶？斯人，承吕葛。錢箋謂指張鎬、房琯、嚴武輩，是也。舊指古人，謂吕、葛、周、孔皆殁，非是。

㊀《秋興賦》：四運代序。

㊁鶴注：《唐史》：大曆二年正月戊辰勑，同、華二州，頃因盜據，民力凋殘，宜給復二年，一切蠲免黎民之困。

㊂張九齡詩：孤頂乍修聳，微雲復相續。

㊃謝靈運詩：懷賢亦淒其。　吕葛，謂吕望、諸葛亮。

㊄漢班嗣書：伏周孔之軌躅。

**楚星南天黑，蜀月西霧重。安得隨鳥翎，迫此懼將恐㊀。**末將景情並收。　星月，言晚陰。恐懼，憂群盜。西南，指夔州。隨鳥，往東北也。　此章，起段八句，中段十二，末段四句。

㊀《詩》：將恐將懼。

# 寄薛三郎中璩

鶴注：當是大曆二年春作。　時薛在荆州，將北歸京師，而寄詩贈之也。　《唐會要》：天寶六年，風雅古調科薛璩及第。　韓愈《薛公達墓志》：父璩爲尚書郎中，贈給事中。　朱注：《唐詩紀事》據終禮部侍郎，與韓志不合。《杜臆》：《解悶》詩以薛郎中比何水部，此又稱其蓋代手，而無一字傳世，知唐詩遺逸者多矣。

人生無賢愚㈠，飄飄若埃塵。自非得神仙，誰克免從《英華》。一作免危其身。與子俱白頭，役役一作没没常苦辛㈡。雖爲尚書郎，不及村野人。前兩段，賓主合叙。此言作客飄零之狀。上下四句，虚實相應。役役苦辛，飄若埃塵矣。不及野人，難免勞身矣。

㈠《蒿里曲》：聚精歛魄無賢愚。

㈡庾信詩：役役盡傷神。曹植詩：能不懷苦辛。

憶昔村野人，其樂音洛難具陳。藹藹桑麻交㈠，公侯爲等倫。天未厭戎馬，我輩本常貧。子尚客荆州，我亦滯江濱㈡。此言彼此客遊之故。上四想承平，下四記離亂。公侯等倫，猶《貨殖傳》言其人皆與千户侯等。客荆滯江，二語起下。

㈠陶潛詩：桑麻日已長。

㈡《楚辭》：吟澤畔之江濱。

峽中一卧病，瘧癘終冬春。春復扶又切加肺氣，此病蓋有因。早歲與蘇鄭㈠，痛飲情相親。二公化爲土㈡，嗜酒不失真。余今委修短㈢，豈得恨命屯。中兩段，賓主分列。此乃自叙衰病之況，承上我滯句。病有因，爲傷故人而增劇。二公以下，有前後存亡之感。不失真性，雖物化亦無憾矣。

㈠洙曰：蘇鄭，謂蘇源明、鄭虔。

㈡《莊子》：失吾道者，上見光而下爲土。

㈢委修短，壽夭聽之於天也。《東征賦》：修短之運，愚智同兮。靖恭委命，唯吉凶兮。

聞子心甚壯，所過信席珍。上上聲馬不用扶，每一作忽扶必怒嗔當作瞋。賦詩賓客間，揮灑動八垠。乃知蓋代手㈠，才力老益神㈡。此言薛之心力過人，承上子客句。席珍，人皆推重。下言筋力之强，才思之雄，皆所謂心甚壯也。

㈠《漢書》：功業蓋代。

㈡鮑照《蕪城賦》：才力雄富。

青草洞庭湖㈠，東浮滄海濆。君山可避暑㈡，况足采白蘋。子豈無扁舟，往復江漢津。我未下去聲瞿唐，空念禹功一作力勤。末兩段，仍用賓主合叙。此想荆州風景，惜己不能出峽也。

㈠鄭曰：青草、洞庭二湖，俱在巴陵。

㈡《一統志》：君山，在岳州西南洞庭湖中，堯女湘君居此，上有十二峰。

聽説松門峽，吐藥攬衣巾㈠。高秋却束帶，鼓枻視青旻㈡。鳳池日澄碧，濟濟上聲多士新㈢。余病不能起，健者勿逡巡㈣。上有明哲君㈤，下有行化臣㈥。此言欲去夔江，與薛共商出處也。松門峽險，爲之驚心吐藥，必深秋水落，方可鼓枻東行。若朝宁之上，有君有臣，薛當乘時有爲矣。余病，應前肺氣。健者，應前心壯。此章，前後四段各八句，中末二段各十句。

㊀《杜臆》：前《返照》詩「松門似畫圖」，蓋在夔江下流，一聞説及，至於吐藥而攬濕衣巾，其險不下於瞿唐矣。

㊁木華《海賦》：飛迅鼓楫。

㊂《詩》：濟濟多士。

㊃《袁紹傳》：董卓欲廢立，紹勃然曰：「天下健者，豈唯董公。」

㊄《説命》：明哲實作則。

㊅衛宏《詩序》：天下喜王化復行。

## 送惠二歸故居一作《聞惠二過東溪》

鶴注：詩云崖蜜、山杯，當是大曆二年春作。東溪，蓋指瀼東也。《洪駒父詩話》：劉路左車言嘗收得唐人雜編詩册，有老杜《送惠二歸故居》詩，即此也。

**惠子白駒**一作魚。坡作驢**瘦**㊀，**歸溪唯病身**。**皇天無老眼**㊁，**空谷滯**一作值**斯人**㊂。**崖蜜松花熟**一作白。一作古㊃，**山杯**一作村醪**竹葉新**一作春㊄。**柴門了無**一作生**事**㊅，**黄**一作園**綺未**

稱臣。上四，送惠歸溪，惜之也。下四，溪中自適，慰之也。八與四應，言雖在空谷之中，不失爲黃綺高風。　黃生注：崖蜜、山杯，即柴門生事。黃綺尚多一出，惠乃未稱臣之黃綺，更覺高於古人矣。

㈠《詩》：「皎皎白駒，在彼空谷。」一四正用其語。

㈡蔡琰曲：天有眼兮，何不見我。

㈢黃生注：斯人，亦從《詩》中伊人字變換，避聲病也。

㈣《本草》：白蜜，一名崖蜜，蓋蜂釀松花所成。《杜臆》：山蜂釀蜜於高崖，從山上縋人採之。　庾信詩：山杯捧竹根。

㈤竹葉，酒名。張華《輕薄篇》：蒼梧竹葉清，宜城九醞酒。張協《七命》：荆南烏程，豫北竹葉。黃注：韓詩「且可勤買拋青春」，坡公歷引唐時以春名酒者爲證，不知春之爲義，因酒熟於春而名之也。

㈥又云：柴門，亦本《詩》「衡門之下，可以棲遲」意來。

## 承聞河北諸道節度入朝音潮歡喜口號平聲絶句十二首

朱注：《唐史》：大曆二年正月，淮安節度使李忠臣入朝。三月，汴宋節度使田神功來朝。八月，鳳翔等道節度使李抱玉入朝。河北入朝事，史無明文，疑公在夔州，特傳聞而未實耳。　《杜臆》：《綱目》：代宗大曆元年冬十月，帝生日，諸道節度使上壽，當指此事，詩蓋作於二年三月也。

**禄山作逆降天誅㊀，更有思明亦已無。洶洶人寰猶不定㊁，時時戰鬭欲何須㊂。**首章，喜河北寇平。　天寶之亂，起於安史，今元惡並除，小醜復何覬乎，末句乃戒詞。

㊀《後漢書》：往者王莽作逆，漢天人致誅，六合相滅。《前漢·馮奉世傳》：師不久暴，而天誅亟決。

㊁《李德林集》：半天之下，洶洶鼎沸。

㊂司馬相如《諭巴蜀檄》：戰鬭之患。

**其二**

**社稷蒼生計必安，蠻夷雜種**上聲**錯相干㊀。周宣漢武今王是，孝子忠臣後代看㊁。**次章，喜邊境初靜。　安史既平，戎狄亦退，此君臣戮力，而民社奠安時也。末句乃勸詞。

㊀雜種，指吐蕃、回鶻、党羌言。沈約詩：雜種寇輪臺。

㊁《呂氏春秋》：此孝子、忠臣、親父、交友之大事。

**其三**

**喧喧道路好童**一作多**歌謠㊀，河北將軍盡入朝**音潮**。自**一作始**是乾坤王室正，却教**平聲。一作交江漢客魂銷㊁。此聞諸鎮入朝而喜之也。河北入朝，出於道路童謡，蓋據一時傳聞而言耳。趙曰：客魂銷，自傷流落，不得還朝也。

㊀吴均詩：陌上何喧喧。《史記·帝堯紀》：康衢童謡。《淮南子》：諷之以歌謡。

㊁《恨賦》：黯然銷魂者，唯別而已矣。

其四

不一作北道去聲諸公無表來，茫茫一作茫然庶事遣一作使人猜。擁兵相學干戈鋭，使去聲者徒勞萬里一作百萬迴。此遡往時不朝而惜之也。曰不道，曰遣人猜，據迹而疑其心也。至是，則諸鎮之心迹可白矣。朱注：舊解引吐蕃陷京師，諸鎮不入援者，誤矣。

其五

鳴玉鏘金盡正臣㊀，修文偃武不無人㊁。興王會静俗作盡妖氛氣，聖壽宜過平聲一萬春㊂。此喜其入朝，而頌美君身也。正臣，取其舍逆歸順。偃武，願其永息干戈。玩末句，知當時入朝，乃爲聖壽節而來也。

㊀《西征賦》：飛翠緌、拖鳴玉以出禁門者衆矣。梁費昶詩：鏘金驅響至。《楚辭》：正臣端其操行兮。

㊁《尚書》：乃偃武修文。

㈢《世説》：孫皓《爾汝歌》：上汝一杯酒，願汝壽萬春。

其六

**英雄見事若通神㈠，聖哲爲心小一身㈡。燕**平聲**趙休矜出佳麗㈢，宮闈不擬選才人㈣。**此因其朝獻而規諷君心也。　大曆元年十月，上生日，諸道節度使獻金帛、器服、珍玩、駿馬，共直緡錢二十四萬，常衮請却之，而帝不聽。據此，則諸鎮將有逢迎以獻佳麗者，詩云「英雄見事」，當指常衮言。聖哲爲心，豫防逸欲也。小一身，言不侈天下以自奉。

㈠《孝經》：通乎神明。

㈡《左傳》：並建聖哲。

㈢《古詩》：燕、趙多佳人。　《戰國策》：趙，天下善爲音，佳麗之所出也。

㈣《前漢・翼奉傳》：未央、建章、甘泉宮，才人各以百數。　唐制：才人，正二千石。

其七

**抱病江天白首郎，空山樓閣暮春光。衣冠是日朝**音潮**天子，草奏何時**一作人**入帝鄉㈠。**此遥聞入朝之事，嘆不能身見也。　三章言武將入朝，此章兼及在朝文臣。

㈠《王莽傳》：孫竦爲崇草奏。　顔注：草，謂創立其文。　《莊子》：華封人曰：「乘彼白雲，至於帝鄉。」

其八

澶市連切漫山東一百州㊀，削成如案抱青丘㊁。包茅重平聲入歸關内，王祭還供盡海頭㊂。

已下三章，備記入朝諸事。此言節鎮朝而貢賦至也。山東諸州，即河北地。包茅正供，與進佳麗者不同。

㊀《西京賦》：澶漫靡迤，作鎮於近。澶漫，廣遠貌。

㊁《山海經》：泰華之山，削成而四方。削成，雖云形勢，亦指削平禍亂而言。《寰宇記》：青丘，在青州千乘縣，齊景公田於青丘，是也。

㊂《左傳》：爾貢包茅不入，王祭不供。

代宗誤聽僕固懷恩之説，留田承嗣等於河北，遂成藩鎮跋扈之患。自此以後，幽薊十六州，不入版圖，幾六百年。公之思深慮遠，亦正在此也。

其九

東逾遼水北滹一作呼沱㊀，星象風雲喜共一作氣色和㊁。紫氣關臨天地闊㊂，黄金臺貯俊賢多㊃。此言疆域廣而人才盛也。遼水滹沱，亦河北地。共和，言一統大順。函關西控，可以收羅北地賢才矣。

㊀《水經》：大遼水，出塞外衛白平山，東南入塞，過遼東襄平縣西。又：小遼水，出玄菟高句麗縣遼

山，西南至遼隧縣，入大遼水。《山海經》：大戲之山，滹沱之水出焉。《後漢書注》：滹沱河，在今代州繁畤縣，東流經定州深澤縣東南。《一統志》：屬保定府東鹿縣。

㈡《史記》：周厲王出奔，周公、召公二相行政，號曰共和。

㈢趙注：紫氣關，即函谷關。

㈣鮑照詩：豈伊白璧賜，將起黄金臺。《上谷郡圖經》：黄金臺，在易水東南十八里。阮籍奏記：俊賢抗足。

其十

漁陽突騎去聲邯鄲兒㈠，酒酣並轡金鞭垂。意氣即歸雙闕舞㈡，雄豪復扶又切遣五陵知㈢。

此言主將歸心，而士卒效力也。突騎健兒，昔爲賊黨者，今爲國用矣。雙闕，謂都中。五陵，指郊外。《杜臆》：此并開導諸道之叛卒。

㈠後漢光武克邯鄲，置酒高會，從容謂馬武曰：「吾得漁陽上谷突騎，欲令將之。」《唐書》：磁州有邯鄲縣，屬河北道。

㈡蔡邕《陳留太守碑》：意氣精朗。

㈢《晉書》：慕容翰，性雄豪多權略。

其十一

李相去聲將軍擁薊門，白頭惟有一作雖老赤心存㈠。竟能盡說音稅諸侯入，知有從來天子尊㈡。此以河北入朝，歸功李光弼也。赤心存，明其報國之忠。説諸侯，記其降叛之力。

㈠《後漢書》：光武推赤心，置人腹。

㈡《史記・高帝紀》：吾今而知天子之尊也。

朱鶴齡曰：按史，李懷仙先以范陽歸順，是時爲檢校侍中，幽州、盧龍等軍節度使，但未有説諸侯入朝。夢弼謂是李光弼，近之。光弼在玄、肅朝，嘗加范陽節度使，又嘗兼幽州大都督府長史，雖止遥領其地，亦可謂之擁薊門也。

錢謙益曰：《舊書》：光弼輕騎入徐州，田神功遽歸河南，尚衡、殷仲卿、來瑱，皆相繼赴闕，及懼魚朝恩譖，不敢入朝，人疑其有二心，此詩特以白頭赤心許之。《八哀》詩云：「直筆在史臣，將來洗箱篋。」此公之直筆也。

## 其十二

十二年來多戰場，天威已息陣堂堂㈠。神靈漢代中興主㈡，功業汾陽異姓王㈢。此以戡亂致治，推崇郭子儀也。自天寶十四載，至大曆二年，首尾十二年，其間討安、史父子，却回紇、吐蕃，平僕固懷恩，斬周智光等，皆子儀百戰而後息兵。獨以異姓王配中興主，見其君臣一德，始終無間也。

㈠《左傳》：天威不違顔咫尺。《孫武子》：無擊堂堂之陣。

㈡《史記》：黄帝生而神靈。

㈢劉孝綽詩：齊楚磐石貴，韓盧異姓王。《郭子儀傳》：寶應元年，進封汾陽郡王。

錢謙益曰：河北諸將，歸順之後，朝廷多故，招聚餘孽，擁兵擅地，朝廷不能制，公聞其入朝，喜而作詩。首舉禄山、思明立戒，聳動之以周宣、漢武，勸勉之以孝子、忠臣，末二章，則舉李、郭二公以爲儀表，其立意深遠若此。又曰：本朝弘正間，學杜者專法此等詩，模擬其槎牙突兀，粗皮老幹，以爲形似，而不知其敦厚雋永，來龍遠而結脈深之若是也。今人懲生吞活剥之病，并此詩與《秋興》、《諸將》而嗤點之，則又矮人觀場之見，豈足道哉。

## 月三首

此當是大曆二年六月初旬所作。曰巫山、曰二十四迴，則在夔州已二年矣。曰半輪、曰六上弦，則是二年之六月矣。

**斷續巫山雨，天河此夜新。若無青嶂月㈠，愁殺白頭人。魍魎移深樹，蝦蟆没**一作動**半輪**㈡。**故園當北斗，直想**一作指**照西秦**㈢。此章見月而動歸思，是詠初晴之月。嶂月新懸，故旅愁暫解。空照西秦，則客愁仍在。上是玩月而喜，下是思家而悲。移深樹，避明月。動半輪，上弦月也。故園，指杜曲。

㈠沈約詩：崚嶒起青嶂。

㊁黃生注：魍魎、蝦蟆，如此粗醜字，惟少陵能用，然終不可訓。《左傳注疏》：魍魎，川澤之神也。《淮南子》：狀如三歲小兒，赤黑色，赤目、長耳、美髮。《酉陽雜俎》：月中有金背蝦蟆。劉孝綽詩：輪光缺不半。

㊂秦城，上當北斗，公故居所在。

## 其二

**併照**一作點**巫山出，新窺楚水清**㊀。**羈棲愁裏見**一作愁見裏，**二十四迴明。必驗升沉體，如知進退情。不違銀漢落**㊁，**亦伴玉繩橫**㊂。此章，見月而傷久客，是通計兩年之月。併照，承上來。照從月言，含下明字。窺就人言，含下見字。公客夔二年，故曰二十四迴。升沉進退，乃二十四迴中所見者。升沉，謂月有出没。進退，謂月有盈虧。上弦之月早升，故夜違銀漢而先落。下弦之月遲升，故曉伴玉繩而猶橫。二句言久暫遲速之不同，正見其升沉進退也。不、亦二字，活看，謂不是如彼，亦是如此。他注謂望夜之月，自昏待旦，不落而常橫，却於上文不相貫矣。以羈棲愁對二十四，乃借對法。

㊀庾信《馬射賦》：橫弧於楚水之蛟。

㊁鮑照詩：銀漢傾露落。

㊂《天文志》：杓三星爲玉衡。《春秋元命苞》：玉衡北兩星爲玉繩。陶弘景《水仙賦》：橫帶玉繩。杜詩「春星帶草堂」，取帶字爲句腰。「亦伴玉繩橫」，又取橫字着句

尾，知每字各有來歷。

### 其三

萬里瞿唐月一作峽，春來六上弦㊀。時時開暗室，故故滿青天㊁。爽合風襟靜㊂，高當淚臉懸㊃。南飛有烏鵲㊄，夜久落江邊。此章，對月而念孤棲，是專論半年之月。《杜臆》：中四，有一喜一恨意。時開暗室，則喜之而爽合風襟。故滿青天，則恨之而空當淚臉。一月而分作兩般，景隨情轉故也。　夜落江邊，則無枝可棲，借烏鵲以自傷飄泊。

㊀王褒《月》詩：上弦如半璧。

㊁故故，猶云屢屢。

㊂宋玉《風賦》：有風颯然而至，王乃披襟而當之。

㊃張正見詩：淚臉年年流。

㊄烏鵲南飛，出魏武詩。

## 晨雨

黃鶴依梁氏編在大曆二年，今姑仍之。

小雨晨光内，初來葉上聞。霧交纔灑地，風折一作逆旋去聲隨雲。暫起柴荆色㊀，輕霑鳥獸群。麝香山一半㊁，亭午未全分。黄生曰：光處始見，葉上始聞，體物既精，而布置風雨雲霧四字，能將是日景色，曲折描出。山色未分，應上雲霧。趙汸注：必霧起而方能灑地，經風折而旋即隨雲，細之甚也，此與「烟添纔有色，風引更如絲」相似，蓋着題處所必用者。曰暫、曰輕，皆言其細小。自晨至午，全詩皆用順寫，工細入妙。

㊀柴荆，小木。

㊁夢弼曰：《夔州圖經》：麝香山，在夔州東南一百二十里，山出麝香，故名。

黄生曰：讀「微雨不滑道」一章，以爲微雨難寫，故多從題外著筆，及閲此詩，能字字實寫小雨，以正面還題，真如化工肖物。

# 杜詩詳注卷之十九

## 過客相尋

詩云江山定居，當從黄鶴編在瀼西詩中。

**窮老真無事**㈠，**江山已定居。地幽忘盥櫛**㈡，**客至罷琴書**㈢。**掛壁移筐**一作留**果**㈣，**呼兒問**去聲。蔡作間。一作問**煮魚**㈤。**時聞繫**音計**舟楫，及此問吾廬。**卜居無事，可以見客。三四客至之事，下言待客之情。忘盥櫛，不期客至。罷琴書，喜而出迎。移果供客，間雜魚傍，朴率之中，不失殷勤也。

㈠《漢·游俠傳》：吕公故舊窮老。

㈡沈君攸詩：地幽吟不斷。《唐書》：虞世南十年精思不懈，至累旬不盥櫛。

㈢《世説》：謝太傅往看戴安道，但與論琴書。

㈣薛道衡詩：掛壁屢移鈎。《北齊書》：邢子才脱略簡易，果餌之屬，置之梁上，客至下而共食。《世説》：孔君平詣楊氏，呼兒出爲設果。

㊄古樂府：呼童烹鯉魚。　黄生注：移筐果，亦呼兒爲之，以下句綰上句，與「次第尋書札，呼兒覓贈詩」一例解。問煮魚者，家偶烹鮮，客至即以同享，因呼兒問其熟否耳，此即「盤飧市遠無兼味」之意。　今按：張九成詩「疏果間溪魚」，可悟杜詩筐果間煮魚之語。前有《題郭明府茅屋》詩，問字亦兩見，彼是天人兼問，此乃主賓各問耳。

## 豎子至

鶴注：當是大曆二年作。　豎子，猶今言小奚，即阿段也。《史記·孔子世家》：一豎子。

**樝**莊加切。或作楂，通作查**梨纔**一作且**綴碧**㊀，**梅杏半傳黄。小子幽園至，輕籠熟柰香**㊁。**山風猶滿把，野露及新嘗。欹枕**一作欲寄**江湖客，提攜日月長**㊂。　此爲豎子供柰而作也。首二借形，喜柰之先熟。五六實寫，喜柰之鮮美。末聯乃獎勵之詞。　乘風攜至，尚覺清涼滿把。帶露摘來，尤喜滋潤新嘗。《杜臆》謂其語帶仙靈氣。　欹枕客，公自謂。

㊀《風土記》：樝，梨屬，肉堅而香。

㊁《蜀都賦》：朱櫻春熟，素柰夏成。《本草》：今名頻婆。　黄希曰：柰有二種。　潘岳賦：柰曜丹白之色。

㊂提攜，謂豎子勤於供事。黄生謂公素提攜此子，故能善會人意，與前説不同。

## 園

此是大曆二年夏瀼西所作。瀼西草屋，公所居也，園隔瀼西之溪，别有茅舍。

**仲夏流多水，清晨向小園。碧溪摇艇闊㊀，朱果爛枝繁。始爲**去聲**江山静，終防市井喧。畦蔬繞茅屋，自足媚盤飧㊁。**上四，赴園之景。下四，赴園之故。碧溪承水，朱果承園，乃渡溪而入也。始置此園，本以求静，今厭市喧，故避於此。盤飧自足，無求於外矣。爛，謂燦爛。媚，可愛也。

㊀何遜詩：碧溪水色闊，摇艇煩舟子。

㊁《左傳》：盤飧置璧。注：熟食曰飧。雲安詩「椒盤媚遠天」，即此詩媚盤飧意。

## 歸

《杜臆》：此詩與前章相繼而作，前是往園，此是園中歸也。

束帶還騎馬，東西却渡船。林中才一作纔有地，峽外絶無天。虚白高人静㊀，喧卑俗累牽㊁。他鄉閲一作悦遲暮，不敢廢詩篇。上四，歸村之景。下四，歸村有感。園中無事，可以袒衣，及歸則束帶騎馬，又卸馬渡船，自瀼西而東，兩句中，包許多曲折。且林峽之中，地平天寛，儘堪自適，乃不能學高人之静，而仍爲俗累所喧，故欲藉詩以遣意。静喧，承上章來。「峽外絶無天」，見瀼土獨露天光，與上句一意。

㊀《莊子》：虚室生白。注：人能虚心遊世，則純白備於内。江總詩：山宇生虚白。

㊁顧注：《瀼西》詩有「市喧宜近利」句，知喧亦不免俗累，如刈稻等事。《吴越春秋》：有高世之行者，必有負俗之累。凌敬詩：心灰忘俗累。

王嗣奭曰：此詩本爲愛静厭喧而作，乃結以不廢詩篇。又如《别崔潩》詩，惓惓於憂主濟時，而結以薛孟論詩，公蓋以詩爲生平要事，直欲藉以垂訓千古，非但作驚人語也。今其詩具在，有名世語，有經世語，有維世語，有醒世語，有超世語，又有涉世語。至於事係綱常，情關倫序，則刳心瀝血，寫出良心之所必不容已而古今詞人所必不能到，直踵三百之遺躅，宛然孔氏家法也。孔子周流而道不行，始删述六經以垂憲。公則衰謝不忘報主，遲暮不廢詩篇，濟世訓世，惓惓意中。子雲、仲淹擬孔子，反貽譏僭王，子美以無心暗合，可不謂豪傑之士乎哉。

# 園官送菜并序

朱注：《送菜》詩云「常荷地主恩」，《送瓜》詩云「柏公鎮夔國」，則知地主即柏都督。都督，乃茂琳也。《舊書》：大曆元年八月，茂琳方遷邛南節度。其到夔州，必在元年、二年之交，草堂編入二年爲是。　園官，管園之吏。

**園官送菜把，本數日闕。矧苦苣、馬齒，掩乎嘉蔬，傷小人妬害君子，菜不足道**去聲**也，比而作詩。**

**清晨送**一作蒙**菜把，常荷**去聲**地主恩㈠。守者愆實數，略有其名存。苦苣刺如針㈡，馬齒葉亦繁㈢。青青嘉蔬色㈣，埋没在**一作自**中園。**首叙正意，還詩序上截。　趙注：所送止苦苣、馬齒，惜園中嘉蔬，未嘗摘以相遺也。

㈠《左傳》：地主歸餼。《國語》：越王曰：「後世有敢侵蠡之地者，皇天后土，四鄉地主正之。」

㈡《本草》：苦苣，即野苣也，野生者，又名褊苣，今人家常食爲白苣。嶺南吴人無白苣，常植野苣以供厨饌。

㈢《圖經本草》：馬齒莧，雖名莧類，而苗葉與人莧輩都不相似。一名五行草，以其葉青、梗赤、花黄、根白、子黑也，亦可食，少酸。

㈣古詩：青青河畔草。　張載《登成都白菟樓》云：原隰植嘉蔬。

**園吏未足怪，世事固**一作因**堪論**平聲。**嗚呼戰伐久，荆棘暗長原**㈠。此乃慨世之語。　亂後荆棘，故不植嘉蔬，而惟存苣莧。

㈠《道德經》：大軍之後，必有凶年，荆棘生焉。

**乃知苦苣輩，傾奪蕙草根**㈠。**小人塞**音色**道路，爲態何喧喧**㈡。**又如馬齒盛，氣擁葵荏昏**㈢。**點染不易**音異**虞，絲麻雜羅紈**。**一經器**一作氣**物内，永掛粗刺痕**。此叙喻意，還詩序下截。　奪蕙草，擁葵荏，所謂掩嘉蔬也。小人塞道路，乃題中比義。絲麻雜羅紈，又比中之比。　點染，言美惡混雜。不易虞，在意料之外。

㈠洙曰：蕙草，薰草也。

㈡何遜詩：喧喧動四鄰。

㈢希曰：葵，如戎葵、兔葵、楚葵、菸葵。荏，如荏菽、桂荏，皆嘉種也。馬融《廣成頌》：桂荏鳧葵。《爾雅疏》：蘇，一名桂荏，葉下紫色，氣甚香。

**志士採紫芝**㈠，**放歌避戎軒**㈡。**畦丁負籠至，感動百慮端**。仍以感慨作結。　採芝避軒，自歎隱居避人。感動百慮，則並傷身世矣。　此章首中二段各八句，腰尾二段各四句。篇中一經二句，語冗可删。

㊀採芝，用四皓事。

㊁虞世南詩：輕齎不遑舍，驚策騖戎軒。

王嗣奭曰：《詩序》謂小人妬害君子，不言何等小人，蓋當時武夫健卒，倖功得官，而凌侮志士幽人者不少。此詩前云戰伐荆棘，中言小人塞道，爲態喧喧，終言志士採芝，以避戎軒，謂此輩也。止露戎軒二字，詩人慎言如此。又《夔府詠懷》詩云：「奴僕何知禮，恩榮錯與權。」其縱恣可知。

## 園人送瓜

當是大曆二年夏作。

江間雖炎瘴，瓜熟亦不早。柏公鎮夔國，滯務兹一作資一掃。食新先戰士㊀，共少及溪老㊁。傾筐蒲鴿青㊂，滿眼顔色好。首叙送瓜，誌柏公之惠。瓜熟不早，因夔州土瘠。滯務一掃，庶政更新矣。溪老，公自謂。蒲鴿，喻瓜色之青翠。

㊀《左傳》：晉侯不食新矣。

㊁《北齊書》：蘭陵王長恭爲將，每得一瓜，必與將士共之。《通鑑·宋文帝紀》：謝弘微曰：「分多共少，不至有乏。」

㊂《詩》：傾筐塈之。　師氏曰：青瓜，色如蒲鴿。　蒲鴿、狸首，皆瓜名也。　今按：狸首之甘美，出張載《瓜賦》，未知蒲鴿出何書耳。　朱注：《齊民要術注》：凡瓜落疏色青黑者爲美，黃白及斑，雖大而惡。

竹竿接嵌丘銜切竇，引注來鳥道。浮沉亂水玉㊀，愛惜如芝草㊁。落刃嚼冰霜，開懷慰枯槁。許以秋蒂除㊂，仍看小童一作兒抱晉作飽㊃。次言食瓜，嘉園人之意。　竹竿引泉，藉以浸瓜。　水玉，言其寒。　芝草，言其貴。　抱瓜來送，此園人預訂之詞。　嵌竇，謂泉穴。　鳥道，指高山。

㊀《抱朴子》：崑崙山有玉瓜，光明洞徹而堅，須以玉井水洗之，便軟而可食。　魏文帝《與吴質書》：浮甘瓜於清泉，沉朱李於寒冰。　楊慎曰：嘗疑《本草》不載西瓜，後讀五代郃陽令胡嶠《陷虜記》云：嶠於回紇得瓜，種以牛糞，結實大如斗，味甘，名曰西瓜。是西瓜至五代始入中國也。《文選》「浮甘瓜於清泉」，蓋指王瓜、甜瓜耳。　按：水玉，解作水精，本郭璞《山海經注》。　據公《送原少府》詩云「瓜嚼水精寒」可證。　《杜臆》謂瓜中有水可解炎熱，故稱水玉，可當别號。　此另一説。

㊁晉嵇含《瓜賦》：其名龍膽，其味亦奇，是謂土芝。　《廣雅》：土芝，瓜也。

㊂謝朓《辭隨王子隆箋》：邈如墜雨，飄似秋蒂。

㊃邵注：小童可抱，亦見瓜之大。

東陵一作溪跡蕪絶㊀，楚漢休征討㊁。園人非故侯，種此何草草㊂。末從種瓜，作慰勞園人之語。　此章前二段各八句，後段四句收。

㈠《史記》：邵平故秦東陵侯，秦滅後爲布衣，種瓜長安城東，瓜有五色，甚美，故世謂之東陵瓜。

㈡《周語》：有征討之備。

㈢《詩》：勞人草草。注：草草，勞心也。趙曰：此詩兩押草字，豈東坡所謂兩字義不同，故得重用耶。

# 課伐木并序

此當是大曆二年夏，居瀼西時作。　黄鶴編在元年，非也。

課隸人伯夷《杜臆》：伯當作柏，隸人不當名伯夷、辛秀、信行去聲等，入谷斬陰木，人日四根止句，維條伊枚，正直挺然。晨征暮返，委音畏積音志庭内。我有藩籬，是缺是補，載伐篠音小，與筱同簜徒黨切，伊仗一作杖支持，則旅次一有於字，疑羨小安。山有虎句，知禁句，若恃爪牙之利，必昏黑撐晉作撐。一作搪突句。夔人屋壁，列一作例樹白菊一作桃。一作菊鏝爲牆，實以竹，示式遏句。當有也字。爲去聲與虎近，混淪乎無良句。賓客憂一作齒害馬之徒，苟活爲幸，可默息已。作詩示宗武一作文誦。課伐木以補籬，伐竹篠以固牆，安旅居而防虎患也。末段另爲一意，言此地近虎，并有無良者，混雜其間，致旅客負害馬之憂，得苟存活便爲幸，自柏公鎮此，可以默銷矣。詩云：「蕭蕭理體净，蜂蠆不敢毒。」即此意也。少陵詩序多古拙難解處。秦少游《詩話》曰：曾子固文章妙天下，而有韻者輒不工。杜子美長於歌詩，而無韻者幾不可讀。夢弼謂無韻者，若《課伐木詩序》之類是也。《周禮》：仲冬斬陽木，仲夏斬陰木。注：陽木，春夏生者。陰木，秋冬生者。鄭玄注又云：陽木生山南，陰木生山北。條枚，見《詩・召南》注：枝曰條，榦曰枚。《景福殿賦》：叢集委積。注：少曰委，多曰積。《禹貢》注：篠，箭竹。簜，大竹。《容齋隨筆》云：黄魯直《宿舒州大湖觀音院》詩云：「相戒莫浪出，月黑虎夔藩。」夔字甚新，其意蓋言抵觸之義，而莫究所出。及閲杜工部《課伐木詩序》云：必昏黑撐突夔人屋壁，乃知魯直用此。然杜公時在夔府作詩，所謂夔人者，述其土俗耳，本無抵觸之義，魯直蓋誤用耳。張溍注：白蒟，蓋其地易生之木，如北地榆柳，取其板可作牆，又編以竹也。《詩》：式遏寇虐。《江賦》：或混淪乎泥沙。《詩》：人之無良。《莊子》：具茨山童子謂黄帝曰：「爲天下亦奚以異乎牧馬者哉，亦云去其害馬者而已。」

**長夏無所爲，客居課童**一作奴僕。**清晨飯**上聲**其腹**一作腸，**持斧入白谷。青冥曾**音層**巔後**㊀，**十里斬陰木。人肩四根已，亭午下**去聲**山麓**㊁。**尚聞丁丁**音争**聲**㊂，**功課日各足。蒼皮成**一作見**委積**吴本作積委，**素節相照燭**㊃。首叙課隸伐木。曾巔，言高。十里，言遠。下山麓，斬木而還。尚聞聲，勤於用力也。蒼皮，指木。素節，指竹。

㈠張衡《南都賦》：攢立叢駢，青冥芊眠。　謝靈運詩：築觀基層巔。

㈡麓，山足也。

㈢《詩》：伐木丁丁。

㈣《七啟》：符彩照燭。照燭，言其光澤。

**藉汝跨小籬**㈠，**當仗**一云杖。一云材**苦**一云若**虛竹**㈡。**空荒咆熊羆，乳獸待人肉**㈢。**不示知禁情，豈惟干戈哭。**次言結籬防虎。　斬木爲椿，取竹編籬，若不爲此禁防，恐其害甚於干戈矣。此序所云「山有虎」、「示式遏」也。

㈠汝，指木言。

㈡趙注：苦虛竹，謂虛心之苦竹。

㈢乳獸，乳虎也，虎之有力者，或曰牝虎。

**城中賢府主**㈠，**處**上聲**貴如白屋。蕭蕭理**當作治，避高宗諱也**體净**㈡，**蜂蠆不敢毒**㈢。**虎穴連里閭，隄防舊風俗。**此喜盜賊初息。　盜不犯境，見柏公新政，惟虎窺村落，尚須隄防耳，此序所云害馬之徒默息也。鶴曰：賢府主，當是指柏都督。公嘗爲柏都督作謝上表云：「先之以簡易，開之以産業，均之以賦斂，終之以敦勸，又禁將士之暴。」所謂治體净也。　朱注：時夔州已升爲府，故云府主。前《送瓜》詩云：「柏公鎮夔國，滯務兹一掃。」此云：「蕭蕭理體净，蜂蠆不敢毒。」語意正相合。

㈠《晉書·孫楚傳》：參軍不敬府主。《北史·王昕傳》：太尉汝南王悦曰：「懷其才而忽府主，可謂仁乎？」

㈡潘尼碣：深達治體。

㈢蜂蠆，比盜賊。

泊舟滄江岸，久客慎所觸。舍西崖嶠壯，雷雨蔚含蓄。牆宇資屢修㈠，衰年怯幽獨。爾曹輕執熱，爲去聲我忍煩促。秋光近青岑㈡，季月當泛菊㈢。報之以微寒，共給酒一斛㈣。

末乃歸功隸人也。　幽獨以上，述畏虎之意。爾曹以下，慰用力之勤。　所觸，謂虎觸藩籬。含蓄，謂虎藏崖嶠。　《杜臆》：爲我忍煩促，見不得已而用之。　此章前後各十二句，中二段各六句。

㈠袁宏《三國名臣序贊》：牆宇高嶷。

㈡庾信詩：秋光麗晚天。

㈢江淹詩：季月寒氣重。　泛菊，謂酒中泛花。張正見詩：菊泛金枝下。《風俗記》：重陽相會，登山飲菊花酒，謂之登高會，又謂之泛菊。　李嶠《九日》詩：仙杯還泛菊，寶饌且調蘭。

㈣孔融書：酣飲一斛。　胡夏客曰：結語從《盤中》詩意化出。

王嗣奭曰：公憫其執熱煩促，有民吾同胞之意，犒勞僕人，世俗作套事，公却以爲實事，而入之於詩，具見真懇之意。又云：此篇及前後諸詩，正晦翁所云鄭重繁絮者。鍾氏則謂其處家常瑣細事，有滿腔化工，全副王政，真能細心看杜詩者也。

# 柴門

此當是大曆二年夏，自東屯往瀼西作。　黄鶴編在元年，此時初寓草閣，不當云茅棟清池也。

泛一作孤舟登瀼西，迴首望兩崖。東城乾音干旱天，其氣如焚柴㊀。長影没窈窕，餘光散谽谺音酣蝦。此從朱本，舊作唅呀㊁。　前三段，記瀼西回望之景。　此望兩崖東城也。　泛舟，從東屯而至也。兩崖，即瞿唐兩崖。白帝城在夔州之東，故云東城。　日照城，則見旱氣如焚。　日臨崖，則見長影餘光。

㊀《爾雅》：燔柴，積薪而焚之也。

㊁庾信詩：長影臨雙闕。《詩經正義》解窈窕爲幽深閒静。《上林賦注》以谽谺爲洞谷空大。此言崖影直没窈窕之處，餘光散在空洞之中。秦宓奏記：晝不操燭，日有餘光。朱注：《韻書》：唅，胡紺切，哺也。呀，虚加切，張口也。於詩無涉，當是谽谺之訛。《上林賦》：谽呀豁開。呀，與谺同。閜，許雅切，豁開也。

大江蟠嵌口含切根，歸海成一家。下衝割坤軸，竦壁攢鏌鋣㊀。蕭颯一作瑟灑秋色，氛一作氣昏霾日車。　此望瞿崖江水也。　嵌根，指崖。歸海，指江。下衝，承江。竦壁，承崖。蕭颯，江邊秋意。氛昏，崖前暮陰。　割坤軸，言深斸地底。　攢鏌鋣，言簇如列劍。

㊀《吴越春秋》：吴使干將造劍二，一曰干將，二曰鏌邪。鏌邪者，干將之妻名。

**峽**一作峡**門自此始，最窄容浮查。禹功翊造化，疏鑿就攲斜。巴**黄作巴。一作巨**渠决太古，衆水爲長蛇。風烟渺吴蜀，舟楫通鹽麻。**此望大江衆流也。峽門正派，窄而且攲，見勢之險危。巴渠支流，衆水同注，見源之鍾滙。吴鹽蜀麻，中集夔江，又見其爲一大都會。　朱注：《水經注》：廣溪峽，乃三峽之首，自昔禹鑿以通江。郭景純所謂巴東之峽，夏后疏鑿。今詩云「峽門自此始」，與《水經注》合。又公詩「瞿唐争一門，雙崖壯此門」，即此詩所謂峽門也。他本訛作峡，遂以峽門爲夔州地名，大謬。　《水經注》：清水出巴渠縣東北巴嶺南獠中，即巴渠水也，西南流至其縣，又西入峽。古詩：赴壑如長蛇。

**我今遠遊子，飄轉混泥沙㊀。萬物附本性，約**一云處**身**一作性**不願**一作欲**奢㊁。茅棟蓋一牀㊂，清池有餘花㊃。濁醪與脱粟㊄，在眼無咨嗟㊅。**後三段，叙柴門客居之情。　此言居食粗給，遊子可以託身。　「萬物附本性，約身不願奢」，便有素位而行之意。

㊀《江賦》：或混淪乎泥沙。　附本性，言隨性所適。

㊁《吴越春秋》：下以約身。《運命論》：不如顔回、原憲之約其身也。

㊂沈約詩：茅棟嘯蹲鴟。

㊃曹植詩：清池激長林。

㊄洙曰：濁醪，用嵇康事。脱粟，用公孫弘事。
㊅阮瑀詩：舉坐同咨嗟。

山荒人民少，地僻日夕佳㊀。貧賤一作病。一作窮固其常，富貴任生涯。老于干戈際，宅幸蓬蓽遮㊁。石亂上上聲雲氣，杉清一作青延日一作月華㊂。此言景趣堪娱，老年藉以自慰。「貧賤固其常，富貴任生涯」，又有樂天知命之意。

㊀陶潛詩：山氣日夕佳。
㊁沈約《郊居賦》：歸閑蓬蓽。
㊂聞人倩詩：清池映日華。

賞妍又分音問外，理愜夫扶又切何誇㊀。足了垂白年㊁，敢居高士差義從差等之差。韻從本音㊂。書此豁平昔，迴首猶暮霞。此言足已無求，結出題詩之興。「賞妍又分外，理愜夫何誇」，較上約身常貧，更進一層，直窺見孔顔樂處矣。「足了垂白年，敢居高士差」，看清池蓬蓽，非養名高，又幾於遯世無悶矣。少陵晚年，識趣超絶如此。前云回首，是登岸回望；此云回首，是詩成再望也。此係古詩，麻、佳通用。此章，前後三段各六句，中間三段各八句。

㊀謝靈運詩：意愜理無違。
㊁《晉書》：畢卓云：「拍身酒船中，便足了一生。」班超書：今超年已垂白矣。
㊂敢，猶豈敢。差，是差肩。《後漢·梁鴻傳》：仰慕前世高士。《世説》：殷仲堪謂子弟云：「弗

以我受任方州，云豁平昔時意。」

## 槐葉冷淘

鶴注：當是大曆二年瀼西作。　朱曰：以槐葉汁和麪爲冷淘。　盧注：有槐牙温淘，有水花冷淘。

**青青高槐葉，采掇付中厨㊀。新麪來近市㊁，汁滓宛相俱㊂。入鼎資過熟，加餐愁欲無㊃。碧鮮俱照筯㊄，香飯兼苞蘆㊅。經齒冷於雪，勸人投比**一作此**珠。**此記製淘之法，備稱其佳美。

《杜臆》：蒸淘過熟，其質消滅，故加餐愁其易盡。　碧鮮句，言色佳。香飯句，比味美。以冷淘勸人食，比之投珠，甚言其可愛。

㊀曹植詩：中厨辦豐膳。

㊁庾信《小園賦》：晏嬰近市，不求朝夕之利。

㊂《周禮》「醴齊」注：醴，猶體也，成而汁滓相將。

㊃古詩：努力加餐飯。

㊄《吴都賦》：玉潤碧鮮。

⑥夢弼曰：苞蘆，蘆笋也。盧注：蘆荻之屬，甲而未拆曰苞，公《出峽》詩「泥笋初苞荻」可證。朱注引《説文》：蘆，飯器也，亦作籚。又引《管子》道有遺苞，言取冷淘兼香飯，苞裹於飯器中，欲以贈人耳。按：此説太拙，贈人冷淘，何必又加香飯乎。僞蘇注又云：蜀人呼魚鮓爲冷淘。朱氏已闢其謬妄矣。

**願隨金騕褭**㈠**，走置錦屠蘇**又作廜廯㈡**。路遠思恐泥**去聲㈢**，興**去聲**深終不渝。獻芹則小小，薦藻明區區**㈣**。萬里露寒殿**㈤**，開冰清玉壺**㈥**。君王納涼晚，此味亦時須。**遠注：此對冷淘而思入獻，蓋每食不忘君也。此全是比喻。路遠則欲達不能，興深則初心未改。獻芹之意雖微，薦藻之誠可鑒。倘寒殿玉壺之間，亦須此物，何時得以上陳耶。句句道出忠愛苦衷。此章兩段，各十句。

㈠應劭《漢書注》：古青駿馬名騕褭，一日行萬五千里。

㈡《杜臆》：錦屠蘇，天子之屋。朱注：屠蘇，本作廜廯。《玉篇》：廜廯，庵也。服虔《通俗文》：屋平曰廜廯。蕭子雲《雪賦》「没屠蘇之高影」是也。又《廣韻》：廜廯，酒名。元日飲之，可除温氣。蓋昔人居廜廯釀酒，因以名之也。又大帽，形類屋，亦名屠蘇。《晉志》謡曰：屠蘇障日覆兩耳。劉孝威詩：「插腰銅七首，障日錦屠蘇。」是也。此言馳貢冷淘，當用前説。

㈢《朱子語類》：文字好用經語，亦一病。東坡寫此詩到「路遠思恐泥」，云：「此不足爲法。」

㈣《左傳》：蘋蘩蕴藻之菜，可薦於鬼神。《楚元王傳》：豈爲區區之禮哉。顏注：區區，小也。

㈤《上林賦》：過鳷鵲，望露寒。露寒，殿名。

㈥鮑照詩：清如玉壺冰。

## 上上聲後園山脚

鶴注：詩云「自我登隴首，十年經碧岑」，公以乾元二年入隴右，至大曆三年爲十年，然是年正月已出峽，今首云「朱夏熱所嬰」，乃二年夏作無疑。《上林賦》：遊於後園。

朱夏熱所嬰㈠，清旭一作旦步北林㈡。小園背音佩高岡㈢，挽葛上上聲崎崟。曠望延駐目，飄颻散疏襟。潛鱗恨水一作川壯，去翼依雲深。勿謂地無疆㈣，劣於山有陰。石榞張作原遍天下㈤，水陸兼浮沉。首記山脚勝景。上四，曉登山脚。中四，山前所見。下四，登山而慨世也。潛鱗、去翼，承駐目來，亦寓自況。勿謂大地無疆，此山便劣，今舉世藉石榞以療飢，則水陸皆屬浮沉耳，不若園中猶可寄跡也。

㈠傅毅賦：踐朱夏之炎赫。

㈡《江賦》：視雰祲於清旭。曹植詩：徘徊步北林。

㈢《詩》：于彼高岡。

㊃《易》：坤厚載物，德合無疆。

㊄張遠引《尸子》：莒國有石焦原者，廣五十步，臨百仞之溪，莒國莫敢近也，有以勇見莒子者，却行齊踵焉，此詩借比世路之險窄也。舊本作石榡。沈存中云：石榡，木名，子如芎窮，其皮可禦饑，時天下荒亂，水陸並載石榡以充糧。

**自我登隴首㊀，十年經碧岑。劍門來巫峽，薄倚**一作倚薄**浩至今。故園暗戎馬，骨肉失追尋。時危無消息，老去多歸心。志士惜白日㊁，久客藉黃金㊂。敢爲蘇門嘯㊃，庶作《梁父**音甫**吟》㊄。**此從後園感懷。上四，留蜀之久。中四，思鄉之切。下四，窮老而傷情也。戎馬，指周智光犯京。骨肉，謂弟妹飄零。久客藉金，不得爲蘇門之長嘯，而志士惜日，猶思作梁父之行吟，蓋終不能忘情於用世耳。此章兩段，各十二句。

㊀庾信詩：不言登隴首。

㊁古詩：志士苦日短。

㊂又：徒有萬里志，欲行囊無金。

㊃《阮籍傳》：籍常於蘇門遇孫登，還半嶺，聞有聲如鸞鳳之音，乃登嘯也。

㊄黃生謂：《梁父吟》，非竊比諸葛也，陸機、沈約各有《梁父吟》，皆傷時運易逝之意。此另一說。

## 季夏送鄉弟韶陪黄門從去聲叔朝音潮謁

張遠注：鄉弟，故鄉同姓之弟。　朱注：唐杜鴻漸，以黄門侍郎同平章事鎮蜀，大曆二年六月，自蜀還朝。當是其時作。

**令弟尚爲蒼水使**㈠，原注：韶比兼開江使，通成都外江下峽舟船。使，去聲。**名家莫出杜陵人**㈡。比必二切。一作此來**相**去聲**國兼安蜀，歸赴朝廷已入秦。捨舟策馬論**平聲**兵地**㈢，**拖玉腰金報主身**㈣。**莫度清秋吟蟋蟀**㈤，**早聞**今本一作開**黄閣**郭作閤**畫麒麟**㈥。題本送韶，因陪黄門朝謁，故詩中兼及鴻漸。　首句提杜韶，次句起鴻漸。安蜀、入秦，此叙朝謁之故。捨舟策馬，杜韶陪行。拖玉腰金，鴻漸朝服。　莫度清秋，望韶速往。　早聞黄閣，期漸功成也。　下四，皆弟叔雙關。　《杜臆》：弟爲蒼水使，而加一尚字，見官未稱其才。

㈠謝靈運詩：末路值令弟。　《吴越春秋》：禹登衡嶽，夢見赤繡衣男子，自稱蒼水使者，曰：「聞帝使文命於此，故來候之。」

㈡王洙曰：杜陵有南北杜，最稱名家。

㈢韶出峽後，從荊州陸道歸，故曰「捨舟策馬」。《吴越春秋》：捨舟而去。又：策馬飛輿，遂還宫闕。

㈣洙曰：《西征賦》：拖鳴玉以出入禁門。岑文本頌：腰金鳴玉，執贄奉璋。

㈤詔行在六月，囑其勿逗遛中途而聽蟋蟀秋吟。舊注引王褒頌「蟋蟀俟秋吟」是也。盧注引潘岳《秋興賦》「蟋蟀鳴於軒屏」，蓋以潘岳爲黄門侍郎，取其與杜黄門相合，不知此句乃説杜詔，非説鴻漸也。

㈥鶴曰：漢有給事黄門侍郎，晉有黄門侍郎。《唐志》：龍朔二年，改黄門侍郎曰東臺侍郎。乾元元年，又曰黄門。《演義》：黄閣，蕭何所作。

崔旰殺郭英乂，竊據成都，罪在必討。鴻漸初赴鎮時，權爲姑息偷安，或勢非得已。及入朝之日，自宜密奏帝前，斬旰都下，以正典刑。詩曰論兵地，見離蜀可以用兵矣；曰報主身，見受恩宜思報國矣。此時若能補過立功，尚可勒名麟閣也。下截頌中有諷，寓意微婉。後鴻漸廣爲貢獻，薦崔旰才堪寄任，豈公屬望本意乎？

蔡夢弼曰：考《杜氏家譜》：襄陽杜氏，出自晉當陽成侯預，而佑蓋其後也。佑生三子：師損、式方、從郁。師損三子：詮、愉、羔。式方五子：惲、慓、悰、恂、慆。從郁二子：牧、顗。群從中，悰官最高，而牧名最著。杜氏凡五房：一、京兆杜氏，二、杜陵杜氏，三、襄陽杜氏，四、洹水杜氏，五、濮陽杜氏。而甫一派，又不在五派之中。甫與佑，既同出於預，而《家譜》不載，何也？豈以其官不達，而諸杜不通譜系乎？夢弼因覽其譜系，而爲之書。

謝杰曰：公視杜陵之族甚疏，然公亦世貴，固無藉其尺五天矣。

# 灧澦

鶴注：此當是大曆二年夏作。《舊史》：大曆二年，河東、河南、江浙、淮南、福建等道五十五州奏水災，蜀雖不預，宜亦水高矣。

灧澦既没孤根深㊀，西來水多愁太陰㊁。江天漠漠鳥雙去㊂，風雨時時龍一吟㊃。舟人漁子歌回首，估客胡商淚滿襟。寄語舟航惡年少去聲㊄，休翻鹽井擲一作橫，一作擲黄金㊅。

此見灧澦水勢，而戒人冒險也。在四句分截。灧澦根没，以水多故也。江天風雨，即太陰愁慘之象。鳥去龍吟，則人不可往矣。回首，見險知止也。淚襟，阻水難下也。少年無賴，逐利輕生，故戒其翻鹽以擲金。

㊀王濬表：孤根獨立。

㊁朱瀚曰：水，即太陰也。公詩「黑入太陰雷雨垂」，亦言氣象愁慘耳。舊指水神自愁，非是。吴楊泉《五湖賦》：太陰之所毖。

㊂周王褒詩：漠漠樹烟起。

㊃陶潛詩：時時見遺烈。

㊄《韓信傳》：淮陰惡少年。

㊅翻，乃翻飛之意，舟行疾也。擲，换也，又賭錢也。沈攸之詩：半醉驪歌應可奏，上客莫慮擲黄金。若作横，讀去聲，謂非理横取也。

葉夢得《石林詩話》曰：詩下雙字極難，便須七言五言之間，除去四字三字外，精神興致全見於兩言，方爲工妙。唐人記「水田飛白鷺，夏木囀黄鸝」爲李嘉祐詩，王摩詰添「漠漠」「陰陰」四字，爲嘉祐點化，自見其妙。如李光弼將郭子儀軍，一號令之，精彩數倍。不然，如嘉祐本句，但是詠景耳，人皆可到。要之當令如老杜「無邊落木蕭蕭下，不盡長江滚滚來」，與「江天漠漠鳥雙去，風雨時時龍一吟」等句，乃爲超絶。近世王荆公詩「新霜浦溆綿綿白，薄晚園林往往青」，與蘇子瞻詩「浥浥爐香初泛夜，離離花影欲摇春」，皆可以追配前作。

今按：王摩詰乃盛唐人，李嘉祐乃中唐人，胡元瑞謂是李剪王句，非王演李語，石林誤矣。

# 七月一日題終明府水樓二首

鶴注：此當是夔州作，故云：「楚江巫峽半雲雨。」終明府，當是奉節宰，故云：「爲政風流今在兹。」按：杜詩凡稱月、稱日者，皆指節候言。此七月一日，乃立秋之日，故曰「秋風此日灑衣裳」。後有詩題《大曆二年九月三十日》，而詩云「悲秋向夕終」，則恰好秋盡矣。

高棟曾音層軒已自涼，秋風此日灑衣裳㈠。翛然欲下去聲陰山黃生作山陰雪㈡，不去非無漢署香㈢。絶壁過雲開錦繡㈣，疏松夾黃作隔水奏笙簧㈤。看君宜著陟略切王喬履㈥，真賜還疑出尚方㈦。此章從水樓説起，結終明府。首切水樓，次貼初秋。樓高風颯，如此翛然，疑下陰山之雪。今對之不忍舍去，非爲無郎署而留此，正以壁開錦繡，松奏笙簧，樓上見聞絶勝故耳。終在此間，去仙何遠，故遂以王喬比之，且望其即真也。

㈠張華詩：穆如灑清風。

㈡洙曰：陰山，匈奴山名。吐谷渾西附陰山，其地四時常有冰雪，雖六七月，雨雹甚盛。《廣志》：代郡陰山，五月猶宿雪。

㈢又曰：尚書郎，漢置四人，口銜雞舌香，以奏事答對，欲使氣息芬芳。

㈣謝靈運詩：晨策尋絶壁。劉繪詩：交錯錦繡陳。

㈤《詩》：吹笙鼓簧。

㈥王喬履，見四卷。原注：終明府，功曹也，兼攝奉節令。故有此句。

㈦《尹翁歸傳》：滿歲爲真。《孝平帝紀》：吏在二百石以上，一切滿秩如真。如淳曰：諸官吏初除，皆試守一歲，迺爲真食之俸。《漢·百官公卿表》：少府屬官，一曰尚方。師古曰：尚方，主作禁器物。

其二

慮音伏。舊作宓，誤。宓，音密子彈琴邑宰日㊀，終軍棄繻英妙時㊁。承家節操七到切尚不泯㊂，爲政風流今在兹㊃。可憐賓客盡傾蓋㊄，何處老翁來賦詩㊅。楚江巫峽半雲雨㊆，清簟徒點切疏簾看弈棋㊇。次章，從終明府説起，結歸水樓。　處子，切明府。終軍，切終姓。承家，頂終軍。爲政，頂處子。下文好客好詩，可見明府風流。彼衆賓傾蓋，飲酒彈棋，都屬官僚舊知，公以羈旅老翁，賦詩看弈於其中，獨有無限悲涼之意。　黄生曰：此詩首尾皆對，人多不覺。　五六失粘。

㊀《吕氏春秋》：處子賤治單父，身不下堂，彈鳴琴而治之。

㊁《漢書》：終軍年十八，選爲博士弟子，步入關，關吏與軍繻，軍問以此何爲，吏曰：「爲復傳還，當以合符。」軍曰：「丈夫西遊，不復傳還。」遂棄繻而去。後爲謁者，行郡國，建節東出關，關吏曰：「此乃前棄繻生也。」繻，帛邊也。裂繻頭合爲符信，即傳符也。　《西征賦》：終童山東之英妙。

㊂《抱朴子》：承家繼體。　《晉書·周處傳》：少有節操。

㊃《左傳》：子産爲政。　《晉書·樂廣傳》：天下言風流者，以王樂爲稱首。

㊄《家語》：孔子遇程子於途，傾蓋而語。《鄒陽傳》：古語：「白頭如新，傾蓋如故。」文穎曰：傾蓋，猶交蓋駐車也。

㊅阮籍詩：誰謂此何處。　魏文帝書：已成老翁。

㈦雲雨，用宋玉《高唐賦》。　魏文帝書：彈棋間設，終以博弈。

㈧江淹賦：夏簟清兮晝不暮。

蘇軾《東坡詩話》：參寥子言：「老杜詩云『楚江巫峽半雲雨，清簟疏簾看弈棋』，此句可畫，但恐畫不就耳。」僕言：「公禪人，亦復愛此綺語耶？」寥云：「譬如不事口腹人，見江瑶柱，豈免一朵頤哉。」

黄生曰：前首多寫景，後首多叙事，相合成章。後首一結，寫景真趣在目，可庇前路之板重，此章法自爲振救也。

## 行去聲官張望補稻畦水歸

鶴注：當是大曆二年在瀼西時作。是年秋，始遷居東屯。朱注：行官，是行田者。韓文公《答孟簡書》：「行官自南迴過吉州。」蓋唐時有此名目。鶴曰：行，音去聲，如行酒之行，付與也，使之領，故曰行官。　題言補足稻畦之水，《杜臆》謂補稻、補水是兩事，非也。玩全詩，俱言畦水可見。

東屯平聲大江北一云枕大江㈠，百頃平若案㈡。六月青稻多，千畦碧泉亂。插秧適云已，引溜加溉灌㈢。更平聲僕往方塘㈣，決渠當斷岸㈤。上四稻畦之水，下四行官補水。

㈠《杜臆》：按《志書》：城東有東瀼水，公孫述於水濱墾稻田百許頃，號東屯，稻米爲蜀第一，故公《孟冬》詩有「嘗稻雪翻匙」之句。
㈡百頃，萬畝也。
㈢崔瑗歌：穿溜廣灌溉，決渠作甘雨。
㈣《記》：乃留更僕。注：以番次更代使之也。　劉楨詩：方塘含白水。
㈤鮑照《燕城賦》：崒若斷岸。

公私各地著直略切㈠，浸潤無天旱。主守問家臣，分明《正異》作朋見溪黄生作蹊畔一作伴㈡。芊芊一作芋芋。一作竿竿炯翠羽㈢，剡剡以冉切生一作向銀漢㈣。鷗鳥鏡裏來㈤，關山雪邊看。上四，行官歸答之詞。下四，公想稻畦之景。　自補水之後，公私地畝，浸潤有餘，今主守之事，問之家僮，皆分明共見者。主守，屬行官自稱。　朱注：芊芊二句，言苗色之青葱。鷗鳥二句，言畦水之明净。　蔡興宗《正異》作分朋，謂芸者必分朋曹而進。今按：芸田須用多人，引水不必分朋，不如仍作分明。　《杜臆》：瀼田在上牢、下牢兩關之間，故云關山，與他處關山不同。

㈠《梁武帝集》：公私畎畝，務盡地利。　《食貨志》：理民之道，地著爲本。注：地著，謂安土也。
㈡庾信《春賦》：分朋入射堂。　黄生注：蹊，是田界。
㈢潘岳詩：稻栽肅芊芊，黍苗何離離。　《洛神賦》：或拾翠羽。
㈣《玉藻》：弁行剡剡起屨。注：剡剡，起貌。《説文》：剡，鋭利貌。　《廣雅》：天河，謂之天漢，亦曰銀漢。

㈤庾信《行雨山銘》：樹入牀前，山來鏡裏。

**秋菰成黑米**㈠，**精鑿**音作。一作穀**傳**一作傅**白粲**㈡。**玉粒足晨炊，紅鮮任霞散**㈢。**終然添黄生**作忝**旅食**㈣，**作苦期壯觀**去聲㈤。**遺穗及衆多**㈥，**我倉戒滋漫**㈦。上四言秋成可望，下四欲有無與共。　黑白紅鮮，皆畦中所收者。玉粒自食，而紅稻霞散，此即遺穗也。及衆多，將分惠於人。戒滋漫，不專利於己。　張遠注：此係仄韻排律，效六朝體也。　此章三段，各八句。

㈠陳藏器曰：菰首小者，擘之内有黑灰如墨，名烏鬱，人亦食之。庾肩吾詩：黑米生菰葑，青花出稻苗。

㈡《左傳注》：鑿，謂治米使白，本作糳。凡舂米，一石得三斗爲精，得四爲鑿。《漢書注》：白粲，謂擇米使白粲粲然。

㈢《杜臆》：公詩有云「落杵光輝白，除芒子粒紅」。即所謂玉粒紅鮮也。《拾遺記》：環丘上有方壺千里，多大鵠，高一丈，群飛於湖際，採不周之粟，於環丘之上，生穟高五丈，其粒皎然如玉。沈約詩：玉粒晨炊，華燭夜炳。《韓信傳》：晨炊蓐食。　鮮于注：江浙人謂紅米曰紅鮮。李百藥詩：羽觴傾緑蟻，落日照紅鮮。

㈣《辯命論》：終然不變。　魏文帝云：旅食南館。

㈤楊惲書：田家作苦。　黄注：壯觀，言委積之高。《封禪書》：天下之壯觀。

㊅《詩》：彼有遺秉，此有滯穗，伊寡婦之利。
㊆又：我倉既盈，我庾維億。

## 秋行去聲官張望督促東渚秏一作刈稻向畢清晨遣女奴阿稽豎子阿段往問

鶴注：此是大曆二年秋自瀼西居東屯時作。　行官督促東渚秏稻，乃夏間事，至秋而其事將畢，又遣女奴豎子往問，令其始終毋怠也，故篇中將全歲農功，詳悉言之。　東渚，即東屯。小洲曰渚。　舊注：秏，減也，謂蒲稗之能爲禾害者，盡減去之。　盧注：《漢高本紀》中縣人以故不減秏。注曰，秏，損也。今云秏稻，謂損去其草，使稻得長，猶耘苗也。朱注：《說文》：秏，本作秏，稻屬，從禾，毛聲，今作秏。《吕氏春秋》：飯之美者，有玄山之禾、南海之秏。督促秏稻，言督促田禾之事。今玩詩首段意，自當以舊注爲正。

**東渚雨今足，佇聞粳稻香㊀。上天無偏頗㊁，蒲稗各自長㊂。人情見非類，田家戒其荒㊃。功夫競搰搰㊄，除草置岸旁㊅。**首敘東屯除草之事。　秋成在望，故粳稻欲香。生物無偏，造化之仁。草除非類，裁成之道也。

㊀洙曰：謝靈運詩：滮池溉粳稻。《字林》云：糯，黏稻。粳，稻不黏者。
㊁《漢書》：天不頗覆，地不偏載。
㊂謝靈運《湖中作》：蒲稗相因依。《前漢·郊祀志》：萬物之情，不可罔以非類。《漢書》：劉章歌：「非其種者，鋤而去之。」
㊃《漢·武帝紀》：野荒治苛者。
㊄《莊子》：搰搰然用力甚多，而見功寡。
㊅《食貨志》：芸，除草也。

**穀者命之**一云令士本㊀，**客居安可忘。青春具所務，勤墾免亂常。吴牛力容易**音異㊁，**並驅**去聲**紛遊場**從吴本，一作動莫當㊂。此言春耕之事，客居所急。農夫食力，乃謀生常理，今東屯督耕，庶免亂常也。

㊀《范子計然》曰：五穀者，萬民之命，國之重寶也。《晉書》：黎元以穀爲命。
㊁《世説》：滿奮曰：「臣猶吴牛，望月而喘。」注：水牛也。
㊂《詩》：並驅從兩牡兮。《籍田賦》：遊場染屨。

**豐苗亦已穊**几利切。或作溉㊀，**雲水照方塘**㊁。**有生固蔓延**㊂，**静一資隄防。督領不無人，提攜**一作挈**頗在綱**㊃。此言夏芸之事，責在張望。水多草生，恐滋蔓延，故須專意隄防。所督雖多人，提綱則行官也。

㈠《漢書》：深耕穊種。注：穊，稠也。穊種，言多子孫。

㈡李巨仁詩：白水溢方塘，淼淼素波揚。

㈢《采葛歌》：葛不連蔓棻台台。

㈣《書》：若網在綱，有條而不紊。

**荆揚風土暖㈠，肅肅候微霜㈡。尚恐主守疏，用心未甚臧㈢。清朝遣婢僕，寄語踰崇岡㈣。**

此因秋收將近，遣人往問。霜降，乃成熟之候。主守，指行官。踰岡，越山至東屯也。

㈠《晉書·阮籍傳》：樂其風土。

㈡阮籍詩：陰氣下微霜。

㈢《周書》：惟土物愛，厥心臧。

㈣傅亮詩：總旆崇岡。

**西成聚必散㈠，不獨陵我倉㈡。豈要**平聲**仁里譽㈢，感此亂世忙。北風吹蒹葭㈣，蟋蟀近中堂㈤。荏苒百工休㈥，鬱紆遲暮傷㈦。**末擬秋成後情事。亂世之人，每多窮促，故散粟以周鄰里，即前章遺穗及衆多意。北風以下，當與《豳風》「蟋蟀牀下，塞向墐户，曰爲改歲，入此室處」參看。玩此一段，見公先人後己，大道爲公之念。此章起結各八句，中三段各六句。

㈠《書》：平秩西成。

㈡《籍田賦》：我倉如陵，我庾如坻。

㊂《思玄賦》：匪仁里其焉宅。

㊃《詩》：北風其涼。　又：蒹葭蒼蒼。

㊄又：十月蟋蟀入我牀下。

㊅謝靈運詩：履運傷荏苒。　《月令》：霜降百工休。

㊆陸士衡詩：紆鬱遊子情。　謝琨詩：遲暮獨如何。

黄生曰：杜田園諸詩，覺有傲睨陶公之色，其氣力沉雄，骨力蒼勁處，本色自不可掩耳。　又曰：《信行修水筒》詩，極其奬賞，此詩乃云「尚恐主守疏，用心未甚臧」，則二人之賢否見矣。

# 阻雨不得歸瀼西甘一作柑，後同林

當是大曆二年七月作，故詩云「三伏適已過」。　《杜臆》：時暫往白帝城而阻雨也。　《寰宇記》：夔州大昌縣西，有千頃池，水分三道，一道南流，爲奉節縣西瀼水。

**三伏適已過㊀，驕陽化爲霖。　欲歸瀼西宅，阻此江浦深。**　首記秋日阻雨。

㊀陰陽書曰：夏至後第三庚爲初伏，第四庚爲中伏，立秋後初庚爲末伏。　王彪之《井賦》：三伏焦暑，亢陽重授。　《漢·郊祀志》作伏祠。　顔師古曰：伏者，謂陰氣將起，迫於殘陽而未得升，故爲藏伏。　因古伏日，立秋之後，以金代火，金畏於火，故至庚日必伏。　庚，金也。

**壞舟百板坼，峻岸復**扶又切**萬尋。篙工初一棄，恐泥**去聲**勞寸心。佇**一作倚**立東城隅**㊀**，悵望高飛禽。草堂亂玄圃，不隔崑崙岑。昏渾衣裳外，曠絶同曾**音層。一作層**陰。**此歎不得歸瀼西。上四，言無舟可渡。下六，東望增慨也。盧注：瀼西咫尺，非比玄圃崑崙，其如水氣侵衣，層陰隔絶何。

㊀《詩》：佇立以泣。前《柴門》詩「東城乾旱天」，指白帝在夔州之東；此云「佇立東城隅」，言瀼西在夔州之東。《地志》：瀼水，在夔州府治東十里。

**園甘長**丁丈切**成時，三寸如黄金**㊀**。諸侯舊上**上聲**計**㊁**，厥貢傾千林**㊂**。邦人不足重，所迫豪吏侵**㊃**。客居暫封殖**㊄**，日夜偶瑶琴。虚徐五株態**㊅**，側塞**先則切**煩胸襟**㊆**。**此遥憶甘林景物。趙曰：甘可入貢，非不貴也，邦人反不以爲重者，苦於豪吏侵奪故耳。土人不敢多種，唯客居者暫可封殖。夢弼曰：偶瑶琴，謂聽其風韻，若鼓瑶琴焉。遠注：甘樹爲風雨掩塞，故胸襟因之煩悶。

㊀《南史·劉義康傳》：文帝嘗冬月噉柑，嘆其形味殊劣，義康還東府，取柑大三寸者供御。梁宗炳《柑頌》：南金其色，隋珠其形。

㊁《漢書》「計偕」注：計者，上計簿也。

㊂《唐書》：夔州歲貢柑橘。

㊃《前漢·田儋傳》：召豪吏子弟。注：豪，長也。

㊄《左傳》：宿敢不封殖此樹，以無忘《角弓》。

㊅《詩》：其虚其邪。注：音徐。《爾雅》作徐。《通幽賦》：承靈訓其虚徐兮。注：狐疑也。

㊆何承天詩：憂虞纏胸襟。

安一作焉得一作能輟雨一作兩，非足㊀，杖藜出嶇嶔㊁。條流數所主切翠實㊂，偃息歸碧潯㊃。拂拭烏皮几㊄，喜聞樵牧音。令平聲兒快搔背㊅，脱我頭上簪。此預擬歸林情事。

杖藜至偃息，自外而入也。拂几至脱簪，坐久而卧也。翠實，指新甘。碧潯，指瀼水。此章起四句，結八句，中兩段各十句。

㊀謝朓詩：森森散雨足。

㊁謝靈運詩：舉目眺嶇嶔。

㊂劉孝儀《緑李賦》：緑珠滿條流。條流，枝條之上，果實流動也。又：翠實纍纍。

㊃楊師道詩：連翩度碧潯。

㊄何遜詩：羅袖幸拂拭。

㊅朱注：《三輔決録》注：丁邯遷漢中太守，妻弟爲公孫述將，繫獄，光武詔曰：「漢中太守妻，乃繫南鄭獄，誰當搔其背垢者？」僞蘇注引袁安晴喜搔背，初無此事。

# 又上上聲後園山脚

初上山脚，在大曆二年之夏，此再上山脚，當在是年之秋。吴論：前篇寫景而後咏懷，此章咏懷而後寫景。

**昔我遊山東，憶戲東嶽陽。窮秋立日觀**去聲㈠，**矯首望八**一云北**荒**㈡。此追憶東遊往事。《杜臆》：上後園山脚，忽憶舊日登臨之地，無限情事，偶然觸發，遂成長篇，非專咏後園。　望八荒，起下文。

㈠何遜詩：凛凛窮秋暮。　《泰山記》：西巖爲仙人石門，東巖爲介丘，東南巖名日觀。

㈡矯首，昂首也。《甘泉賦》：仰矯首而高望兮。　《過秦論》：并吞八荒。　顔注：八方，荒忽極遠之地也。

**朱崖著**直略切**毫髮**㈠，**碧海吹衣裳**㈡。**蓐收困用事，玄冥蔚强梁**㈢。**逝水自朝**音潮**宗，鎮石**一作名**各其方**㈣。**平原獨憔悴**㈤，**農力廢耕桑**㈥。**非關**一作北闕**風露凋，曾**音層**是戍役傷。於時**一作是**國用富，足以守邊疆。朝**音潮**廷任猛將**去聲，**遠奪戎馬**一作虜**場**㈦。此傷當時黷武殃民，乃望中所見者。　上六，記四望之景。下八，慨窮兵之禍。　朱崖南望，碧海東望，蓐收西望，玄冥北望。毫髮言渺茫，吹衣謂海風。蓐收困而玄冥蔚，謂秋衰冬旺。《杜臆》：此兼喻吐蕃西走，禄山北競。　水石如故，而中原獨疲，以民傷戍役故耳。此追咎當時邊將邀功，朝廷好武也。

㈠《漢書》：武帝定越地，置珠崖郡在南海中，亦曰朱崖。

㈡《十洲記》：東有碧海，廣狹浩汗，與東海等，水不鹹苦，正作碧色。

㈢《月令》：孟秋之月，其神蓐收。孟冬之月，其神玄冥。　老子曰：强梁者不得其死。注：如屋梁、橋梁，其力强壯也。

㈣鎮石，即《周禮》九州之鎮山。隋制：祀四鎮：東鎮沂山，西鎮吴山，南鎮會稽山，北鎮醫無閭山。冀州鎮霍山。

㈤朱注：平原，泛言中原，如晁錯書云平原易地。黄鶴指德州平原郡，非也。時河北皆苦戍役，不止平原一郡矣。

㈥楊惲《報孫會宗書》：身率妻子，戮力耕桑。

㈦司馬遷書：深踐戎馬之地。

到今事反覆芳服切，故老淚萬行音行㈠。龜蒙不可一作復見㈡，況乃懷一作復故一作舊鄉。肺萎屬音竹久戰㈢，骨出熱中腸。憂來杖匣劍，更上上聲林北岡。瘴毒猿鳥落，峽乾音千南日黄。秋風亦已起，江漢始去聲如湯㈣。登高欲有往，蕩析川無梁。此自傷衰年漂泊，乃上山感懷者。　上六，世亂難歸而苦於病。下八，地瘴難留而阻於水。　事反覆，謂河北屢叛。向登日觀，則傷中原憔悴，今上北岡，又苦南方峽瘴，前後互相遥應。風起以下，言出峽艱難也。

㈠沈佺期詩：霑衣惜萬行。

㈡《詩》：奄有龜、蒙。二山乃近東嶽者。

㈢久戰，病咳而身戰也，公《過王倚》詩「寒熱時交戰」可證，舊注作世亂戰伐者，非。

㈣如湯，言風濤相激，如湯之沸。《苦熱行》：湯泉發雲潭。

**哀彼遠征人，去家死路旁。不及祖父塋，纍纍塚相當㈠。**末恐客死他鄉，託征人以寄慨。此章首尾各四句，中二段各十四句。

㈠《搜神後記》：丁令威化鶴歸，集城門曰：「何不學仙塚纍纍。」

劉會孟曰：本上後園山脚耳，却從昔登東嶽，俯望中州，轉及時事，情緒闊遠，故收拾悲慟。

朱鶴齡曰：開元末，公遊齊趙，有《望嶽》詩，此云「憶戲東嶽陽，窮秋立日觀」。則後又嘗登岱頂矣。《通鑑》：天寶九載四月，平盧范陽節度使安禄山，欲以邊功市寵，數侵掠奚、契丹，奚、契丹各殺公主以叛，禄山討破之。此詩平原、戍役、猛將、戎馬等語，正指當時之事。《年譜》：是歲公在齊州，其登太山，則在秋冬之交矣。

今按《壯遊》詩，自下考功第後，始放浪齊趙，凡經八九年，當是開元二十五年，至天寶四載也。又《昔遊》詩云「是時倉廪實」，又云「幽燕盛用武」，即此詩所謂國用富、任猛將也。公遊東嶽，必在其時。朱注謂再遊東嶽，在天寶八載，據《年譜》，是歲雖到齊州，但未知其確曾登嶽否耳。

# 奉送王信州崟北歸

錢箋：梁大同三年，於巴州郡治立信州，唐武德元年，改巴東郡爲信州，二年又改信州爲夔州。朱注：鶴云：唐潁州亦曰信州，今詩有「絶塞豁窮愁」語，乃是夔州。蓋王以郎官出守夔州，今罷郡歸朝，而公送之。舊誤入湖南詩内，特改正之。《杜臆》：王本官夔，而稱信州，襲舊名也。

朝音潮廷防盜賊，供給愍誅求㊀。下去聲詔還一作選郎署，傳聲典信一作能典州。蒼生今日困一作起，天子嚮時憂。井屋有烟起，瘡痍無血流。壤歌惟海甸㊁，畫胡化切角自山樓。白髮寐常早，荒榛農復扶又切秋。從初守信州叙起。追言朝廷爲民擇官，以王能力蘇民困也。井邑有烟，誅求已息。瘡痍無血，盜賊漸弭。歌惟海甸，他皆經亂矣。角吹山樓，夔尚防警也。白髮二句，自叙客夔之況。

㊀《左傳》：誅求無時。

㊁《帝王世紀》：堯時有老人擊壤而歌。《北山移文》：張英風於海甸。

解龜踰卧轍㊀，遣騎去聲覓扁舟㊁。徐榻不知一作能倦㊁，潁川何以酬。塵生一作老塵彤管筆㊃，寒膩黑貂裘㊄。高義終焉在，斯文去矣休㊅。别離同雨散，行止各雲浮㊆。林熱鳥開口，江渾平聲魚掉頭。此叙交情而惜别也。解龜，謂離任。卧轍，百姓留王。覓舟，王來要公也。趙曰：公以徐穉自方，而比王崟爲陳蕃，言崟相待如陳蕃之於孺子，我將何以酬潁川乎。潁川屬陳氏郡號，故用之。塵生筆，郎官已謝。寒膩裘，客久而敝。高義四句，述臨别之情。林熱二句，寫别時之景。

㈠謝靈運詩：去郡牽絲及，解龜在景平。《後漢書》：侯霸爲臨淮太守，被徵，百姓相攜號哭，遮使者車，或當道而卧。

㈡《世説》：劉真長遣騎覓張孝廉船。

㈢徐孺下榻，注别見。

㈣《詩》：彤管有煒。注：彤，赤也。公爲郎官，得用赤管筆。

㈤黑貂裘，用蘇秦事。

㈥劉琨詩：時哉不我與，去矣若雲浮。

㈦曹植詩：風流雲散，一别如雨。又詩：行止依林阻。

尉佗雖北拜㈠，太史尚南留。軍旅應平聲都息，寰區要盡收。九重平聲思諫諍，八極念懷柔㈡。徙倚瞻王室，從七縱切容仰廟謀㈢。故人持雅論㈣，絶塞豁窮愁㈤。復扶又切見陶唐理，甘爲汗漫遊㈥。末望其歸朝以致治也。當亂極思治之際，崟宜乘時建言。尉佗北拜，崔旰入朝也。太史南留，自嘆客夔也。軍旅句，應愍誅求。寰區句，應防盗賊。九重句，應天子憂。八極句，應蒼生困。曰瞻、曰仰，皆公屬望之意。王持正論以復太平，則身依絶塞者，亦甘爲世外之遊矣。諫諍廟謀，王蓋入爲朝官，鶴疑召爲潁川守者，斷謬。　此章三段，各十二句。

㈠前漢高祖使陸賈賜尉佗印爲南越王，賈説佗郊迎，北面稱臣，奉漢約，高祖大悦，拜賈爲大中大夫。

㈡《淮南子》：九州之外有八埏，八埏之外有八紘，八紘之外有八極。　《詩》：懷柔百神。

㈢《光武紀贊》：明明廟謀。

㈣孫萬壽詩：雅論窮名理。

㈤《史記》：非窮愁不能著書。

㈥《淮南子》：若士謂盧敖曰：「吾與汗漫遊於九垓之外。」

## 驅豎子摘蒼耳

鶴注：公以大曆二年遷居赤甲、瀼西，皆在奉節縣北三十里，詩云江上、村中，則知不在城郭矣。當是大曆二年秋作。　《爾雅注》：卷耳，或曰苓耳，形似鼠耳，叢生如盤。　陸璣《詩疏》：葉似胡荽，白花細莖，可煑爲茹，四月生子，如婦人耳璫。《本草》：即今蒼耳。

江上秋已分，林一作村中瘴猶劇。畦丁告勞苦，無以供日夕。蓬莠獨郭作猶不焦㈠，野蔬暗泉石。卷耳況療風㊁，童兒且一作僕先時摘。首叙摘蒼耳。秋分猶旱，故畦蔬不足。蓬莠野蔬，與卷耳雜生者。

㊀《封禪書》：嘉穀不生，而蓬蒿藜莠茂。劇，甚也。

㊁《本草》：卷耳，主療寒痛、風濕周痹、四肢拘攣。

侵星驅之去，爛熳郭作漫任遠適。放筐亭一作當午際，洗剥相蒙冪音密㊀。登牀半生熟㊁，下去聲筯還小益。加點瓜薤間，依稀橘一作木奴跡㊂。次記食蒼耳。晨去午歸，避瘴熱也。洗剥生熟，言製之精潔。因療風，故小益。其色青，似橘皮也。

㊀舊注：冪，覆食巾，謂洗其土，剥其毛，以巾覆之。

㊁趙曰：登牀，謂登食牀。

㊂《杜臆》：加點，謂瓜薤之間，參用蒼耳。又云：古人用橘以調和食味，此以蒼耳當橘奴也。杜預《七規》云：庶羞既異，五味代臻，糅以丹橘，雜以芳鱗。《晉書·何曾傳》：食日萬錢，猶曰：「無下筯處。」顔延之表：實依稀於河上。《荆州記》：吴丹陽太守李衡，於武陵龍陽泛洲種甘橘千株，臨死勅其子曰：「吾洲裹千頭木奴，歲可得絹千匹。」

亂世誅求急，黎民糠籺音核窄㊀。飽食亦何心㊁，荒哉膏粱客㊂。富家厨肉臭，戰地骸骨白。寄語惡少去聲年㊃，黄金且休擲㊄。末從荒亂感慨。膏粱徒飽，而黎民苦饑，傷在居人。

富家食肉，而戰場暴骨，傷及征夫。此嘆物力之宜惜也。　此章三段，各八句。

㈠《陳平傳》：亦食糠覈耳。晉灼曰：覈，音紇，京師人謂粗屑爲紇頭。

㈡《論語》：飽食終日，無所用心。

㈢柳芳《氏族論》：三世有三公者曰膏粱，有令僕曰華腴。《魏志·荀彧傳》：潁川，四戰之地也。

㈣梁元帝詩：中有惡少年，技能專自得。

㈤梁昭明詩：一擲黄金留上客。《杜臆》：擲黄金，謂賭錢者。白晝攤錢，與横黄金，皆峽中惡少年事。舊注引馮嫣事，誤。

## 甘林

此自城中歸瀼西甘林，非從東屯而歸也。詩中有朱門、白屋語，可見城野之别。朱注編在大曆二年。

捨舟越西岡，入林解我衣㈠。青芻適馬性，好鳥知人歸㈡。晨光映遠岫㈢，夕露見日稀。遲暮少寢食，清曠喜荆扉㈣。經過平聲倦俗態㈤，在野無所一云或違㈥。試問甘藜藿㈦，未肯羨輕肥。喧静不同科，出處上聲各天機㈧。勿矜朱門是㈨，陋此白屋非㈩。首叙歸林景事。上八，喜林間清曠，乃目所見者。下八，羡野中静閒，乃意所適者。藜藋白屋，静而處也。輕肥朱門，喧而出也。

㊀《杜臆》：解衣入我林，可得前詩「束帶還騎馬」之解。
㊁曹植詩：好鳥鳴高枝。
㊂謝朓詩：窗中列遠岫。
㊃《後漢書·仲長統傳》：卜居清曠。
㊄沈佺期詩：俗態豈恒堅。
㊅無所違，不與俗違迕也。
㊆《七啟》：余甘藜藿，未暇此食也。
㊇《莊子》：蚿曰：「今子動吾天機，而不知其所以然。」
㊈郭璞詩：朱門何足榮，未若託蓬萊。
㊉《蕭望之傳》：周公致白屋之士。

**明朝步鄰里，**長子丈切**老可以依。時危賦斂**去聲**數**色角切**，脱粟爲**去聲**爾揮**㊀。**相攜行豆田，秋花靄菲菲。子實不得喫，貨市送王畿。盡添軍旅用，迫此公家威。主人長跪問**他本皆作辭**，戎馬何時稀。我衰易**去聲**悲傷，屈指數**所主切**賊圍**㊁。**勸其死王命**㊂**，慎莫遠奮飛。**此歸後感慨時事。里老作三番訴詞：揮舊粟以供賦斂，一訴也；賣新豆以應軍需，二訴也；公家迫索如此，何時得以少寬，三訴也。中着跪問二字，見其勢感而情苦。末四，公答里老，而勗以急公之義。《杜臆》：後段列問答之詞，居然古調，與三吏、三别諸章參觀，何謂唐無古詩乎？　邵注：脱粟，糙米也。爾，指索賦者。子實，豆子成實者。貨市，貨之於市。公家威，謂官吏苛急。主人，即指長老。屈指數，言不久賊平。王命，就賦斂言。遠奮飛，謂逃亡遠去。　此章兩段，各十六句。

㈠《漢書·公孫弘傳》：身食一肉脱粟飯。

㈡又《張湯傳》：屈指計其日。

㈢木華《海賦》：王命急宣。

盧元昌曰：題是《甘林》，詩不復叙甘林者，已見於《阻雨》一篇也。前篇以豪吏侵奪爲辭，此却以迫於賦斂爲辭，夔土民不聊生矣。此《書懷》篇所謂「萬里煩供給，孤城最怨思」也。

朱鶴齡曰：《舊書》：大曆元年三月，税青苗地錢，命御史府差使徵之，又用第五琦什畝税一法，編户流亡。二年九月，吐蕃寇靈州、邠州，詔郭子儀率師鎮涇陽，京師戒嚴，故有「時危賦斂數」、「戎馬何時稀」等句。

## 暇日小園散病將種秋菜督勒郭作勒。一作勤耕牛兼書觸目

鶴注：當是大曆二年在瀼西作。東屯、瀼西俱有茅屋，然園圃在瀼西也。

不愛入州府㈠，畏人嫌我真㈡。及乎歸茅宇一云及歸在茅屋，旁舍未曾音層嗔。老病忌一作恐拘束㈢，應接喪去聲精神㈣。江村意自一作日放，林木心所欣。首叙暇日小園散病。上四，寫人情，見城澆而野樸。下四，寫己意，言厭動而喜静。

㈠《宋書》：何點不入城府，豫章王嶷命駕造點，點從後門遁去。《襄陽耆舊記》：龐德公不入襄陽城。

㈡漢高彪詩：利欲亂我真。

㈢江宗表：世網拘束。

㈣《世説》：使人應接不暇。揚雄《解嘲》：但費精神於此。

秋耕屬音竹地濕，山雨近甚匀。冬菁飯音反之半㈠，牛力晚一作曉來新。深耕種數畝㈡，未甚後四鄰。嘉蔬既不一，名數頗具陳。荆巫非苦寒，採擷接青春。此記種菜督勒耕牛。地濕則易耕，山雨則宜種。蔓菁飼牛，故力足能耕。秋蔬多種，直接來春，則圃畦可以自給矣。

㈠《南都賦》：秋韭冬菁。注：菁，蔓菁。陳藏器《本草》：蕪菁，北人名蔓菁，蜀人呼爲諸葛菜，比諸蔬其利甚博。飯之半，言佐飯牛之半。

㈡《孟子》：深耕易耨。

飛來雙一作兩白鶴㈠，暮啄泥中芹㈡。雄者左翮垂，損傷已露一作及筋。一步再流血，尚驚一作經矰繳勤。三步六號平聲叫，志屈悲哀頻㊂。鸞凰不相待㊃，側頸訴高旻。杖藜俯沙渚，爲去聲汝鼻酸辛㊄。此兼書觸目，隱以自況也。園前之鶴，垂翅哀號，不爲鸞凰所顧，而惟上訴於天，旅人流落，有似於此，故見之而酸辛。此章，首段八句，次段十句，末段十二句，乃前短後長之法。

㊀蔡曰：古樂府《飛鵠行》云：「飛來雙白鵠，乃從西北來，十十五五，羅列成行。妻卒被病，行不能相隨，五里一反顧，六里一徘徊。我欲啣汝去，口噤不能開。我欲負汝去，毛羽何摧頹。樂哉新相知，憂來悲別離。躊躇顧群侶，淚下不自知。」此詩全用《艷歌行》四解之意。《淮南子》：爲鴻鵠者，則可以矰繳加也。《杜臆》：借鶴寓言，此東坡《後赤壁賦》之祖，「三步六號叫」，只是叫號不息，下語却奇。

㊁《爾雅》：芹，楚葵。《本草》陶注：二月三月可作葅。

㊂《鵾鷄賦》：屈猛志以服養。

㊃《楚辭》：鸞凰孔鳳。

㊄宋玉賦：寒心酸鼻。

黄生曰：古人有一題展作數詩者，有數題合作一詩者。一題數詩，貴在意緒各清；數題一詩，貴在聯絡無痕。如《何氏山林》、《秦州雜詠》，此一題數詩也。如《臨邑舍弟書至》、《暇日小園散病》，此數題一詩也，於此可悟作法。

# 雨

鶴注：此當是大曆二年作，時欲下峽入荆湘也。是年，吐蕃寇邠、靈州，京師戒嚴，故云「兵戈浩未息」。

山雨不作泥一作涅，江雲薄爲霧。晴飛半嶺鶴㊀，風亂平沙樹。明滅洲景微，隱見音現巖姿露。拘悶出門遊，曠絶經目趣。首從雨景發端。三四承雨，五六承霧。本以拘悶而看雨，故下文皆言悶意。

㊀《禽經》云：鶴愛陽而惡陰，因晴暫飛，見雨中止，故飛在半嶺。唐太宗詩：雲凝愁半嶺。

消中日伏枕，卧久塵及屨叶去聲。豈無平肩輿㊀，莫辨望鄉路。兵一作干戈浩未息，蛇虺反相顧㊁。悠悠邊月破㊂，鬱鬱流年度㊃。此旅人流落而悶也。望鄉既不可見，而且遠阻兵戈，近侵蛇孽，則託處荒山，亦空伴歲月耳。

㊀趙曰：王子猷聞顧辟疆有名園，乘平肩輿而徑入。

㊁《詩》：維虺維蛇。

㊂蔡琰《胡笳》：夜夜吹邊月。沈佺期詩：别離頻破月。月破，月殘也。公詩：「二月已破三

月來。」

㊃王筠詩：握髓駐流年。

**針灸**音究**阻朋曹，糠籺**胡骨切。一作覈**對童孺**㊀。**一命須屈色，新知漸成故。窮荒益自卑**㊁，**飄泊欲誰訴。尫羸愁應接，俄頃恐違**一作危**迕**㊂。此人情浮薄而悶也。對一命而屈色，則自卑不可爲。新知久而厭故，則有懷將誰訴。況疏於應接，又易遭違忤，所以阻朋曹而對童孺也。

㊀《漢書·陳平傳》：亦食糠覈耳。孟康曰：覈，麥糠中未破者也。晉灼曰：覈，音紇，京師人謂粗屑爲紇頭。

《杜臆》：一命，指他人。舊云公受郎官之命，非是。

㊁窮荒，猶云絶塞。

㊂曹植《白鶴賦》：傷本規之違忤。

**浮俗何萬端**㊀，**幽人有高**一作獨**步**㊁。**龐公竟獨往，尚子終罕遇**㊂。**宿**先就切**留**力就切**洞庭秋，天寒瀟湘素**㊃。**杖策可入舟**㊄，**送此齒髮暮**。末欲出峽以豁拘悶也。澆俗難與久處，唯當追步幽人，彼洞庭瀟湘之間，扁舟送老，是所願也。明年公果下峽而去。此章四段，各八句。

㊀阮瑀書：情巧萬端。

㊁左思詩：高步追許由。

㊂《淮南子》：江海之士，山谷之人，細萬物而獨往。《後漢·逸民傳》：向長，字子平，隱居不仕，

敕斷家事，與禽慶俱遊五嶽名山，竟不知所終。

㊃《漢・郊祀志》：宿留海上。注：宿留，謂有所須待也。　洞庭秋、瀟湘素，此拆用素秋二字。

㊄左思詩：杖策招隱士。《説文》：杖，持也。《方言》：木細枝曰策。

## 溪上

鶴注：此當是大曆二年秋在瀼西作。

峽内淹留客，溪邊四五家。古苔一作苔生迮音摘。一作窄，或作濕地㊀，秋竹隱疏花。塞俗人無井，山田飯有沙。西江使去聲船至，時復扶又切問京華。遠注：中四溪上景，末聯溪上情。　顧注：久客孤村，首聯寫得荒涼。　《杜臆》：苔生花隱，聊以自適。無井有沙，差可相安。問京華有二意，亂定可以北歸，亂未定不如姑留溪上也。

㊀董斯張曰：苕，陵苕也。《詩疏》：生下濕水中，八九月花。圖經：浙有苕溪，以岸多苕花也，杜故于溪上詩言之。　今按：苔可云古，苕不可云古，還作苔爲當。

# 樹間

黄鶴編在成都，今依朱本屬夔州詩中。

岑寂雙柑樹㈠，婆娑一院香㈡。交柯低几杖㈢，垂實礙衣裳。滿歲如松碧，同時待菊黄。幾回霑葉晉作落露，乘月坐胡牀㈣。上六，樹間之景。下二，樹間之興。上截，逐句分承。雙樹，故見交柯。院香，由於垂實。交柯之色，其碧如松。垂實之時，其黄比菊。沾露看月，得以盡挹佳勝矣。顧注以一院爲嚴武院中，胡牀爲幕府之物。今按：《夔州雨不絶》詩「院裏長條風乍稀」，又《詠孟倉曹》詩「胡牀面夕畦」，則顧説不足據矣。

㈠鮑照《舞鶴賦》：去帝鄉之岑寂。

㈡庾信《枯樹賦》：此樹婆娑，生意盡矣。婆娑，盛貌。　柑葉經四時而柯不凋。

㈢任昉詩：交柯溪易陰。

㈣《宋書》：庾亮月夜登南樓，據胡牀談咏。《演繁露》云：交牀，名爲胡牀，隋改爲交牀，唐穆宗改名繩牀。

## 白露

鶴注：當是大曆二年秋在瀼西作。以首句白露爲題，乃咏秋候也。

**白露團甘子㈠，清晨散馬蹄。圃開連石樹，船渡入江溪。憑几看**平聲**魚樂**音洛**㈡，回鞭急一作至鳥棲。漸知秋實美，幽徑恐多蹊㈢。**上四，從瀼西往東屯，曉時之景。下四，從東屯歸瀼西，傍晚之景。《杜臆》：白露團聚於甘上，則甘將熟矣。連石之樹，開圃而見。入江之溪，乘船而渡。連字，屬樹不屬圃。入字，屬溪不屬船。方看魚樂，而心急鳥棲，秋日短也。幽徑多蹊，恐有竊取，亦愛甘而故爲戲詞耳。

㈠庾信詩：白露水銀團。薛道衡詩：高秋白露團。

㈡《莊子》：子非魚，焉知魚之樂？

㈢古語云：桃李無言，下自成蹊。

## 諸葛廟

鶴注：此當作於大曆二年，故云久遊、云屢入也。

久遊巴子國㊀，屢入武侯祠。竹日斜虚寢，溪風滿薄帷㊁。君臣當共濟，賢聖亦同時㊂。翊戴歸先主，并吞更出師。蟲蛇穿畫壁一作屋㊃，巫覡研歷切綴他本作醉，《杜臆》作綴，對穿字爲工蛛絲㊄。欻憶吟《梁父》甫同，躬耕也一作起未遲㊅。上四，咏廟中景物。中四，遡武侯往事。下則對廟而感懷也。　蟲蛇二句，承中段來，言當時勳業如此，而遺廟淒涼，但見畫壁空穿，蛛絲綴人耳，與竹日二句不爲犯重。躬耕未遲，蓋借孔明以自況。

㊀《水經注》：江州縣，故巴子之都，《春秋》桓九年，巴子使韓服告楚，請與鄧好是也。及七國稱王，巴亦王焉。《元和郡縣志》：武王伐殷，巴人助焉，後封爲巴子。《三巴記》：其地東至魚復，西至僰道，北接漢中，南極牂牁。　陳子昂詩：城臨巴子國，臺没漢王宫。

㊁阮籍《咏懷》詩：薄帷鑒明月。

㊂應璩書：賢聖殊品。

㊃蔡邕篆書體，藴若蟲蛇之棼緼。　庾信詩：龍來隨畫壁。

㊄《國語》：在男曰覡，在女曰巫。《東京賦》：巫覡操茢。　揚雄《蜀都賦》：蜘蛛作絲，不可見風。

㊅武侯本傳：躬耕隴畝，好爲《梁父吟》。《出師表》：臣本布衣，躬耕南陽。

盧世㴶曰：《謁先主廟》與《諸葛廟》詩，是兩篇論世尚友文字，而以排韻行之。其曰：「滲澹風雲會，乘時各有人。」曰：「君臣當共濟，賢聖亦同時。」將從來天造草昧，建侯不寧，同寅協恭，咸有一德，大作用、大道理，等閒説出，此謂一詩不止了一題也。

黄生曰：諸葛時年尚少，雖躬耕以待際會，何遲之有？欻憶二字，因己而思及諸葛，《先主廟》詩「遲暮堪帷幄」，又因諸葛而轉及於己，與此正可參看。

# 見螢火

黄鶴編在大曆二年秋作。蓋次年之秋，公遂出峽，此詩末句，預計歸期也。黄生注：此借螢火以紀候耳，非專詠螢火也。題曰《見螢火》，詩曰「愁看汝」，意可知矣。《詩》：「熠燿宵行。」即螢火也。

巫山秋夜當作秋夜巫山螢火飛，疏簾一作簾疏巧入坐人衣㊀。忽驚屋裏琴書冷㊁，復扶又切亂簷前星宿稀㊂。却繞井欄添箇箇㊃，偶經花蕊弄輝輝㊄。滄江白髮愁看平聲汝，來歲如今歸未歸。

螢火飛，領下五句。自山而簾，自簾而衣，從外飛入内。自屋而簷，自井而花，從近飛出遠。六句皆摹寫見字。《杜臆》：本意全在末二，借螢發端，正詩之興也。坐，如黄鶯並坐之坐。却，如却立蒼石之却。琴書添冷，夜涼故也。星宿同稀，高飛故也。邵云：却遶，見聚散不常。偶經，見明滅不定。照入井中，一螢兩影，若添箇箇。閃過花間，其光互映，如弄輝輝。顧注：螢尾燿光，迭開迭闔，不停一瞬，如弄光然，弄字工於肖物。

㊀劉孝綽詩：簾螢隱光息。　梁元帝《螢》詩：着人疑不熱。　田藝云：北齊劉逖詩：「無由似玄豹，縱意坐山中。」張説詩：「樹坐猿猴笑。」杜詩：「楓樹坐猿深。」又：「黄鶯並坐交愁濕。」又：「巫山秋夜螢火飛，簾疏巧入坐人衣。」豹坐、猿坐，猶人所能言，若黄鶯並坐，語便新奇，而螢火坐衣，則更新更奇。

㊁庾信詩：琴聲遍屋裏。　劉歆《遂初賦》：玩琴書以滌暢。

㊂蕭和《螢賦》：與列宿而俱浮。《前漢·劉向傳》：夜觀星宿。

㊃《南史》：齊江夏王鏘，倚井欄爲書。　梁簡文帝《螢》詩：井疑神火照。　紀少瑜《螢》詩：臨池影更雙。

㊄梁簡文《螢》詩：拂樹若花生。　潘岳《螢火賦》：若丹英之照葩。　簡文詩：時送花蕊來。　鮑照詩：翾翾燕弄風。此弄字所本。

## 夜雨

鶴注：此當是大曆二年秋作。

小雨夜復扶又切密，迴風吹早秋。野一作夜涼侵閉户，江滿帶維舟㊀。通籍恨陳作限多病，爲郎忝薄遊㊁。天寒出巫峽，醉別仲宣樓。此章對雨而動歸思。上四寫景，下四述懷。　野氣驟涼而侵户，見秋風之早。江水添滿而繫舟，見夜雨之密。多病薄遊，言客況無聊。公在夔則思出峽，往荆又思别樓，意在急於北歸也。

㊀任彦昇《詩序》：維舟久之。

㊁洙曰：漢卜式不願爲郎。　夏侯湛《東方朔畫讚序》：以爲濁世不可富樂也，故薄遊以取位。

黄生曰：詩有正寫不出，須用反擊始透者，如野涼而户始閉，江滿而舟且維，反擊出峽之無緣也。人只賞侵字、帶字，不知苦景真情，全在閉字、維字。五託多病，六託浪游，反擊朝廷非棄己也。七以天寒挽一二，出峽挽三四，是預期之詞，未經出峽，便思去荆，又反擊欲出之難也。

## 更題

朱注：與前首同作，故曰《更題》。

**只應**平聲**踏初雪，騎馬發荆州。直怕巫山雨，真傷白帝秋。群公蒼玉佩㊀，天子翠雲裘㊁。同舍晨趨侍，胡爲淹此**一云此滯**留**。此申前章未盡之意。　初冬踏雪，荆州且當急發，何況巫峽乎。怕雨傷秋，見此地斷難再留矣。群公四句，遥憶京師之樂，而重歎留滯之苦。　《杜臆》：發荆州，承前醉别。巫山雨，承前小雨。白帝秋，承前早秋。

㊀《記》：大夫佩水蒼玉而絶組綬。《六典》：珮，一品山玄玉，五品以上水蒼玉。
㊁《記》：孟冬之月，天子始裘。宋玉《風賦》：主人之女，翳承日之華，被翠雲之裘。
黄生曰：五六句中，不用虛字，謂之實裝句。蒼玉佩，翠雲裘，點簇濃至，與三四寥落之景反照，此古文中傳神寫照之妙，其在於詩，惟杜公有之。淹此留，應上發荆州，乃通首倒叙法也。

## 舍弟觀歸藍田迎新婦送示二首

此當是大曆二年夏作。《杜臆》：題云送示，送弟北歸，示之以意也，前有《得舍弟觀書》、《喜觀即到》諸詩，蓋觀既到夔州，復歸藍田迎婦也。

**汝去迎妻子，高秋念却回。即今螢已亂**㊀**，好與雁同來**㊁**。東望西江永**舊作水，趙定作永㊂**，南遊北户開**㊃**。卜居期静處，會有故人杯。**此章括去、回二字，爲通首之主。螢亂，去時景。雁來，回時景。江永，憐其去。户開，望其回。時荆州有故人可依，故欲卜居其地。念却回，謂弟當念迴也。朱注：時觀歸藍田，必東出瞿唐，故言送汝東下，但見西江之永。將卜居江陵，在藍田之南，故言待汝南來，當爲北户之開，望之之切也。

㊀梁簡文帝詩：初霜隕細葉，秋風驅亂螢。

㈡《月令》：仲秋之月，鴻雁來賓。
㈢《詩》：江之永矣。
㈣《吴都賦》：開北户以向日。黄庭堅曰：林邑日南諸國，皆開北户向日。

### 其二

**楚塞難爲路**一作别㈠，**藍田莫滯留。衣裳判**普官切。正作拌**白露**㈡，**鞍馬信清秋。滿峽重**平聲**江水**㈢，**開帆八月舟。此時同一醉，應**平聲**在仲宣樓**㈣。此亦送别而望其早回。難爲路，惜其遠去。莫滯留，囑其早回。衣裳鞍馬，弟從陸路而來。江滿帆開，公從水程而往。醉飲樓前，期相會於江陵也。楚塞，即夔州。峽險，則路難行。判，是拚着之意。信，是任他之意。公詩「春風自信牙檣動」，此信字正同。

㈠江淹詩：奉詔至江漢，始知楚塞長。
㈡王粲詩：白露霑衣襟。
㈢顧注：重江，如北江、中江、大江之水，皆自峽而下。鮑照《蕪城賦》：重江複關之隩。
㈣趙注：王粲在荆州作賦，故後世遂指荆州樓爲仲宣樓。

## 别李秘書始興寺所居

鶴注：李秘書有二：一是李十五，一是李八。此當是大曆二年在夔州别李十五者。公有《贈李十五丈》詩：「蓋被生事牽。」又云「常受衆目憐。」惟其生事薄，故常居於寺。

不見秘書心若失㈠，及見秘書失心疾。安爲動主理信然，我獨覺子神充一作精神實。重平聲聞西方止舊本作之。杜田作正。黄鶴定作止觀經，老身古寺風泠泠㈡。妻兒待米陳作米。一作我且歸去，他日杖藜來細聽平聲。上四，李秘書。中二，始興寺。末二，點别意。心安則神完，此即止觀之法。風泠襲體，聞經境寂也。張溍曰：時秘書必講經寺中，故有末句。

㈠《後漢書》：戴良見黄憲歸，惘然若有失也。

㈡張君祖詩：止觀着無無，還静滯空空。黄希曰：《摩訶止觀》，陳隋間國師天台智者所説，凡十卷。止觀經，應上「安爲動主」。楊慎曰：佛經云：止能捨樂，觀能離苦。又云：止能修心，能斷貪愛，觀能修慧，能斷無明。止如定而后静，觀則慮而后得也。朱注：李華《左溪大師碑》：慧文禪師學龍樹法，授慧思大師，南嶽祖師是也。思傳智者大師，天台法門是也。智者傳灌頂大師，灌頂傳縉雲威大師，縉雲傳東陽威大師，左溪是也。左溪所傳，止觀爲本。祇樹園内，常聞此經。此詩止觀經，明白可據。舊本：止譌作之，音相近耳。杜田引《無量壽經》正觀邪觀語，皆非。起結似宋人率語，非杜真筆。潘岳《哀永逝文》：風泠泠兮入帷。

## 送李八秘《英華》作校書赴杜相去聲公幕原注：相公朝謁，今赴後期也。

黄鶴注：大曆二年六月，劍南節度使杜鴻漸入朝，辟李秘書入幕，杜蓋先行，李追赴之也，當是其年九月作。　顧注：唐制，秘書郎從六品。　李注：按史，杜鴻漸還朝，仍以平章事領山劍副元帥，故稱相公幕。

**青簾白舫益州來**㊀，**巫峽秋濤天地迴。石出倒聽**平聲**楓葉下**去聲㊁，**櫓搖背**一作皆，非**指菊花開。貪趨相**去聲**府今晨發，恐失佳期後命催**㊂。**南極一星朝**音潮**北斗，五雲多處是三台**㊃。上四，舟行之景。下四，赴幕情事。　蜀舟赴峽，其波濤激盪，勢若天地迴旋，即所謂「大聲吹地轉，高浪蹴天浮」也。　毛奇齡曰：石崖橫出，則落葉之聲在上，故曰倒聽。飛櫓迅行，則菊岸之移忽後，故曰背指。上句，作上下兩層說。下句，作前後兩際說。　《杜臆》：三四狀舟行之疾，五六明疾行之故。　毛又曰：《漢·天文志》：南極星，在益州分野，觜參之傍，而三台三公，又在北斗傍。　時杜相還朝，李從益州來赴京，故言南極而向北者，以三公在北斗傍也。

㊀《倦游録》：劉濬白舫百棹，皆繡帆青簾，多載妓女。首句用此。　邵注：青簾白舫，官舟也。　成都，即漢之益州。

㊁石出，指峽中山崖。　舊指灩澦堆，非是。　楊慎曰：倒聽句，與包佶詩「波影倒江楓」同意。

㊂恐催後命，故今晨發舟，兩句倒敘。　《左傳》：宰孔謂齊侯曰：「且有後命。」

㊃董仲舒曰：太平之時，雲則五色而爲慶。　五雲，謂京城瑞氣，或指長安宮闕者，非。　《天官書》：斗魁六星，兩兩相比者爲三台，三公之象。　邵注：上台司命太尉，中台司中司徒，下台司禄司空。南北三五，句中自對，一星多處，兩句互對，見詩法變化。

黄生曰：起語輕秀，接句猛健，三四更奇險，五六稍率，得一結稱起前段，七突然而轉，八悠然而合，雖用對結，然筆意極其頓挫。

南極句，黄氏以爲屬公自説，猶云「每依北斗望京華」。不如從舊説指李秘書爲順。

## 巫峽敝廬奉贈侍御四舅别之澧朗

此當是大曆二年秋瀼西作。《唐書》：澧州澧陽郡，朗州武陵郡，俱屬江南西道，天寶初割屬山南東道。《一統志》：澧州，今屬岳州府。朗州，今爲常德府。

**江城秋日落，山鬼閉門中**㊀。**行李淹吾舅，誅茅問老翁**㊁。**赤眉猶世亂**㊂，**青眼只途窮**㊃。**傳語桃源客**㊄，**人今出處**上聲**同**。上四，廬中舅至。下四，感懷送别。黄生曰：山鬼句，突語奇險，以見侍御來訪，有空谷足音之喜。世亂難歸，途窮寡援，故願作桃源避世之人。與「爲於耆舊内，試覓姓龐人」同法。《杜臆》：行李、誅茅，用借對法。赤眉二句，乃答問詞。桃源在朗州，故有末二語。

㊀屈原《九歌》有《山鬼》篇。《史記》：秦始皇三十六年，使者夜過華陰平舒道，有人持璧遮使者曰：「今年祖龍死。」使者以聞。始皇默然曰：「山鬼不過知一年事耳。」

㊁庾信《小園賦》：誅茅宋玉之宅。

㊂漢光武時有赤眉賊，此比崔旰也。

㊃晉阮籍能爲青白眼。黄生注：白眼固當取嫉於世，今青眼亦只途窮，此自傷自怪之詞。

㊄石崇《昭君詞》：傳語後世人。

## 孟氏

鶴注：此大曆二年夔州作。公《九月一日過孟倉曹主簿》詩云「來因孝友偏」，與此詩正合。

朱注：公有《過孟十二倉曹十四主簿兄弟》詩。

**孟氏好兄弟，養**去聲**親惟小園**㊀。**承顔胼**一作胝**手足**㊁，**坐客强**溪兩切**盤飧**㊂。**負米夕**晉作寒。一作力，非**葵外**㊃，**讀書秋樹根**㊄。**卜鄰慚近舍**㊅，**訓子學**一作覺，非**誰**一作先**門**。

養親句，領中四。承顔負米，固爲奉養之事，即留客讀書，亦屬順親之心。末有取於孟氏之家訓。學誰門，言舍孟氏之外。更學誰門乎？讀此詩，孟氏子孝親賢，兩見之矣。

㊀《顔氏家訓》：未知養親者，欲其觀古人之先意承顔，怡聲下氣。

㊁《史記》：大禹胼手胝足。胼，皮堅也。胝，皮厚也。

㊂《孔融傳》：座上客常滿。

㊃《家語》：子路負米百里之外。　盧注：陸機《園葵》詩：「葵生鬱萋萋，夕潁西南晞。」作夕葵爲是。

㊄後漢兒寬，帶經書耕鋤。束晳《讀書賦》：兒寬口誦而芸耨。　庾信詩：横琴坐樹根。

㊅卜鄰，用孟母之事。

## 吾宗 原注：衛倉曹崇簡。

鶴注編在大曆元年。　又曰：按：《世系表》：崇簡出襄陽房爲益州司馬參軍。　《左傳》：晉，吾宗也。

吾宗老孫子㊀，質朴古人風㊁。耕鑿安時論㊂，衣冠與世同㊃。在家常早起㊄，憂國願年豐㊅。語及君臣際，經書滿腹中㊆。　趙汸注：次句，領起中四。其安時處順，勤家憂國，皆所謂質朴古風也。末又稱其通經術而知大義。　《杜臆》：崇簡仕爲倉曹，蓋性行惇質而兼有學問者，非村民愿朴比也。

㊀《魏志·陳群傳》：陳寔曰：「此兒必興吾宗。」　《景福殿賦》：宜爾孫子。

㊁荀悦《漢論》：周勃質朴忠誠。　漢永光詔：舉質樸敦厚遜讓有行者。　《魏志》：曹操謂毛玠曰：「君有古人之風。」

㈢《莊子》：耕田而食，鑿井而飲。　時論目爲耕鑿中人，彼亦安之矣。《周書·王褒傳》：時論安之。

㈣《記·儒行》：孔子居魯，衣逢掖之衣，冠章甫之冠。

㈤《内經》：早卧早起，與雞俱興。

㈥《左傳》：三時不害，而民和年豐。　盧注：崇簡爲倉曹，故願年豐。

㈦《後漢·隗囂傳》：素有名，好經書。　又《趙壹傳》：文籍雖滿腹，不如一囊錢。

胡應麟曰：「飛星過水白，落月動沙虚」，吴均、何遜之精思。「春色浮山外，天河宿殿陰」，庾信、徐陵之妙境。「山河扶繡户，日月近雕梁。碧瓦初寒外，金莖一氣旁」，高華秀傑，楊、盧下風。「冠冕通南極，文章落上台。詔從三殿去，碑到百蠻開」，典重冠裳，沈、宋退舍。「耕鑿安時論，衣冠與世同。在家常早起，憂國願年豐」，寓神奇於古澹，儲、孟莫能爲前。「片雲天共遠，永夜月同孤。落日心猶壯，秋風病欲蘇」，含闊大於沉深，高、岑瞠乎其後。「退朝花底散，歸院柳邊迷」，「花動朱樓雪，城凝碧樹烟」，王右丞失其穠麗。「地平江動蜀，天闊樹浮秦」，「日月低秦樹，乾坤繞漢宫」，李太白遜其豪雄。至「岸花飛送客，檣燕語留人」，則錢、劉圓暢之祖。「兩行秦樹直，萬點蜀山尖」，則元、白平易之宗。「兩邊山木合，終日子規啼」，盧仝、馬異之渾成。「山寒青兕叫，江晚白鷗饑」，孟郊、李賀之瑰僻。「凍泉依細石，晴雪落長松」，島、可幽微所從出。「竹齋燒樂竈，花嶼讀書牀」，籍、建淺顯所自來。「雨抛金鎖甲，苔卧緑沉槍」，義山之組織鮮新。「圓荷浮小葉，細麥落輕花」，用晦之推敲密切。杜集大成，五言律尤可見者。

## 奉酬薛十二丈判官見贈

鶴注：當是大曆二年秋在東屯作。時吐蕃寇邠、靈州，京師戒嚴，故云：「龍蛇尚格鬭，灑血暗郊坰。」

忽忽峽中睡㈠，悲風一作秋方一醒㈡。西來有好鳥，爲去聲我下去聲青冥。羽毛浄一作盡白雪，慘澹飛雲汀。既蒙主人顧，舉翮唳孤亭㈢。首用比興引端。好鳥來，比薛君至。唳孤亭，比薛贈詩。

㈠司馬遷書：居則忽忽，若有所亡。
㈡李陵書：但聞悲風蕭條之聲。
㈢孫楚詩：舉翮觸四隅。

持以比佳士，及此慰揚舲㈠。清文動哀玉㈡，見道發新硎㈢。欲學鴟夷子，待勒燕平聲山銘㈣。誰一作國重斬邪吴、郭作斷蛇。黄作斬邳劍㈤，致君君未聽平聲。志在麒麟閣，無心雲母屏㈥。此傷其負才不遇。揚舲，公將出峽也。哀玉、新硎，喻其詩之鏗鏘而入理。馮班云：言其欲學鴟夷霸越，勒銘燕然，惜抱斬蛇利器，不爲時君所知。然志在立功，豈溺情於雲母屏哉？雲母屏，帶起下段。

㊀劉孝威詩：揚舲濯錦流。揚舲，行船也。《楚辭注》：船有窗户曰舲。

㊁吴均詩：清文動麗則。徐陵賦：哀玉發於新聲。

㊂《莊子》：屠牛坦刀刃若新發於硎。

㊃《後漢書》：竇憲大破北單于於稽落山，命中護軍班固作《燕然山銘》，勒石紀功。

㊄蔡曰：斬邪，用朱雲請劍斬佞臣頭事，若作斷蛇，恐非人臣所用。朱注：斬蛇劍，《同谷七歌》用之，唐人使事，不如此拘泥。黄鶴以上有「燕山銘」，下有「麒麟閣」句，疑用陳湯斬郅支單于事，改作斬郅。按：《五色線》：酆去奢居山學道，有神人謂曰：「張天師有斬邪劍，并瓶盛丹，在此石下，可取之。」

㊅《西京雜記》：趙飛燕爲后，女弟昭儀遺雲母屏風、琉璃屏風。《鄭弘傳》：弘爲太尉，上聽置雲母屏風，分隔其間。

**卓氏近新寡**㊀，**豪家朱門**一作户**扃**。**相如才**《英華》作琴**調**去聲**逸**㊁，**銀漢會雙星**㊂。**客來洗粉黛**㊃，**日暮拾流螢**㊄。**不是無膏火，勸郎勤六經**㊅。此記其新婚一事。馮班云：薛有相如之逸才，得卓女於豪家，方洗粉黛，拾流螢，相勉以勸學，非風流放誕者比，時薛當有臨邛之遇也。

㊀《司馬相如傳》：相如初游臨邛，富人卓氏女文君新寡，善琴，相如因以琴心挑之，遂爲夫婦。

㊁《晉史贊》：王接才調秀出，見賞知音。

㊂會雙星，指牛、女相會事。

㊃《梁鴻傳》：孟光初傳粉墨，後更爲椎髻，著布衣，操作而前。

㊄朱注：拾流螢，用車胤事，見前一卷。　王筠詩：流螢映月明空帳。

㊅《韓詩外傳》：孔子曰：「六經之策皆歸論。」《文中子》：心醉六經。

老夫自汲澗，野水日泠泠㊀。我嘆黑頭白，君看銀印青㊁。臥病識山鬼，爲農知地形㊂。誰矜坐錦帳㊃，苦厭食魚腥。此自敘客夔景況。《杜臆》：識山鬼，病久也。知地形，農熟也。銀印既辭，何有錦帳？　野水託居，故厭魚腥。

㊀劉琨詩：烈烈悲風起，泠泠澗水清。

㊁《漢·百官表》：凡吏人比二千石以上，銀印青綬。　銀印青，謂印有青熒色。

㊂《吴越春秋》：舜明知人情，審於地形。

㊃《漢官儀》：尚書郎入直，官供錦綾被，給帳帷茵褥通中枕。　沈佺期詩：錦帳迎風轉。

東西兩岸晉作岸兩坼㊀，横一作積水注滄溟。碧色忽一云苦惆悵㊁，風雷搜百靈。空中右一作有白虎㊂，赤節引娉婷㊃。自云帝季一作里女㊄，噀蘇困切雨鳳凰翎㊅。襄王薄行跡㊆，莫學令威丁一作泠如冰。千秋一拭淚㊇，夢覺古效切有微馨㊈。此託爲陽臺結夢，以解新娶之疑，乃戲詞也。　兩岸，瀼水東西。白虎，西方之宿。娉婷，謂巫山神女。噀雨，指暮爲行雨。鳳凰翎，用弄玉乘鳳事。襄王稀跡，此寡情者，令威去家，尤其甚矣，故神女追恨，而千年拭淚也。此應前「忽忽峽中睡」句。

㊀庾信詩：寒沙兩岸白。

㊁蔡邕詩：回顧生碧色。

㊂《記》：左青龍，右白虎。

㊃《前漢·劉屈氂傳》：太子持赤節。

㊄楊慎曰：《道藏》：神女名瑤妃，乃西王母之女，曾助禹治水，故稱帝女。《水經注》：宋玉謂天帝之季女，名曰瑤姬，封於巫山之臺。

㊅《神仙傳》：欒巴噀酒爲雨，滅成都火。

㊆吴邁遠詩：往來行跡稀。薄，猶疏也。

㊇王臺卿詩：拭淚不能語。

㊈《博物志》：文王夢覺，明日召太公。

人生相感動㊀，金石兩青熒㊁。丈人但安坐㊂，休辯渭與涇。龍蛇尚格鬭，灑血暗郊坰。吾聞聰明主㊃，治一作活國用輕刑㊄。銷兵鑄農器㊅，今古歲方寧。天一作文王日儉德，俊乂始盈庭㊆。榮華貴少去聲壯㊇，豈食楚江萍㊈。此勸其乘時立功，以釋人言之謗，乃正意也。

精神相感，金石爲開，況君臣之際，而不可誠格乎。今娶寡微節，何必致辯，但當勉力治朝，奮志盛年，諒弗留滯楚江已也。《杜臆》：末段方以莊語作結，淵明所云：「始則蕩以思慮，而終歸閑止。」蓋賦體也。此應前「志在麒麟閣」意。此章，起段八句，次段十句相承，中二段各八句，後兩段十句、十二句相應。錯綜之中，仍有法度。

㈠《吴越春秋》：感動上皇。

㈡劉向《新序》：楚熊渠子見其誠心，而金石爲之開。《漢·光武紀》：精誠所加，金石爲開。青熒，光色相映也。

㈢古樂府：丈人且安坐，調弦未遽央。

㈣《書》：亶聰明，作元后。

㈤《周禮》：刑新國，用輕典。

㈥農器，見十六卷。

㈦儉德、俊乂，注皆見前。《詩》：訟言盈庭。

㈧晉《曲池歌》：榮華壯盛時。

㈨《家語》：楚昭王渡江，有一物大如斗，圓而赤，取之以問孔子。曰：「此萍實也，吾昔過陳，聞童謡曰：『楚王渡江得萍實，大如斗，赤如日，剖而食之甜如蜜。』」

此詩起處超忽不凡，第五段又變幻出奇。前則取意於《南華經》，後則脱胎於《高唐賦》，乃少陵詩體中化境也，當與《渼陂行》、《桃竹杖引》、《寄韓諫議》諸章參看。

# 寄狄明府博濟

鶴注：當是大曆二年夔州作。

梁公曾孫我姨弟㈠，不見十年官濟濟上聲㈡。大賢之後竟陵遲㈢，浩蕩古今同一體。比去聲看平聲伯叔四十人，有才無命百僚底㈣。今者兄弟一百人，幾人卓絶秉周禮㈤。在汝更用文章爲，長上聲兄白眉復扶又切天啟㈥。從明府世系叙起，稱其兄弟多才。《杜臆》：不見其十年在官，濟濟上升，所謂有才無命也。百僚底，居百僚之下。長兄白眉，言博濟之兄。

㈠《狄仁傑傳》：仁傑聖曆三年卒，中宗即位贈司空，睿宗又封梁國公。舊注：母之姊妹，其子曰姨弟。

㈡《詩》：濟濟多士。

㈢《史記》：後稍凌遲衰微也。

㈣夏侯湛《抵疑》：有其才而不遇者，時也。有其時而不遇者，命也。《書》：百僚師師。

㈤《孔光傳》：非卓絶之能。《左傳》：魯猶秉周禮，未可動也。

㈥《蜀志》：馬良，字季常，兄弟五人，並有才名。諺曰：「馬氏五常，白眉最良。」良眉中有白毛，故以爲稱。《左傳》：卜偃曰：「以是始賞，天啟之矣。」

汝門請從曾翁一云公説，太后當朝音潮多巧詆一作計。楊慎云：計不在韻，當作詆㊀。狄公執政在末年，濁河終陳浩然本作中不污清濟上聲㊁。國嗣初將付諸武，公獨廷諍守丹陛㊂。禁中決策陳浩然作册決請一作詔房陵㊃，前一作滿朝音潮長上聲老皆流涕。太宗社稷一朝正，漢官威儀重平聲昭洗㊄。時危始識不世才㊅，誰謂荼苦甘如薺㊆。此追叙狄公往事，見其有功社稷。　遠注，犯顔苦節，人所畏避，此獨甘之如飴。

㊀《前漢書》：深文巧詆。

㊁《史記》：齊有清濟濁河。

㊂《漢書》：王陵面折廷諍。　沈約《廟樂歌》：重檐丹陛。

㊃《史記·趙高傳》：陛下深拱禁中。　《韓信傳》：蕭何曰：「顧王策安決。」　《唐書》：武后革唐爲周，廢中宗爲廬陵王，遷於房州。欲以武三思爲太子。仁傑數諫，且曰：「子母姑侄孰親？若立三思，廟不祔姑。」后悔悟，即日迎中宗還宮。《西漢》傳贊：灌夫一時決策，而各名顯。

㊄漢官威儀，見《光武紀》。

㊅《風俗通》：應融曰，「伯休不世英才。」

㊆《詩》：誰謂荼苦，其甘如薺。

汝曹又宜列鼎一作裂土食，身使門户多旌棨㊀。胡爲飄泊岷漢間，干謁侯王頗歷抵舊作詆，誤㊁。況乃山高水有波，秋風蕭蕭露泥泥乃里切㊂。虎之饑，下去聲巉巖㊃；蛟之横去聲，出清泚㊄。早歸來，黄土污去聲衣浩然本作黄污人衣眼易去聲眯音米㊅。末憐明德之後，飄泊依人也。

此章，首段十句，下二段各十二句。

㊀《漢書注》：棨，有衣之戟，以赤黑繒爲之。《隋志》：三品以上，則列棨戟。謝朓詩：載筆陪旌棨。

㊁歷抵，言歷至王侯之門。《揚雄傳》：抵穰侯而代之。舊作歷詆，本《息夫躬傳》：歷詆公卿大臣，但明府方事干謁，豈可詆毁當事乎。

㊂《詩》：蓼彼蕭斯，零露泥泥。

㊃嵇康《琴賦》：玄嶺巉巖。

㊄謝朓詩：寒流自清泚。梁末童謡：可憐巴馬子，一日行千里。不見馬上郎，但有黄塵起。黄塵污人衣，皂莢相料理。

㊅《字林》：眯，物入眼爲病也。《莊子》：簸糠眯目，則天地四方易位矣。

## 同元使去聲君春陵行有序

鶴注：此當大曆二年在夔州作。同，和也。

覽道州元使君結《春陵行》兼《賊退後示官吏作》二首，志之曰：當天子分憂之地，效漢官舊作朝良吏之目一作日。今盜賊未息，知民疾苦，得結輩十數公，落落然參錯天下爲邦伯，萬物吐晉作姓壯氣，天下小一作少安可待矣一作已。不意復扶又切見比興去聲體制，微婉頓挫之詞，感而有詩，增諸卷軸，簡知我者，不必寄元晉作云。《杜臆》：詩意在於救世，使人聞而興起，故序云：「簡知我者，不必寄元。」《唐書·元結傳》：代宗立，結授著作郎，久之，拜道州刺史。杜預《左傳序》：微而顯，婉而成章。陸機《遂志賦》：抑揚頓挫。

遭亂髮盡一作遽白，轉衰病相嬰一作縈。沉綿盜賊際，狼狽江漢行㈠。歎時藥力薄，爲客羸瘵成。首段，叙憂亂傷時。盜賊二句，承遭亂。藥力二句，承衰病。黄生曰：歎時二句，言身疾可醫，心疾不可醫耳。

㈠荀悦《漢紀》：周勃狼狽失據。

吾人詩家秀一作流㈠，博采世上名。粲粲元道州，前聖畏後生㈡。觀乎春陵作，欻見俊哲情。復扶又切覽賊退篇，結也實國楨㈢。賈誼昔流慟㈣，匡衡嘗引經㈤。道州憂一作哀黎庶㈥，詞氣浩縱平聲横㈦。兩章對秋月一作水，一字偕一作皆華星㈧。此稱元結憫世之作。公於詩家之流，每采其著名者，得一元道州，而爲之起畏矣。秋月華星，言當與日星並垂。

㈠《後漢·崔琦傳》：豈獨吾人之尤。

㊁《論語》：後生可畏。

㊂《詩》：王國之楨。

㊃《賈誼傳》：可爲痛哭者三。

㊄《匡衡傳》：衡爲少傅數年，上疏陳便宜，及朝廷有政議，傅經以對，言多法義。

㊅漢元帝詔：黎庶康寧。

㊆《論語》：出辭氣。

㊇《左傳序》：春秋以一字爲褒貶。《法言》：明星皓皓，華藻之力也。魏文帝詩：華星出雲間。

**致君唐虞際**㊀，**淳**一作純**朴憶**一作意**大庭**㊁。**何時降璽書**㊂，**用爾爲丹青**㊃。**獄訟永**一作久**衰息**㊄，**豈惟偃甲兵**㊅。**悽惻念誅求，薄斂近休明**㊆。**乃知正人意，不苟飛長纓**㊇。**涼飈振南嶽**㊈，**之子寵若驚**㊉。**色沮**一作阻**金印大**⑪，**興**去聲**含滄浪**一作溟**清**⑫。此稱元結愛民苦心。　偃甲兵，承退賊篇。念誅求，承春陵作。朱注：正人以下，因元詩有歸老江湖句，故及之。

《杜臆》：正人之意，不苟長纓，公與元結，心契在此。人存此心，天下治矣。

㊀應璩書：思致君於有虞，濟蒸民於塗炭。

㊁《莊子》：昔容成氏、大庭氏，結繩而用之，若此時則至治也。《左傳》云：大庭氏，古國名，在魯城内。《古史考》：大庭氏，姜姓，以火德王，號曰炎帝。《詩正義》：大庭，神農之别號。

㊂《漢·循吏傳》：二千石有治效，輒用璽書勉勵。

㈣《鹽鐵論》：公卿者，神化之丹青。《莊子》：爲丹青則藻縟王猷，粉飾治具。

㈤《漢書》：龔遂治勃海，郡中多蓄積，獄訟止息。《溪·禮樂志》：百姓素朴，獄訟衰息。

㈥司馬相如《難蜀父老文》：以偃甲兵於此。

㈦《中庸》：時使薄斂。《左傳》：王孫滿曰：「德之休明，雖小，重也。」

㈧陸機詩：長纓麗且光。

㈨黄生注：凉飈句，言其清標絶俗。南嶽，衡山也。

㈩《老子》：寵辱若驚。陶潛詩：寵辱易不驚。

㈡《晉·周顗傳》：取金印如斗大，繫肘後。

㈢《孺子歌》：滄浪之水清兮。

**我多長**子兩切**卿病，日夕思**去聲**朝**音潮**廷。肺枯渴太甚，漂泊公孫城。呼兒具紙筆**㈠**，隱**去聲**几臨軒楹。作詩呻吟内，墨淡字攲傾。感彼危苦詞**㈡**，庶幾**平聲**知者聽**平聲**。**末再叙行踪，收出和詩之意。多病，應病相嬰。漂泊，應江漢行。但前是概言，此則指出肺渴之病及在白帝城矣，語分虚實。呻吟，疾痛聲。危苦詞，即道州詩。知者聽，謂簡知我者。《杜臆》：按道州本傳，結以人困甚，不忍加賦，嘗奏免租税及和市雜物十三萬緡，又奏免租庸十餘萬緡，因之流亡盡歸，不特空言而已。此章六句起，十句結，中兩段各十四句。

㈠《荀悦傳》：尚書給筆札。

㈡《前漢·淮南厲王傳》：艱難危苦甚矣。

黄生曰：此詩前後皆自叙，自叙多言病，其筋節在「歎時藥力薄」句，知作者全是借酒杯澆塊磊也。

《砦溪詩話》曰：杜子美褒元結《舂陵行》兼《示官吏》詩云：「兩章對秋月，一字偕華星。致君唐虞際，淳朴憶大庭。」《序》又云：今盜賊未息，得結輩數十公，爲天下邦伯，天下少安，可立待已。蓋非專稱其文也。至於李義山，乃謂次山之作，以自然爲祖，以元氣爲根，無乃過乎。秦少游《漫郎》詩云：「字偕華星章對月，漏洩元氣煩揮毫。」蓋用子美、義山語也。

# 舂陵行元結詩。有序。

癸卯歲，漫叟授道州刺史。道州舊四萬餘户，經賊已來，不滿四千，大半不勝平聲賦税。到官未五十日，承諸使去聲徵求符牒二百餘封，皆曰：「失其限者，罪至貶削。」於音嗚戲音呼！若悉應其命，則州縣破亂，刺史欲焉於虔切逃罪；若不應命，又即獲罪戾，必不免也。吾將守官，静以安人，待罪而已。此州是舂陵故地，故作《舂陵行》，以達下情。《唐書·地理志》：道州江華郡，屬江南西道。《漢書》：零陵郡泠道縣，有舂陵鄉。《水經注》：都溪水，出舂陵縣北二十里。仰山縣，本泠道縣之舂陵鄉，蓋因舂溪爲名矣。漢長沙定王分以爲縣，武帝元朔五年，封王仲子買爲春陵節侯。《唐書》：大曆二年，於道州東南二百二十里，春陵侯故城北十五里，置大曆縣。《兩京賦》：收以大半之税。注：大，音太。

軍國多所須㊀，切責在有司㊁。有司臨郡縣㊂，刑法竟一作意欲施。供給豈不憂，徵斂去聲又可悲。首段，叙事言情，總提全意。當時節使以軍須責有司，故有司遂以刑法督窮民，憂則郡縣，悲在百姓也。

㊀《晉陽秋》：是時軍國多事。

㊁《玉藻》：有司，府史之屬。

㊂《釋名》：秦置郡以監其縣。

州小經亂亡㊀，遺民一作人實困疲。大鄉無十家㊁，大族命單羸㊂。朝餐是草根㊃，暮食乃樹皮㊄。出言氣欲絶，意速行步遲㊅。追呼尚不忍，況乃鞭撲之㊆。郵亭傳急符㊇，來往跡相追。更無寬大恩㊈，但有迫促期㊉。欲令平聲鬻兒女⑪，言發恐亂隨。悉使索生革切其家，而又無生資⑫。上十，經亂亡而人困疲。下八，憂供給而悲徵斂也。

㊀《周禮》：五黨爲州。《家語》：孔子曰：「一物失所，亂亡之端。」

㊁《漢・食貨志》：五州爲鄉。

㊂《周禮》：四閭爲族。《左傳》：同族五服之内。《鄒陽傳》：天下布衣窮居之士，身在貧羸。羸，

瘦也。

㈣《楚辭》：屑瓊以朝餐。　《南史》：侯景之亂，江南連年旱蝗，百姓流亡，采草根、木葉、菱芡而食之。

㈤《南齊書》：陳顯達督軍圍南鄉馬圈城，城中食盡，噉及樹皮。

㈥阮瑀詩：行步益疏遲。

㈦賈誼策：秦執鞭撲。

㈧《漢・平帝紀》：因郵亭書以聞。

㈨《韓詩外傳》：使人温良而寬大也。

⑩《參同契》：迫促時陰。

⑪《淮南子》：贅妻鬻子，以給上求。

⑫《説文》：資，貨也。生資，治生之物也。

聽彼道路言，怨傷誰復扶又切知。去冬山賊來，殺奪幾平聲無遺。所願見王官，撫養以惠慈㈠。奈何重驅逐，不使存活爲㈡。安人天子命㈢，符節我所持。州縣忽一作復亂亡，得罪復扶又切是誰。逋緩違詔令，蒙責固所宜。前賢重守分音問，惡去聲以禍福一作敗移。亦云貴守官㈣，不愛一作憂能適時㈤。上八，代爲貧民之訴，惡郡縣之刑迫。下十，擬答諸使之詞，寧受切責而不辭也。　符節，刺史所受。得罪，謂不能恤民。違詔，謂不能供應。禍敗移，畏禍而變所守。不適時，不忍剥民以逢時，此即序云守官待罪者。

㊀黄石公《素書》：仁者人之所親，有慈惠惻隱之心。

㊁《爾雅》：存，在也。活，生也。

㊂《書》：在知人，在安民。

㊃《國語》：守道不如守官。

㊄何遜詩：咸云不適時。

顧惟孱弱者㊀，正直當不虧㊁。何人采國風㊂，吾欲獻此辭。末自述己志，作歌以達下情也。此詩，六句起，四句結，中二段各十八句。

㊀《史記》：吾王孱王也。注：懦弱曰孱。孱弱謂官卑力小。

㊁《後漢·朱穆傳》：讜言正直。

㊂《漢書》：古有採詩之官，王者所以觀風俗、知人得失，自考正也。

陸時雍曰：次山詩，每有真性，淺而可諷。

吴山民曰：是真憂真憤，真慈惠人語，使俗吏讀之，能不爲之心怍而面熱？

## 賊退示官吏元結詩。 有序。

癸卯歲，西原賊入道州，焚一作殺掠一云焚燒殺掠幾平聲盡而去。明年，賊又攻永破邵，不犯此州邊鄙而退。豈力能制敵與平聲？蓋蒙其傷憐而已。諸使去聲何爲忍苦徵斂？故作詩一篇，以示官吏。朱注：按《唐・西原蠻傳》：西原種落張侯、夏永等内寇，陷道州，據城五十餘日，桂管經略使邢濟擊平之。餘衆復圍道州，刺史元結固守不下。今序云「不犯此州邊鄙」，疑史有誤。《杜詩博議》：顔魯公撰《次山墓碑》云：「君在州二年，歸者萬餘家，賊亦懷畏，不敢來犯。」與次山詩序語合，唐史之誤明矣。

昔歲逢太平，山林二十年。泉源在庭户㈠，洞壑當門前㈡。井税有常期，日晏猶得眠。忽然遭世變，數歲親戎旃㈢。首段，自叙出處。親戎旃，經兵亂也。

㈠《詩》：泉源在左。

㈡沈佺期詩：洞壑仙人館，孤峰玉女臺。

㈢《左傳》：晉中軍風於澤，亡大旆之左旃。注：繫旌曰旆，通帛曰旃。陳子昂詩：昔君事胡馬，余得奉戎旃。

今來典斯郡，山夷又紛然。城小賊不屠，人貧傷可憐。是以陷鄰境，此州獨見全。使去聲臣將王命，豈不如賊焉。此記道州時事。賊尚哀貧，而官不知憐，官蓋甚於盜矣。

今彼徵斂去聲者，迫之如火煎。誰能絶人命，以作時世賢。思欲委符節，引竿自刺郎達切船。將家就魚菱一作麥，窮一作歸老江湖邊。末則憤時而欲棄官也。時世賢，即孟子所謂今之良臣，古之民賊者。　此詩三段，各八句。

錢謙益曰：顔魯公《表墓碑》：家於武昌之樊口，歲餘，上以君居貧，起家爲道州刺史。州爲西原賊所陷，人十無一，户纔滿千，君下車，行古人之政。二年間，歸者萬餘家，賊亦懷畏，不敢來犯。既受代，百姓詣闕，請立生祠。《容齋隨筆》：《次山集》中，載其爲道州刺史，上謝表兩通，其一云：「今日刺史，若無武略以制暴亂，若無文才以救疲弊，若不清廉以身率下，若不變通以救時須，則亂將作矣。臣料今日州縣，堪徵税者無幾，已破敗者實多，百姓戀墳墓者蓋少，思流亡者乃衆，則刺史宜精選謹擇以委任之，固不可拘限官次，得之貨賄，出之權門者也。」其二云：「今四方兵革未寧，賦斂未息，百姓流亡轉甚，官吏侵刻日多，實不合使凶庸貪猥之徒、凡弱下愚之類，以貨賄權勢而爲州縣長官。」觀次山表語，但因謝上而能極論民窮吏惡，勸天子以精擇長吏。自謝表以來，未之見也。

羅大經曰：葉水心云：唐時道州西原蠻掠居民，而諸使調發符牒，乃至二百函，故元結詩以爲賊之不如。杜少陵遂有「粲粲元道州，前聖畏後生」之語。蓋一經兵亂，不肖之人，妄相促迫，草芥其民，賊猶未足以爲病，而官吏相與亡其國矣。至哉言乎。古今國家之亡，兆之者夷狄盗賊，而成之者不肖之官吏也。且非特兵亂之後，暴驅虐取吾民而已。方其變之始也，不務爲弭變之道，乃以幸變之心，施激變之術，張皇其事，誇大其功，倍生靈之性命，爲富貴之梯媒。甚者假夷狄盗賊以邀脅其君，展轉滋蔓，日甚一日，而國隨之矣。

# 秋日夔府詠懷奉寄鄭監審李賓客之芳一百韻

鶴注編在大曆二年瀼西詩内。　鄭審有湖亭在峽州。　《舊唐書》：廣德元年，李之芳兼御史大夫，使吐蕃，被留二年乃得歸，拜禮部尚書，改太子賓客。

絶塞烏蠻北㈠，孤城白帝邊。飄零仍百里，消渴已三年㈡。雄劍鳴開匣㈢，群書滿繫音計船㈣。一作所向皆窮轍，餘生且繫船。亂離心不展一作轉，衰謝日蕭然。筋力妻孥問一作覺㈤，菁華歲月遷㈥。登臨多物色，陶冶賴詩篇㈦。首叙夔府咏懷之故。　上六，言客夔已久，意欲東行。下六，言去夔不能，聊資遣興耳。絶塞、孤城，皆指夔州。公自雲安至此，百三十里，自永泰元年至此，已歷三年。劍鳴、書繫，將去夔也。身遭亂離，故易衰謝。筋力二句，承衰謝。登臨二句，起下段。

㈠晉封禪奏：地險俗殊，人望絶塞。　洙曰：嶲州以西，有烏白蠻。

㈡《杜臆》：飄零只在百里，而消渴已閱三年，二句多少傷懷。

㈢鮑照詩：雙劍將别離，先在匣中鳴。　雌沉吴江裏，雄飛入楚城。　《西京雜記》：開匣拔鞘。

㈣謝承《後漢書》：袁閎博覽群書。

㊄《記》：老者不以筋力爲禮。

㊅《卿雲歌》：菁華既竭，褰裳去之。

㊆登臨而見景物，常藉詩篇以摩寫之。《西京雜記》：棟宇物色唯舊。《顏氏家訓》：文章陶冶性靈，從容諷詠，亦樂事也。洙曰：陶如陶者之埏埴，冶如冶工之鎔鑄。

**峽東滄**一作蒼**江起，巖排古**一作石**樹圓**㊀。**拂雲霾楚氣**㊁，**朝**音潮。一作潮**海蹴**一作襯**吴天**㊂。**煮井爲鹽速**㊃，**燒畬**詩遮切**度**達各切**地偏**㊄。**有時驚疊嶂**㊅，**何處覓平川**㊆。**鸂鶒雙雙舞**㊇，**獼猴壘壘懸**㊈。**碧蘿長似帶，錦石小如錢**㊉。**春草何曾**音層**歇**⑪，**寒花亦可憐**⑫。**獵人吹戍火**⑬，**野店引山泉**⑭。此詠夔州風景。峽東四句，記山水。煮井四句，記地脈。鸂鶒六句，記物産。獵人二句，記人事，皆所謂登臨多物色也。樹拂雲而鬱霾楚氣，江朝海而浪蹴吴天。此聯可以雄蓋一世。煮井一聯，寫得奇創。疊嶂一聯，寫得駭愕。鸂鶒數句，寫得幽閑。春草寒花，寫得韶秀。吹火引泉，寫得冷雋。句句可以入畫。

㊀舊注：石樹，石楠也。王勃詩：巖朝古樹新。

㊁《地鏡圖》：楚氣似馬。

㊂《書》：江漢朝宗於海。劉庭芝詩：吴天積風霜。

㊃《蜀都賦》：濱以鹽池。劉曰：鹽池，出巴東北新井縣，水出地如湧泉，可煮爲鹽。

㊄《農書》：荆楚多畬田，先縱火熂爐，候經雨下種，歷三歲土脈竭，復熂旁山。熂，燹火燎草。爐，

火燒山界也。杜田曰：楚俗，燒榛種田曰畬。《王制》：量地以制邑，度地以居民。度地偏，言不遺僻壤也。

㊅梁武帝詩：朝雲生疊嶂。

㊆峽中地淺，故無平川。何遜詩：平川看遠鳥。

㊇《爾雅注》：鸂鶒，毛有五色。庾信詩：雙雙淚眼生。

㊈劉安《招隱》：獼猴兮熊羆。樂府詞：鬱鬱纍纍。

⑩庾肩吾詩：錦石鎮浮橋。

⑪謝靈運詩：春草亦未歇。

⑫張協詩：寒花發黃草。

⑬趙曰：時有屯戍在白帝城，獵人吹火於此。庾信詩：獵火一山紅。

⑭洙曰：峽民依山而居，故以竹引山泉。

喚起搔頭急，扶行幾屐穿㊀。兩京猶薄産㊁，四海絶隨肩㊂。幕府初交辟㊃，郎官幸備員㊄。瓜時猶一作仍。一作拘旅寓㊅，萍泛苦一作若貪緣㊆。藥餌虛狼籍㊇，秋風灑靜便平聲㊈。開襟驅一作祛瘴癘⑩，明目掃一作拂雲烟⑪。高宴諸侯禮⑫，佳人上客前⑬。哀箏傷老大⑭，華屋艷神仙⑮。南内開元曲⑯，當他本作常。盧本作當時弟子傳⑰。原注：都督柏中丞筵，聞梨園弟子李仙奴歌。法歌聲變轉⑱，滿座涕潺湲⑲。此咏在夔情事。喚起、扶行，乃衰頽之狀，皆因偃蹇淪落所致，二句作引端。兩京四句，叙客變之由。瓜時六句，病中所對之境，苦中有樂意。高宴八句，旅中所觸之懷，樂處有哀思。心煩悶，故搔頭。路崎嶇，故屐穿。薄産，田園久荒。隨肩，故交日替。幕府二句，憶嚴武薦引。旅寓二句，應前飄零。藥餌二句，應前消疾。開襟明目，承上秋風。高宴四句，見節鎮之繁華。南内四句，感明皇之逸豫。後數語，又引起下段。

㈠師氏以喚起爲晨鳥，以扶行爲竹杖。《冷齋詩話》：退之詩：「喚起窗前曙，催歸日未西。無心花裏鳥，更與盡情啼。」喚起、催歸，二鳥名。催歸，子規也。喚起，聲如絡絲，圓轉清亮，偏於春曉鳴，江南謂之春喚。《易林》：鳩杖扶老。陶潛《歸去來辭》：策扶老以流憩。《西京雜記》：武帝過李夫人，取玉簪搔頭。《晉書》：阮孚嘗自蠟屐，因歎曰：「未知一生能著幾兩屐。」

㈡兩京，謂長安洛陽。沈佺期詩：上京無薄産。

㈢《記》：五年以長，則肩隨之。

㈣蔡邕薦邊讓於何進曰：「幕府初開，博選清英。」

㈤《申屠嘉傳》：爲丞相，備員而已。

㈥《左傳》：齊侯使連稱、管至父戍葵丘，曰：「瓜時而往，及瓜而代。」

㈦謝靈運詩：蘋萍泛深沉。《吴都賦》：夤緣山岳之岊。《韻會》：夤緣，連絡也。

㈧謝靈運詩：藥餌情所止。　狼籍，出《漢書》。

㈨謝靈運詩：還得静者便。

〔一〇〕《登樓賦》：向北風而開襟。

〔一一〕《唐書》：韋思謙曰：「須明目張膽以報天子。」　顏延之詩：城闕生雲烟。

〔一二〕庾信詩：將軍高宴罷。

〔一三〕古詩：主人愛上客。

〔一四〕魏文帝書：哀筝傾耳。

〔一五〕曹植《箜篌引》：空存華屋處。　古詩：金屋羅神仙。

〔一六〕《唐書》：興慶宮，在皇城東南，距京城之東。開元初置，至十四年又增廣之，謂之南内。

〔一七〕《唐會要》：開元二年，上於梨園自教法曲，號皇帝梨園弟子。又：太常梨園，別教院法歌樂章曲等。

〔一八〕朱注：白居易詩：「法曲法曲合夷歌，夷聲邪亂華聲和。以亂干和天寶末，明年胡塵犯宫闕。」自注云：玄宗雖雅好度曲，然未嘗使蕃漢雜奏。天寶十三年，始詔諸道調法曲與胡部新聲合作，識者深嘆異之，明年冬，禄山反。　隋李孝貞詩：間關既多緒，變轉復無窮。

〔一九〕孔子《丘陵歌》：涕霣潺湲。

弔影夔州僻〔一〕，回腸杜曲煎〔二〕。即今龍廐水〔三〕，莫帶犬戎羶〔四〕。耿賈扶王室〔五〕，蕭曹拱御筵〔六〕。乘一作秉威滅蜂蠆〔七〕，戮力效川本作教鷹鸇〔八〕。舊物森猶在〔九〕，凶徒惡未悛〔一〇〕。國須行戰伐〔一一〕，人憶止戈鋋〔一二〕。奴僕何知禮〔一三〕，恩榮錯與權〔一四〕。胡星一彗孛川作闇〔一五〕，黔首川作首惡遂拘攣㉖。哀痛絲綸切㉗，煩苛一作頻煩法令蠲㉘。業成陳始王去聲㉙，兆喜出於畋㉚。宮禁經綸密㉛，台階翊戴全㉜。熊羆載吕望㉝，鴻雁美周宣㉞。此回憶長安時事。

夔州句，承上。杜曲句，領下。龍廄水羶，吐蕃陷京也。耿賈四句，思靈武將相。舊物四句，惡當時叛將。奴僕四句，推禍本於程元振。哀痛以下，指代宗還京之事。舊物，謂帝京如故。凶徒，如李懷玉之逐侯希逸，僕固懷恩之誘吐蕃是也。王道俊《博議》：公以代宗不能往問河北之罪，而但慕止戈之名，養成禍亂，故曰：「國須行戰伐，人憶止戈鋋。」蓋傷之也。盧注：程元振以奴僕而錯與大權，致將士懈心，外夷入寇，而生民困苦。舊指禄山爲奴僕者，非。朱注：《舊紀》：永泰元年正月，下制罪己。二年十一月，大赦改元，停什畝税一法。此所謂哀痛切、煩苛蠲也。錢箋：始王，指代宗初政。於畋，以文王出獵，喻代宗幸陝。宮禁二句，承陳始王，自君身説到群臣。熊羆二句，承出於畋，自大臣説歸人主。熊羆，蓋指郭子儀也。

㊀《陳情表》：形影相弔。

㊁《高唐賦》：感心動耳，回腸傷氣。　杜曲，公故居。　司馬遷書：腸一日而九迴。

㊂原注：西京龍廄門，苑馬門也，渭水流苑門内。《通鑑注》：唐禁苑南門，直宮城之玄武門，北枕渭水，苑内有飛龍、祥麟、鳳苑等六廄。

㊃莫帶，莫不尚帶餘羶也。

㊄《後漢書》：論耿賈之洪烈。

㊅《丙吉傳贊》：高祖開基，蕭曹爲冠。此借比李郭諸功臣。

㊆《左傳》：蜂蠆有毒，而況國乎？《書》：與之戮力。

㊇《左傳》：見無禮於君者，誅之如鷹鸇之逐鳥雀。

㊈又：祀夏配天，不失舊物。

㊉《晉史論》：招烏合之凶徒。《左》：長惡不悛。

⑪《孔叢子》：今君生戰伐之世。

⑫《光武紀》：道未方古，亦止戈之武焉。《東都賦》：戈鋋彗雲。注：鋋，小矛也。

⑬《公孫弘傳贊》：衛青奮於奴僕。

⑭謝靈運詩：何以報恩榮。《説苑》：管子曰：「權不兩錯，政不一門。」

⑮《前漢・天文志》：昴曰旄頭，胡星也。張晏曰：彗，所以除舊布新，孛氣似彗也。

⑯《史記・秦本紀》：憂恤黔首。《西征賦》：陋吾人之拘攣。

⑰《前漢・西域傳贊》：武帝末年，遂棄輪臺之地，下哀痛之詔。《記・緇衣》：王言如絲，其出如綸。

⑱《前漢・循吏傳》：掃除煩苛。《秦本紀》：法令如一。

⑲《詩序》：《七月》，陳王業也。周公遭變，陳后稷先公風化所由，致王業之艱難也。

⑳《書》：文王不敢盤於遊田。

㉑《梁竦傳》：宮省事密，莫有知者。《易》：君子以經綸。

㉒《東方朔傳》：願陳泰階六符。應劭曰：泰階，天之三階也，上階爲天子，中階爲諸侯公卿，下階爲士庶人。王儉作《褚淵碑文》：外曜台階。魏神武帝傳檄方鎮曰：天方與魏，必將有主，翼戴聖明。

㉓洪容齋《隨筆》：《史記》載：西伯出獵而遇太公，其卜辭，乃非龍非彲，非虎非羆。崔駰《達旨》引《史記》作非熊非羆，此杜詩所本也。

㉔《詩序》：《鴻雁》，美宣王也。美其能勞來還定安集也。

側聽中興主①，長吟不世賢②。音徽一杜數音朔③，道里下牢千④。原注：鄭在江陵，李在夷陵。鄭李光時論，文章並我先。陰何尚清省，沈宋欻聯翩⑤。律比崑崙竹⑥，音知燥濕絃⑦。風流俱善價⑧，愜當去聲久忘筌⑨。置驛常如此⑩，登龍蓋有焉⑪。雖云隔禮數⑫，不敢墜周旋⑬。高視收人表⑭，虛心味道玄⑮。馬來皆汗血，鶴唳必青田⑯。羽翼商山起⑰，蓬萊漢閣連⑱。管寧紗帽净一作静⑲，江令錦袍鮮⑳。東郡時題壁㉑，南湖日扣舷㉒。遠遊凌絶境㉓，佳句染華箋㉔。此稱頌鄭李二公。側聽句，承上。長吟句，領下。音徽數，鄭書頻至。道里千，李居不遠。鄭李八句，稱二公詩才。置驛八句，稱二公交誼。羽翼八句，稱二公宦迹。荆州有一杜觀，峽州有下牢關。置驛，切鄭。登龍，切李。周旋，公願與往來也。收人表，言其愛士。味道玄，言其好道。馬來、鶴唳，喻人才樂歸。趙曰：李爲太子賓客，故用四皓事。鄭係秘書少監，故近蓬萊閣。鄭已退居，故比管寧紗帽。李方在朝，故比江令錦袍。朱注：夷陵郡，在夔州之東，故曰東郡。南湖，即鄭監湖亭。錢箋：東郡、南湖，歎二公之冗散，惜其賢而不見用也。

㈠《雋不疑傳》：側聽不疑。衛宏《詩序》：宣王任賢使能，周室中興焉。

㈡應瑒詩：永思長吟。曹植曰：不世之賢。

㈢陸機詩：音徽日夜離。

㈣虞茂詩：關山多道里。下牢關，注別見。

㈤陰鏗、何遜、沈佺期、宋之問，以比鄭、李之詩。《文心雕龍》：陸士龍雅好清省。朱昇詩：或賦聯翩之章。

㈥《漢・律曆志》：黄帝使伶倫去大夏之西、崑崙之陰，取竹嶰谷，斷兩節，間而吹之，以爲黄鐘之宮。

㈦《韓詩外傳》：夫時有燥濕，絃有緩急，徽指推移，不可記也。《廣絶交論》：客所謂撫絃徽音，未達燥濕變響。

㈧《晉書》：天下言風流者，以王樂爲首。王衍、樂廣也。善價，見《論語》。

㈨《摯虞傳》：辭理愜當，爲世所重。陸機《文賦》：愜心者貴當。《莊子》：得魚而忘筌。

㈩《漢書》：鄭當時常置驛馬長安諸郊，請謝賓客。

⑪後漢李膺獨持風裁，有被延接者，名爲登龍門。

⑫任昉詩：生平禮數絶。

⑬《左傳》：奉以周旋，不敢失墜。

⑭曹植《與楊修書》：足下高視於上京。《任彦升集》：經師人表。

⑮《老子》：虚其心，實其腹。又：玄之又玄。《答賓戲》：味道之腴。《五君詠》：探道好淵玄。

⑯汗血馬、青田鶴，注皆別見。

⑰《張良傳》：四人者隱商雒山，從太子，上召戚夫人指示曰：「彼羽翼已成，難動矣。」

⑱《後漢書》：學者稱東觀爲老氏藏室，道家蓬萊。

⑲管寧紗帽，注別見。

⑳《江總集·山水衲袍賦序》云：皇儲監國餘辰，勞謙終宴，有令以衲袍降賜。賦云：「裁縫則萬壑縈體，針縷則千巖映目。埒符采於雕焕，並芬芳於蘭菊。」袍之鮮麗可知。

㉑錢箋：江陵，漢舊縣，屬南郡。《史記》：江陵故郢都，西通巴巫，在巴巫之東，故曰東郡。《南史》：何思澄少勤學工文，爲《游廬山》詩，沈約見之，大相稱賞，郊居宅新構閣齋，因命工人題此詩於壁。

㉒謝靈運《山居賦》：卷扣舷之逸曲，感江南之哀嘆。

㉓《楚辭》有《遠遊》篇。或曰：遠遊，履名。《洛神賦》：踐遠遊之文履。《桃花源記》：來此絶境。

㉔《世説》：每至佳句。　華箋，蜀箋也。

每欲孤飛去㊀，徒爲百慮牽㊁。生涯已寥落㊂，國步尚一作乃迍邅㊃。衾枕成蕪没㊄，池塘作棄捐㊅。別離憂怛怛㊆，伏臘涕漣漣㊇。露菊斑豐鎬㊈，秋蔬一作菰影澗瀍㊉。共誰論平聲昔事⑪，幾處有新阡⑫。富貴空回首，喧争懶著陟略切鞭⑬。兵戈塵漠漠⑭，江漢月娟娟⑮。局促看平聲秋燕⑯，蕭疏聽晚蟬⑰。雕蟲蒙記憶⑱，烹鯉問沉綿⑲。此段，承前起後，作通篇過峽。　每欲十句，承杜曲一段，傷故里難歸。共誰十句，承鄭李一段，喜知交足慰。　百慮牽，包下八句。生涯，愁在身。國步，憂在國。衾枕池塘，無家可問矣。別離，悲弟妹。伏臘，思祖父。豐鎬澗瀍，念及東西二京也。又言故人凋謝如此，己亦懶於進取矣，今託身兵戈江漢之間，徒增局促蕭條耳，幸蒙二公記問，真舊交中不可多得者。

㊀《雪賦》：瞻雲雁之孤飛。

㊁江淹詩：撫枕懷百慮。

㊂《莊子》：吾生也有涯。

㊃《詩》：國步斯頻。　蔡邕《述行賦》：塗迍邅其蹇連兮。

㊄錦衾角枕，見《毛詩》。

㊅隋孫萬壽詩：蓬萊雖已變，池塘尚所思。　《吴越春秋》：體骨棄捐。

㊆《詩》：勞心怛怛。

⑧《漢·楊惲傳》：歲時伏臘。《風俗通》曰：臘者，獵也。獵取獸以祭祖先。師古曰：建丑之月爲臘祭。《詩》：泣涕漣漣。

⑨又：作邑於豐。又：鎬京辟雍。注：鎬京，在豐水之東，相去三十五里。

⑩《周書》：我乃卜澗水東、瀍水西。

⑪張華詩：昔事歷歷記，獨坐向誰論。

⑫《風俗通》：阡謂之冢。崔融詩：京兆新阡闢。

⑬《世説》：劉琨曰：「常恐祖生先我著鞭。」

⑭王褒詩：漠漠村烟起。

⑮鮑照詩：娟娟似娥眉。

⑯《漢書》：局促如轅下駒。

⑰謝惠連詩：蕭疏野趣生。

⑱《揚子》：童子雕蟲篆刻，壯夫不爲。

⑲古詩：呼童烹鯉魚，中有尺素書。　王勣《久客病歸》詩：沉綿赴漳浦。

卜羡君平杖①，偷存子敬氈②。囊虚把釵釧③，米盡拆花鈿④。甘子陰涼葉⑤，茅齋八九椽⑥。陣圖沙北岸⑦，市暨音既瀼西巔⑧。羈絆心常折⑨，棲遲病即痊⑩。紫收一作秧岷嶺一作下芋⑪，白種陸池一作家蓮⑫。色好梨勝平聲頰⑬，穰多栗過拳⑭。敕厨惟一味⑮，求飽或三鱣㊅。俗異鄰鮫室㊆，一云兒去看魚笱。朋一作人來坐馬韉㊇。縛柴門窄窄，通竹溜涓涓㊈。塹抵公畦稜去聲㊉，村依野廟堧壖同。而宣切㊀。缺籬將棘拒，倒石賴藤纏㊁。

此答二公之問，備述居夔秋況。　鄭李必問及居處飲食，故答詞獨詳。卜羡四句，夔州飲食。甘子四句，夔州居室。　羈絆八句，仍申飲食。俗異八句，仍申居室。　卜杖存氈，生計艱難。把釵拆鈿，藉供日用。沙北瀼西，乃甘陰結齋之處。心折病痊，答書中沉綿之問。紫芋數者，見物産之佳。鄰鮫既危，坐韉復窘，柴門之中，唯存竹溜而已。抵畦依廟，村居外景；拒棘纏藤，村居内景也。

㊀洙曰：君平卜筮於成都，得百錢足自養，則閉肆下簾而授《老子》。阮宣子常步，以百錢掛杖頭，至酒店，便得酣暢。

㊁子敬氈，見首卷。

㊂釵釧，見《官軍臨賊濠》詩。

㊃庾肩吾詩：縈環照鏡曉，誰忍去花鈿。

㊄《南史》：顧初牽牛陰涼木下。

㊅徐陵詩：茅齋本自空。

㊆《桓温傳》：初，諸葛亮造八陣圖於魚復平沙之上。

㊇原注：峽人目市井泊船處曰市暨，江水横通山谷處，方人謂之瀼。

㊈《晉・載紀》：馬能千里，不免羈絆。　心折，見《别賦》。

〔一〇〕《詩》：衡門之下，可以棲遲。
〔一一〕《貨殖傳》：岷山之下，沃野千里，下有蹲鴟，至死不飢。注：蹲鴟，芋也。
〔一二〕《御覽》：任昉《述異記》：吴中有陸家白蓮種，顧家斑竹。
〔一三〕《蜀都賦》：紫梨津潤。
〔一四〕《西京雜記》：上林苑有嶧陽栗，嶧陽都尉曹龍所獻，大如拳。穰，豐穰也。
〔一五〕《古隴西行》：談笑未及竟，右顧敕中厨。《王羲之傳》：有一味之甘，割而分之。
〔一六〕《論語》：食無求飽。《楊震傳》：有冠雀銜三鱣魚，飛集講堂前。錢箋：《後漢書注》：鱣，音善。臣賢按《續漢》及《謝承書》，鱣字皆作鱓，然則鱣、鱔古字通。《顔氏家訓》：孫卿云魚鼈鰌鱣，《韓非》、《説苑》皆曰鱣似蛇，蠶似蠋，並作鱣字。假鱣爲鱓，其來久矣。按《楊震傳》，三鱣音善，所謂假鱣爲鱓者也。《爾雅·釋魚》音知然反。陸德明《音義》張連反，即黄魚也。此鱣鮪之鱣，杜詩所謂三鱣也，蓋用《楊震傳》三鱣，而兼取郭、陸音釋，未知當否。吴曾曰：以《楊震碑》考之，則云：貽我三魚，以辨懿德。稱鱓未必皆得其真也。
〔一七〕俗異，猶云異俗。《文選》：鮫人織綃於泉室。當作俗異鄰鮫室。此段本言居室，不當插入魚笱。《詩》：敝笱在梁，其魚魴鰥。注：笱，以竹爲之，魚入其中。
〔一八〕《晉書》：范逵嘗過陶侃家，時大雪，乃撤所卧薦自剉給其馬。朱注：舊注：《戰國策》：蘇秦激張儀令相秦，以馬薦席坐之。按：「朋來坐馬薦」，猶云「坐客寒無氈」也，與蘇、張事不合。且舊注引

《國策》，《藝文類聚》又引《史記》，今《國策》、《史記》並無此文。　吴注：坐當作剉，用陶侃事也。

〔一九〕「通竹溜涓涓」，即前「野店引山泉」，但前是概言夔俗，此乃專叙瀼居，不妨一事兩用。　陶辭：泉涓涓而始流。

〔二〇〕張末曰：公畦，官園也。　原注：京師農人指田遠近，多云幾稜。稜，岸也，音去聲。　朱注：按《韻書》，稜字無去音，蓋方言也。　陸龜蒙詩：我本曾無一稜田，平生笑傲空漁船。　稜亦作去聲用。

〔二一〕《晁錯傳》：鑿太上皇廟堧垣。　師古曰：堧者，内垣外遊地。

〔二二〕薛道衡詩：卧石藤爲纜。

借問頻朝音潮謁，何如穩醉一作晝眠〔一〕。　誰云行不逮一作達，自覺坐能堅。　霧雨銀章澀〔二〕，馨香粉署妍〔三〕。　紫鸞無近遠〔四〕，黄雀任翩翾〔五〕。　困學違從衆，明公各勉旃〔六〕。　聲華夾宸極〔七〕，早晚到星躔〔八〕。　懇諫留匡鼎〔九〕，諸儒引服舊作伏虔〔一〇〕。　不過平聲。一作逢輸鯁直〔一一〕，會是正陶甄〔一二〕。　宵旰憂虞軫〔一三〕，黎元疾苦駢〔一四〕。　雲臺終日畫〔一五〕，青簡爲去聲誰編〔一六〕。　此因身既辭官，望二公入朝以佐主。　上十句，公自述。　下十句，勗鄭李。　朝謁不預，則起居自適，亦何羡章署之榮乎。　所以黄雀卑飛，唯知舊學，而紫鸞高舉，端屬明公矣。　朱注：二公當勉爲公輔之業，引賢士，進讜言，以匡正天下。　今上方宵旰，民多疾苦，雲臺雖有功臣，而青簡垂名，非二公其誰屬耶。

〔一〕曹景宗詩：「借問路傍人，何如霍去病。」此用其句法。　沈佺期詩：雞鳴朝謁滿。　《南史》：朱百年飲酒醉眠。

〔二〕《前漢·公卿表》：銀章印龜鈕。其文曰章，謂刻其官之章也。

〔三〕趙曰：省謂之蘭者，以諸郎官握蘭含香也，故云馨香。又謂之畫省者，以粉畫之也，故云粉署。

〔四〕陳子昂詩：驅馳翠虯駕，伊鬱紫鸞笙。

〔五〕漢歌謡：桂樹華不實，黄雀巢其顛。《鸚鵡賦》：育翮翮之陋體兮。

〔六〕困學、從衆，俱出《論語》。違衆，謂不合時宜。《後漢·皇甫嵩傳》：嵩答董卓曰：「昔與明公，俱爲鴻鵠。」《楊惲傳》：方當盛漢之隆，願勉旃，無多談。旃，語助詞。

〔七〕劉峻書：聲華無寂。殷仲文《自解表》：宸極反正。

〔八〕《韓非子》：無早晚之失。洙曰：郎官象列星，諸侯象四七，宰相法三台，皆星躔也。束晳詩：星變其躔。《漢書》：日月初躔星之紀。注：躔，舍也。

〔九〕《匡衡傳》：諸儒爲語曰：「無説詩，匡鼎來；匡説詩，解人頤。」張晏曰：衡，少時字鼎，長乃易字稚圭。《西京雜記》：鼎，衡小名。

〔一〇〕《後漢·儒林傳》：服虔，字子慎，少以清苦建志，入太學受業，善著文，舉孝廉。

〔一一〕輸，猶獻也。《荀子》：君有忠臣，謂之骨鯁。

〔一二〕《揚子》：甄陶天下在和。《漢書音義》：陶家名樸下員轉者爲鈞，以其制器爲大小。

〔一三〕《饋食禮》：纚笄宵衣。《左傳》：楚君大夫其旰食乎。《易》：憂虞之象也。

〔一四〕《孝經鈎命訣》：授圖子黎元。劉琨《勸進表》：司牧黎元。《漢書》：問民疾苦。軫、駢，湊集之意，取義於車馬也。

⑮雲臺，注別見。

⑯《文選》載劉向《別録》：治竹青作簡書，謂之青簡。又見《後漢·吴祐傳》。

行路難何有①，招尋興去聲已專②。由來具飛檝③，暫擬控鳴弦④。身許雙峰寺⑤，門求七祖禪⑥。落帆追宿昔，衣褐向真詮⑦。安石名高晉，原注：鄭高簡，得謝太傅之風。昭王客赴燕平聲。原注：李宗親，有燕昭之美。燕，周之裔。途中非阮籍，查上似張騫。披拂一作晤。晉作豁雲寧在⑧，淹留景不延⑨。風期終破浪⑩，水怪莫飛涎⑪。他日辭神女⑫，傷春怯杜鵑⑬。淡交隨聚散⑭，澤國遶迴旋⑮。此欲出峽求禪，與二公相晤於江陵。行路招尋，爲通節之綱。飛檝二句，承行路。身許四句，承招尋。安石四句，欲訪二公，亦承招尋。披拂四句，將赴荊門，亦承行路。他日四句，去夔留荊，雙結行路招尋。控鳴弦，備不虞。追宿昔，遂初願也。雙峰七祖，言不落旁門小乘。鄭比安石，公則仰其名高。李比燕昭，公則願爲燕客。有地主，可免途窮。駕浮舟，有似乘槎。公詩「窮途阮籍幾時醒」，又云「奉使虚隨八月槎」，皆屬自言。雲寧在，景不延，急於去夔矣。淡交，指夔人。迴旋，往復於鄭李也。

①古樂府有《行路難》。

②杜審言詩：招尋獨有君。

㊂《海賦》：飛迅鼓檝。

㊃《西域傳》：控弦者十餘萬。

㊄按：雙峰有兩處。《舊唐書》：道信與弘忍，並住蘄州雙峰山東山寺，故謂其法爲東山法門。姚寬《西溪叢語》引《寶林傳》云：能大師傳法衣，在曹溪寶林寺。寶林後枕雙峰，則曹溪亦稱雙峰矣。周篆曰：昔至嶺南，見曹溪地形，前對三峰，後擁兩峰，但不名雙峰寺。

㊅七祖亦有兩派，達摩傳慧可，可傳僧粲，粲傳道信，信傳弘忍，此五祖也。忍傳能大師，是謂六祖，其徒復以菏澤當七祖，此南宗之餘裔也。《中岳越禪師記》則云：弘忍傳大通，大通傳大照。此北宗又竊附於六祖、七祖也。考：能師既没，法衣不傳，則南宗七祖，固失真傳，而北宗上無承受，篡名兩祖，尤爲謬種矣。詩云「門求七祖禪」，意蓋主於南宗也。師氏曰：自達摩至慧能，謂之中華六祖。六祖之道，至肅宗時方盛，肅宗嘗自曹溪請其衣鉢供養，是六祖與子美同時先後人也，故求禪言七祖，而不言六祖。

㊆何遜詩：解纜及朝風，落帆依瞑浦。許旌陽《石函記》：從兹得作真詮客。

㊇《莊子》：孰居無事而披拂是。

㊈《楚辭》：蹇淹留而無成。謝靈運詩：尋異景不延。

㊉風期，恐是言風信。虞世基詩：伊昔風期早。《南史》：宗慤曰：「願乘長風，破萬里浪。」

⑪《孔子世家》：水之怪龍、罔象也。《江賦》：揚鬐掉尾，噴浪飛涎。

⑫神女，注見前。

⑬《蜀都賦》：鳥生杜鵑之魂。

⑭《記》：君子之交淡若水。

⑮澤國，見《周禮》。《史記》：漢長沙定王曰：「國小地狹，不足回旋。」

本自依迦葉音攝①，何曾音層藉偓佺②。爐峰生轉眄③，橘井尚高褰④。東走窮歸鶴⑤，南征盡跕都牒切鳶⑥。晚聞多妙教⑦，卒踐塞先則切前愆⑧。顧愷丹青列⑨，頭陀琬琰以冉切鐫⑩。衆香深黯黯⑪，幾地肅芊芊⑫。勇猛爲心極⑬，清羸任體孱⑭。金篦空刮眼⑮，鏡象一云平等未離一云難銓⑯。此申上「門求七祖禪」，以終詠懷之意。迦葉、偓佺，言仙不如佛。爐峰四句，欲遍遊佛地。晚聞六句，欲精參佛理。勇猛四句，期於懾象以歸空也。此章，十二句起，十六句者兩段，二十句者四段，二十四句者兩段，二十八句者一段。

①《彌勒成佛經·彌勒佛讚》言大迦葉比丘，是釋迦牟尼佛大弟子。《傳燈録》：迦葉，摩竭陀國人，姓婆羅門，爲天竺二十五祖之首。

②《列仙傳》：偓佺，槐山採藥父也，食松實，形體生毛數寸，能飛行，逐走馬。

③爐峰，在廬山。《洛神賦》：轉眄流精。

④朱注：橘井，在馬嶺山上，故云高褰。《天台賦》：游氣高褰。褰，開也。

⑤遼東歸鶴，見《卜居》詩注。

㈥《馬援傳》：援擊交阯，謂官屬曰：「我在浪泊西里間，下潦上霧，毒氣薰蒸，仰視飛鳶，跕跕墮水中。」

㈦釋氏有妙覺之説，故云妙教。

㈧沈約《懺悔文》：收遜前愆，洗濯今慮。　六祖曰：懺者，懺其前愆；悔者，悔其後過。

㈨顧愷之嘗於瓦棺寺畫維摩詰像。

㈩《姓氏英賢録》：王屮，字簡栖，爲《頭陀寺碑》，文詞巧麗，爲世所重。　琬琰，言如玉之貴。《楚辭》：懷琬琰之英華。

⑪《法華經》：擊大法鼓，燒衆名香。《天台賦》：衆香馥以揚烟。　何遜詩：黯黯連嶂陰。

⑫《決定經》：不捨初地，入於二地，乃至十地。　《籍田賦》：碧色肅其芊芊。

⑬張君祖詩：練神超勇猛。《楞嚴經》：發大勇猛，行諸一切難行法事。

⑭《顧野王傳》：體素清羸。

⑮鶴注：《法苑珠林》：後周張元，其祖失明，元讀經燃燈，夢一翁以篦療之，後三日果痊。《涅盤經》：如目盲人爲治目，故造諸良醫，即以金篦刮其眼膜。

⑯《圓覺經》：諸如來心，於中顯現，如鏡中象。　朱注：《説文》：銓，衡也。　一曰度也。　言金篦雖可刮去眼膜，而執鏡象以爲實有，則猶未離銓量之間也。

王嗣奭曰：題屬《詠懷》，故篇中詳於自叙，而轉換穿插，妙合自然，唐人百韻詩，杜公首倡，句句精緻，字字峭拔，真千古獨擅之長。

盧世㴶曰：此是集中第一首長詩，其中起伏轉折，頓挫承遞，若斷若續，乍離乍合，波瀾層疊，竟無絲痕，真絶作也。風流善價，愜當忘筌，即可取此語以評此詩。

張溍曰：此詩才大而學足以副之，故能隨意轉合，曲折自如。其忽自叙，忽叙人，忽言景，忽言情，忽紀事，忽立論，忽述見在，忽及已前，皆過接無痕，而照應有法。

洪容齋《隨筆》曰：詩至百韻，詞意既多，故有失於檢點者，此詩「滿座涕潺湲」與「伏臘涕漣漣」爲重意。

張溍曰：「不敢墜周旋」與「澤國遶迴旋」爲重韻。

詩題詠懷寄友，是賓主兩意，此詩或分或合，極開闔變化，錯綜恣肆之奇，而按以紀律，却又結構完整。刻本割裂段落，多寡不匀，幾於亂絲難理。今分作十段，每段各有起止，各有承轉，天然位置，不容毫髮混淆，此在讀者詳玩耳。　詩有近體，古意衰矣；近體而有排律，去古益遠矣。考唐人排律，初惟六韻左右耳。長篇排律，起於少陵，多至百韻，實爲後人濫觴。元白集中，往往疊見，不免誇多鬬靡，氣緩而脈弛矣。此篇典雅工秀，才學既優，而部伍森嚴，章法尤爲精密。短章詩斷處多用突接，長排體則須用鉤挑之法。每段出落處，回顧上文者爲鉤，逗起下文者爲挑，必層層連絡，各有關合照應，否則散漫不屬矣。玩此詩，逐段鉤挽挑逗，俱見作法之巧。

# 寄劉峽州伯華使去聲君四十韻

鶴注：當是大曆二年在瀼西作。《唐書》：峽州夷陵郡，屬山南東道。

峽内多雲雨，秋來尚鬱蒸㈠。遠山一作天朝音潮白帝，深水謁一作出夷陵㈡。首言夔峽相去之近。上二記時，下二記地。

㈠傅玄詩：呼吸氣鬱蒸。

㈡何遜詩：天暮遠山前。白帝，在夔州。夷陵，指峽州。趙曰：謁對朝字爲工。

遲暮嗟爲客，西南喜得朋㈠。哀猿更平聲起坐，落雁失飛騰。伏枕思瓊樹㈡，臨軒對玉繩㈢。青松寒不落㈣，碧海闊逾澄㈤。此乃思念劉君，賓主並叙。哀猿二句，自比爲客。瓊樹四句，申言得朋。瓊樹難見，而空對玉繩，望劉之切也。青松比其勁節，碧海比其寬量。

㈠《易》：西南得朋。朱注：夔在中州之西南。

㈡江淹賦：願一見顔色，不異瓊樹枝。瓊樹，玉樹也，在崑崙山，故難見。

㈢謝朓詩：玉繩低建章。

㈣《魏略》：王昶曰：「松柏之茂，隆寒不衰。」何敬祖詩：青青嶺上松，光色冬夏茂。

㈤《十洲記》：扶桑在碧海之中。

昔歲文爲理當作治，避唐諱也，群公價盡增。家聲同令聞去聲㈠，時論以儒稱㈡。太后當一作臨朝音潮肅㈢，多才接迹昇。翠虛捎所交切魍魎㈣，丹極上時掌切鯤一作鵾鵬㈤。宴引春壺酒一作滿，恩分夏簟冰㈥。雕章五色筆㈦，紫殿九華燈㈧。學並盧王敏，書偕褚薛能㈨。老兄真不墜㈩，小子獨無承。此追遡先世淵源。文爲理，唐初以文治世也。群公，指當時才士。家聲，謂公祖審言。令聞，指劉祖允濟。捎魍魎，小人遠遁。上鯤鵬，賢士登朝。宴引二句，言寵遇之優。雕章四句，言才名之盛。不墜、無承，引起下文。

㈠《詩》：令聞令望。

㈡《周・王褒傳》：不以地位矜物，時論稱之。

㈢《唐書》：劉允濟，武后朝上《明堂賦》，手詔褒美。

㈣《甘泉賦》：捎夔魖而抶獝狂。注：捎、抶，皆擊也。王延壽《夢賦》：捎魍魎，拂諸渠。

㈤《莊子》：北溟有魚，名曰鯤，化而爲鳥，名曰鵬。

㈥江淹詩：夏簟清兮冬不暮。

㈦《三國典略》：齊蕭慤嘗於秋夜賦詩，邢子才曰：「蕭之斯文，可謂雕章間出。」《周史》：滕、趙二王，雕章間發。　《南史》：江淹嘗宿冶亭，夢一丈夫，自稱郭璞，謂淹曰：「吾有筆在卿處多年，可以見還。」淹乃探懷中，得五色筆一，以授之。

㊇謝朓詩：紫殿肅陰陰。《漢武内傳》：七月七日西王母至，帝掃除宫内，然九光之燈。《西京雜記》：元日燃九華燈於終南山上，照見百里。

㊈盧、王，盧照鄰、王勃。褚、薛，褚遂良、薛稷也。錢箋：《唐書》：劉允濟博學善屬文，與王勃早齊名，垂拱四年，拜著作郎。詩云「學並盧王」，又與公祖審言同事天后，知必爲允濟也。胡震亨曰：詳詩語，其先當是劉憲也。憲與公之祖審言同列。《文藝傳》：憲在則天時，累官冬官員外郎，審言亦爲膳部員外郎，是爲接迹昇也。憲常受詔推按來俊臣，嫉其酷暴，欲因事繩之，反爲俊臣所搆坐貶，故云「翠虚捎魍魎」。俊臣貶，憲轉鳳閣舍人，景龍中，與審言同直修文館，故云「丹極上鵾鵬」也。朱注：唐史，二劉皆以來俊臣搆貶官，後皆轉鳳閣，直修文館，但憲文名不甚著，史稱審言雅善五言詩，工書翰，有能名，此云學並盧、王，書兼褚、薛，以劉與審言並稱，必屬允濟無疑也。審言子并以手刃周季重被殺，蘇頲爲墓誌，允濟爲祭文，則二公交契之厚可知矣。《新書·薛稷傳》：初虞世南、褚遂良，以書顓家，後莫能繼。稷外祖魏徵家，多藏虞褚書，故鋭精臨倣，結體遒麗，遂以書名天下。

㊉《晉書》：劉裕曰：「老兄試爲卿答。」

近有風流作，聊從月竁充芮切。舊本訛作纔，師作竄，趙作峽徵㊀。放蹄知赤驥㊁，捩翅服蒼鷹。卷軸來何晚㊂，襟懷庶可憑㊃。會期吟諷數音朔㊄，益破旅愁凝。雕刻初誰料一作解㊅，纖毫欲自矜㊆。神融躡飛動㊇，戰勝洗侵陵㊈。妙取筌蹄棄㊉，高宜百萬層。白頭遺恨在㊁，青竹幾人登㊂。此叙劉君詩才。上八，望使君寄詩。下八，稱其詩學獨精。捷如驥足，健比鷹揚，其雕刻非可意料，纖毫盡皆愜心。《杜臆》：神融句，謂文有生氣。戰勝句，謂文無敵手。筌蹄棄，言妙悟。百萬層，言超出。公於詩道，白頭猶憾，知名傳青簡者難矣，以見劉能不墜，而己獨無承也。朱注：此數句，當與《文賦》參看。「雕刻初誰料」，即籠天地於形内，挫萬物於筆端」也。「纖毫欲自矜」，即「考殿最於錙銖，定去留於微芒」也。「神融躡飛動」，即「精鶩八極，心遊萬仞」也。「戰勝洗侵陵」，即「方天機之駿利，夫何紛而不理」也。妙取二句，即「形不可逐，響難爲繫，孤立而特峙，非常言之所緯」也。按：杜詩必有來歷，不特用其字句，而并融其神理，於此可以觸悟。

㊀宋郊祀歌：月竁來賓，日際奉土。注：竁，窟也。趙曰：恭州有明月峽，今三峽中亦有之。蓋石壁一竅，圓透見天，其明如月，故以名峽也。按：朱注：月竁，猶言月脇月窟。草堂及郭本作竁，較繼字爲優。又近志載夷陵州有明月峽，作峽亦通。

㊁《列子》：周穆王有赤驥。

㊂任昉爲《齊竟陵王行狀》：所造箴銘，積成卷軸。

㊃張華詩：襟懷擁虚景。

㊄《文心雕龍》：吟諷者銜其山川。

㊅《莊子》：刻雕衆形而不爲巧。

㊆《魏志》：獻帝策命，纖毫之惡。

⑧《文心雕龍》：延壽靈光，合飛動之勢。

⑨《韓非子》：子貢見子夏肥而問之，子夏曰：「吾義戰勝，故肥。」《史記》：炎帝欲侵陵諸侯。

⑩《莊子》：筌者所以取魚，得魚而忘筌。蹄者所以取兔，得兔而忘蹄。注：筌者，積柴水中，使魚依而食焉。一云魚笱也。蹄，兔罝也，又云兔弶也。係其脚，故云蹄。

⑪陸機《文賦》：恒遺恨以終篇。

⑫青竹，即青簡。

**回首追談笑**㈠，**勞歌跼寢興**㈡。**年華紛已矣**㈢，**世故莽相仍**㈣。**刺史諸侯貴**㈤，**郎官列宿應**平聲㈥。**潘生**一作安**雲**一作驂**閣遠**㈦，**黄霸璽書增**㈧。此言遭遇不同，亦賓主並叙。追談笑，憶使君。跼寢興，公自嘆。歷盡年華世故，自知不堪用世矣。雲閣，承郎官。璽書，承刺史。劉蓋郎官而出爲刺史者。

㈠古詩：談笑未及竟。

㈡謝混詩：信此勞者歌。善曰：《韓詩》：伐木廢，朋友之道缺。勞者歌其事，詩人伐木，自苦其事，故以爲文。　何遜詩：寢興從閒逸。

㈢庾信詩：年華改歲陰。

㈣嵇康書：世故繁其慮。

㈤翟方進奏曰：古選諸侯賢者以爲州伯，今部刺史居牧伯之位，秉一州之統，請罷御史，置州牧。

㈥漢明帝曰：郎官上應星宿，出宰百里，苟非其人，民受其殃。

㈦潘岳《秋興賦序》：余以太尉掾兼虎賁中郎將，寓直於散騎之省。高閣連雲，陽景罕曜。

㈧《漢・循吏傳》：二千石有治理效者，輒報璽書勉勵，增秩賜金。

**乳贙**音畎**號**平聲**攀石，飢鼯訴落藤**㈠。**藥囊親道士**㈡，**灰劫問胡僧**㈢。**憑久烏皮拆**一作綻㈣，**簪稀**一作間**白**一作皁**帽稜**㈤。**林居看蟻穴**㈥，**野食待**一作行，一作幸**魚罾**㈦。**筋力交彫喪**去聲㈧，**飄零免戰兢**㈨。**皆**一作昔，一作旹**爲百里宰，正似六安丞**㈩。此序客夔近況。乳贙、飢鼯，觸景無聊。藥囊，憐身病。劫灰，憂世亂。憑久，見身衰。簪稀，言性懶。無事，故看蟻。近水，故待魚。筋力二句，言垂老飄泊之狀。朱注：言我亦爲郎官，應皆出宰百里，今飄零若此，是亦六安丞之見貶斥耳。趙云：公出爲華州司功，故用六安丞事，亦通，但於百里宰難貫。

㈠舊注以乳贙二句，屬公自況，於上哀猿落雁犯重。盧注以贙號比豪强斂迹，鼯訴比窮民待澤，涉劉公言，失之太鑿，今皆不取。《爾雅》：贙，有力。注：出西海大秦國，似狗多力獷惡。張正見詩：飢鼯落劍鋒。

㈡《神仙傳》：壺公賣藥市中，日不二價，所治皆愈。

㈢曹毗《志怪》：漢武帝穿昆明池極深，悉是灰墨，無復土，以問東方朔，曰：「臣愚不足以知之，可問西域僧。」後漢明帝時，外國道人來洛陽，有憶朔言者，試以灰墨問之，其人曰：「經云『天地大劫將盡，則劫燒。』此劫燒之餘也。」朱注：按《高僧傳》，西域國人乃竺法蘭。

㈣《世説》：韓康伯母隱古几毁壞。烏皮几，見十三卷。

㈤《杜臆》：凡戴冠必先簪髮，惟懶事稀簪，故帽稜如故。《通典》：宋時制：高屋白紗帽。《宋明帝紀》：建安王休仁，以白帽代之。《齊和帝紀》：百姓皆着下屋白紗帽。

㈥《易林》：蟻封户穴，大雨將集。

㈦晉《歡聞變歌》：張罾不得魚，兀櫓罾空歸。

㈧陸機樂府：舊交皆彫喪。

㈨《詩》：戰戰兢兢。免戰兢，不免戰兢也。

㈩《後漢書》：桓譚諫用讖，帝大怒，出爲六安郡丞，意忽忽不樂，道病卒。注：六安郡，故城在今壽州安豐縣南。　錢箋：劉蓋與公同謫者，不知其名。

**姹女縈新裹，丹砂冷舊秤**㈠。**但求椿壽永**㈡，**莫慮杞天崩**㈢。**鍊骨調情性，張兵撓棘矜**。**養生終自惜，伐叛**趙氏作叛，草堂本作數**必全懲**㈣。**政術甘疏誕**㈤，**詞場愧服膺**㈥。**展懷詩誦**一作頌**魯，割愛酒如澠**㈦。　此叙寄詩本意。　《杜臆》：公因多病，與道士講修煉之術，故言姹女丹砂。　椿壽永，承上藥囊。杞天崩，承上灰劫。鍊骨養生，又承壽永。張兵伐叛，又承天崩。公託身世外，故求服藥永年，不必懷杞人之慮。劉身任民社，則衛生固所宜講，而懲亂皆其職分也。　錢箋：唐人好鍊服食，劉使君亦必爾，故諷之。　張遠注：時蜀寇未靖，故有張兵伐叛等語。　政術、詞場二句，必劉曾以此推服，故答云：政甘疏誕，而詞愧服膺。詩酒所以遣興，於詩則誦魯，推劉君爲詩宗，於酒則割愛，時以消病斷飲也。《杜臆》：自孔子删詩，詩宗於魯，稱劉詩得其正宗也。朱注謂：公作詩以贈使君，猶史克之頌魯侯。前説作誦，後説作頌，兩意不同，今從前説。

㊀縈新裹，新鍊藥也。冷舊秤，棄舊丹也。裹砂以養火，必秤量其輕重。魏伯陽《參同契》：河上姹女，靈而最神，得火則飛，不染垢塵。又曰：丹砂木精，得金乃并。漢真人大丹訣曰：姹女隱在丹砂中。注：姹女，汞也。

㊁《莊子》：上古有大椿者，以八千歲爲春，八千歲爲秋。晉庾闡詩：椿壽自有極。

㊂《列子》：杞國有人憂天地崩墜，身無所寄。

㊃朱注謂：多欲戕生，猶將兵伐性，將二句作借喻，又依草堂本作伐數，因解爲尅伐年數，終覺牽强。庾闡詩：赤松游霞乘烟，封子鍊骨凌仙。《徐樂傳》：陳涉起窮巷，奮棘矜。師古曰：棘，戟也。矜者，棘之把。秦銷兵器，故但有戟之把耳。嵇康有《養生論》。袁紹書：奉辭伐叛。

㊄潘岳《西征賦》：思夫人之政術，實幹時之良具。

㊅《思玄賦》：潛服膺其永清兮。

㊆江淹《别賦》：割慈忍愛。《左傳》：有酒如澠，有肉如陵。原注：平生所好，消渴止之。

**咄咄寧書字㊀，冥冥欲避矰㊁。江湖多白鳥，天地有青蠅㊂。**以慨歎身世作結。咄咄，傷去官。冥冥，欲遯世。白鳥，比貪夫。青蠅，比讒人。皆承避矰意。此章，起結四句，中腰八句，前二段各十六句，後二段各十二句。

㊀《世説》：殷浩被廢在長安，終日常晝空作字，揚州吏人竊視，唯作「咄咄怪事」四字而已。
㊁《揚子法言》：鴻飛冥冥，弋人何篡焉。
㊂杜修可曰：白鳥有二説：一謂鷗鷺之類，如《詩》言「白鳥鶴鶴」，此喻賢者之潔白也。一謂白鳥乃蚊蚋，以譬小人之侵侮也。言賢者居亂世，欲隱則爲蚊蚋所嚼，欲出則爲青蠅所污，是無逃於天地間矣。　朱注：《大戴禮·夏小正》：丹鳥羞白鳥。丹鳥，丹良也。白鳥，蚊蚋也。凡有翼者爲鳥。梁元帝《納涼》詩：白鳥翻帷暗，丹螢入帷明。《杜臆》：梁元帝《金樓子》云：齊威公卧於柏寢，白鳥營飢而求飽，公開翠紗之厨而進焉，有不知足者，長噓短吸而食，及其飽，腹爲之潰。蓋戒貪也。《毛詩》以青蠅刺讒。　蔡夢弼曰：韓昌黎詩「蠅蚊滿人區，可與盡力格」，寓意正相同。　篇中用二矜，矜無二音，止有兩解。一云：矛柄，音勤者，作穫。

## 秋清

鶴注：當是大曆二年謀出峽時作，故有末二句。　秋清，與清秋不同。清秋者，秋氣肅清也；秋清者，謂身逢秋候，得以清爽也。

高秋蘇肺一作病氣㊀，白髮自能梳。藥餌憎加減㊁，門庭悶掃除㊂。杖藜還客拜㊃，愛竹遣兒書㊄。十月江平穩，輕舟進所如㊅。首句總領，下五句皆承肺氣蘇。輕舟出峽，言秋盡冬初之事。憎加減，嫌其無效。悶掃除，懶於應接。答拜還須扶杖，題竹仍遺兒書，此摹寫病後情狀極肖。黄生注：三四追述，五六現前，七八豫期。進所如，得遂意中欲往之處也。

㈠《内經》：無外其志，使肺氣清，此秋氣之應也。

㈡謝靈運詩：藥餌情所止，衰疾忽在斯。

㈢《易》：不出門庭。《後漢書》：陳蕃不好掃室，客怪之。蕃曰：「大丈夫當爲國掃除天下。」

㈣《莊子》：原憲杖藜應門。

㈤《世説》：王子猷嘗暫寄人空宅，便令種竹，曰：「何可一日無此君。」愛竹，暗用此事。按趙云：遺兒書，謂題字竹上。《杜臆》云：遺兒代書乞竹以栽。二説不同，今從前説。

㈥《楚辭》：世莫知其所如。

## 秋峽

鶴注：當是大曆二年東屯作。

江濤萬古峽，肺氣久衰翁。不寐防巴虎㈠，全生狎楚童㈡。衣裳垂素髮㈢，門巷落丹楓㈣。常怪商山老，兼存翊贊功。江峽衰翁，首聯並提。中二承江峽，下四承衰翁。萬古峽邊，衰翁獨處，起語不寒而慄。夜須防虎，晝宜狎童，物性人情，種種可畏矣。且素髮老人，對此丹楓零落，暮年秋景，萬事灰心，若商山四皓，老立功名，常怪其精力過人也。趙曰：作客遠方，雖童稚亦須親狎，欲免猜忌以全生耳。《杜臆》：楚童與巴虎並觀，則難狎等於防虎矣。末聯，乃自傷筋力之衰，非譏刺四皓之出。

㈠《詩》：寤言不寐。

㈡楊德周曰：狎楚童，謂樵採也。

㈢《秋興賦》：素髮颯以垂領。

㈣《淮南子》：何謂七舍，室、堂、庭、門、巷、術、野。謝靈運詩：曉霜楓葉丹。

## 揺落

鶴注：當是大曆二年作。是年九月，吐蕃寇邠州、靈州，京師戒嚴，故云「烟塵多戰鼓」。

**揺落巫山暮，寒江東北流㈠。烟塵多戰鼓㈡，風浪少行舟㈢。鵝費羲之墨㈣，貂餘季子裘㈤。長懷報明主，卧病復**扶又切**高秋㈥。**上四對景傷時，下則自寫心事也。巫山秋暮，而一望烟塵，則欲留不可。江水自流，而沮於風浪，則欲去不能。今但親翰墨而攬寒裘，亦何救於國事乎？

雖有報主宿心，徒託諸秋山卧病而已。報明主，此公一生大志。復高秋，見在夔已歷兩秋矣。

㈠何遜詩：寒江復寂寥。

㈡庾信詩：寒風戰鼓鳴。

㈢《西京雜記》：船隨風浪，莫知所之。

㈣顧注：公詩：「九齡書大字，有作成一囊。」公本善書，故自比羲之。

㈤《戰國策》：蘇秦仕趙，趙王負貂裘黄金使説秦，書十上而説不行，黑貂之裘敝。

㈥宋之問詩：卧病人事絶。

## 峽隘

鶴注：當是大曆二年有意出峽而作。《杜臆》：公心欲出峽，故覺其隘也。

**聞説江陵府，雲沙静**一作净**眇然。白魚如切玉，朱橘不論**平聲**錢。水有遠湖樹，人今何處船。青山各**一作若**在眼，却望峽中天。**上四想江陵之勝，下歎峽隘難居也。雲沙，思其風景。魚橘，思其物産。遠湖樹，遥指江陵。人何處，想及弟觀也。青山各在眼前，而却仍望峽天，恨出峽之不早耳。盧注：初云聞説，欲往而未得往，末云却望，不欲留而却留也。江陵即荆州。峽中石窄，須仰望乃見天光。又云：時公弟觀，歸藍田迎婦，望其早至江陵，故曰：「人今何處船。」《杜臆》：「青山各在眼」，正對其人言。舊謂「人今何處船」乃自歎滯迹夔州，「青山各在眼」謂夔州、江陵各有青山。今從盧説爲當。